Newton Compton Editores

Título original: *The Assassin of Venice*

© 2024, Alyssa Palombo
© 2024, Crooked Lane Books. Publicado por acuerdo con IMC Agencia Literaria.
© 2024, de la traducción por Natalia Calviño Costas
© 2024, de esta edición por Antonio Vallardi Editore S.u.r.l., Milán

Todos los derechos reservados

Primera edición: septiembre de 2024

Newton Compton Editores es un sello de Antonio Vallardi Editore S.u.r.l.
Pl. Urquinaona, 11, 3.º 1.ª izq. Barcelona, 08010 (España)
www.newtoncomptoneditores.com

Gruppo editoriale Mauri Spagnol S.p.A.
www.maurispagnol.it

ISBN: 978-84-10080-58-4
Código IBIC: FA
DL: B 8.169-2024

Composición:
Endoradisseny

Diseño de interiores:
David Pablo

Impreso en septiembre de 2024 en Puntoweb s.r.l., Ariccia (Roma), en Italia.

Alyssa Palombo

La asesina
de Venecia

Traducción de Natalia Calviño

Newton Compton Editores

Barcelona, 2024

A mi hermano, Matt Palombo, quien me siguió por las callejuelas de Venecia –y por esa increíble muestra de crímenes y castigos del Estado de Venecia– mientras la idea de este libro cobraba vida. Gracias por no dejar que pare quieta cuando viajamos juntos.

PARTE UNO

DOMINA MORTIS

ABRIL-OCTUBRE DE 1538

Capítulo 1

El sol brillaba en la *piazzetta* mientras buscaba entre la multitud al hombre al que iba a asesinar. Hacía un calor sofocante, demasiado calor para ser abril, o tal vez era porque había tanta gente apretujada en un espacio demasiado pequeño. Nadie en toda Venecia quería perderse la tradicional ceremonia del *Sposalizio del Mare*, el Matrimonio con el mar. Y los señores de esta ciudad que flotaba sobre el mar no querían que ninguno de sus habitantes –y, menos aún, sus queridos visitantes extranjeros– se perdieran la ceremonia que cada año confirmaba el dominio de Venecia sobre el Adriático y la mayor parte del este y de Europa también. O eso creían.

Todo eso me importaba más bien poco. Tenía una misión. Y, a pesar de que odiaba la ingente multitud, con el calor y el hedor de cuerpos sucios, era crucial para la tarea que me habían encomendado ese día. En medio del tumulto, con tanta gente, nadie se percataría de un hombre que se desploma y, para cuando se dieran cuenta, yo ya me habría esfumado entre la muchedumbre.

Más adelante, en el muelle que conducía a la laguna, divisé a Ambrogio Malatesta cuando se dio la vuelta para contemplar a la multitud antes de subirse a bordo de la gran galera pintada del dux, el Bucintoro. No sé cómo, pero me localizó entre el gentío y, como consumado político y maestro del espionaje que era, no dio muestras de haberme reconocido. Aunque su expresión lo decía todo: «No me falles, Valentina».

Contuve el irrefrenable impulso de poner los ojos en blanco y, en lugar de ello, asentí con un movimiento breve de la cabeza que sabía que él vería e interpretaría de manera correcta. Por el Dios de las Sombras, podría confiar un poco más en mí.

Aunque ese era el talento de los hombres como Malatesta. No confiaban en nadie y no lo harían jamás. Era un atributo que más gente debería desarrollar.

Aparté la mirada de Malatesta y volví a fijarla en la multitud. Estaba claro que iba buscando a alguien, pero no importaba. La mitad de las personas que se encontraban en la *piazzetta* ese día estaban haciendo lo mismo; no destacaría. Los ojos de quienes me rodeaban mirarían por encima y a través de mí. Nunca se acordarían de mí, incluso aunque les preguntaran.

Solo había visto a mi víctima –u «objetivo», que era la palabra que Malatesta prefería, como si al hombre aún le quedara algún rastro de delicadeza bajo esa capa de violencia refinada y apenas contenida– en una ocasión. Sin embargo, tenía una memoria excelente para las caras. Otro de los aspectos que hacía que fuera perfecta para mi profesión; bueno, al menos para esa segunda profesión. Y encajaba igual de bien con mi primera profesión. Malatesta se había encargado de que, la noche anterior, el objetivo visitase a una de las chicas de la casa en la que solía ejercer mi primer oficio. Malatesta me acompañó mientras observaba al objetivo a través de la mirilla de la pared en la habitación del voyerista. Los hombres adinerados de Venecia tenían todo tipo de gustos y el próspero burdel los satisfacía todos.

Había llegado un poco tarde y, cuando me situé tras la mirilla para ver a mi víctima por primera vez, recibí una reprimenda silenciosa por parte de Malatesta. En la habitación de al lado, el acontecimiento principal ya estaba en marcha y, cuando me asomé por primera vez, lo único que vi fue a un hombre pelirrojo, con la piel sonrosada y un cuerpo un tanto robusto, que cabalgaba entre los muslos de Marietta.

–¿Y bien? –preguntó Malatesta cuando solo llevaba unos segundos mirando–. ¿Lo recordarás? ¿Podrás encontrarlo mañana?

–Lo único que le he visto es el trasero y eso se olvida con facilidad –comenté–. Espero que, por el bien de Marietta, su miembro sea más memorable.

Malatesta resopló en señal de desaprobación, a lo cual hice caso omiso. Podía mantenerse en su susceptibilidad señorial si eso hacía que se creyera mejor que yo –lo haría y así era–, pero lo cierto es que no le importaba relacionarse con cortesanas, proxenetas, asesinos, espías y ladrones, por mucho que fingiera que sí. No llegaría a ninguna parte en sus negocios sin alguien como yo.

Al fin, el objetivo en cuestión se tumbó boca arriba. Marietta se sentó a horcajadas sobre él, montándolo, sus gemidos eran fuertes y dramáticos. Puse los ojos en blanco. Sus interpretaciones no convencían a nadie más que a los hombres que la frecuentaban, por algún motivo. Ignoré su farsa y clavé la mirada en el rostro del hombre. Tenía los ojos cerrados, la cara relajada por el placer mientras gruñía y gemía, pero comencé a memorizar sus facciones. Un rostro redondo, rechoncho como el resto del cuerpo. Una nariz bulbosa, unos labios finos, una barbilla y una frente lisas y el cabello rojizo en el que me había fijado antes. No era atractivo, pero tampoco era feo. A Marietta le podría haber tocado algo peor, aunque solía tener suerte.

Tenía un rostro bastante corriente, la verdad. Pero lo observé de todos modos.

Me aparté de la mirilla, la intensificación de gemidos al

otro lado de la pared indicaba que el espectáculo estaba llegando, literalmente, a su punto culminante.

—¿Entonces? —inquirió Malatesta—. ¿Podrás encontrarlo entre la multitud el día de la Ascensión?

—Dame un momento —dije—. Quiero verlo con los ojos abiertos también.

Escuché y, efectivamente, la actividad en el interior de la habitación había llegado a su fin. Esperé unos segundos y, cuando volví a asomarme, el hombre estaba sentado en el borde de la cama y sonreía hacia Marietta, que yacía desnuda frente a él. Después, apartó la mirada e inspeccionó la habitación en busca de la ropa que se había quitado.

Ahora. Ya lo tenía.

Me di cuenta de que era alto, más alto que yo, y con esa corpulencia también sería más fuerte que yo. No importaba. Un golpe seco para reducirlo antes del golpe definitivo era lo único que hacía falta.

—Paga por una noche entera con Marietta y ni siquiera se queda —observé con indiferencia—. Es un necio por no aprovechar su dinero.

Malatesta resopló con desdén.

—Un necio y, peor, un espía. Un traidor.

—¿Dices que ese hombre le está pasando información a los españoles? —consulté e incliné la cabeza hacia la pared que nos separaba de la habitación contigua.

—Sí. Sin duda. Es un marino mercante procedente de España y ahora vive en Venecia entre viajes. Uno de mis informadores le robó la faltriquera en el Rialto hace unos días y contenía documentos con información confidencial. Es posible que tenga copias y otros documentos, y debemos suponer que ha memorizado parte del contenido al menos. Esa información no debe caer en manos de la Corona española.

—En efecto, no debería.

De todas las poderosas potencias europeas, la española ejercía la mayor influencia, con diferencia, sobre la península itálica. Era evidente que ansiaban añadir Venecia a las joyas de la corona de su imperio.

No podía permitir que eso pasara. No permitiría que eso pasara.

Volví a imaginarme el rostro del hombre: sencillo y, sin duda, ordinario. No parecía en absoluto un espía que participase en el complot para derrocar al Estado de Venecia. Pero ya sabía que la apariencia no significaba nada; en realidad, menos que nada, sobre todo en Venecia, una ciudad de máscaras y sombras, engaños y espejos, y agua, por lo que podría esconder todo tipo de secretos en sus profundidades.

Ese hombre quería traicionar a mi ciudad, a mi hogar adoptivo. Quería derramar sangre, muerte y fuego sobre todos nosotros. Casi me atraganté de la rabia al pensarlo.

–¿Entonces podrás hacerlo? –me preguntó Malatesta.

Arqueé una ceja depilada con destreza.

–Vaya, ¿es ansiedad lo que detecto en tu voz? El gran Ambrogio Malatesta, miembro del Consejo de los Diez y defensor de la Serenísima República, no estará nervioso, ¿no?

–Se debe silenciar a ese hombre y debe ser mañana –replicó Malatesta con un tono irascible, como solía ser cuando se veía obligado a tratar conmigo.

A decir verdad, me encantaba provocarlo.

–¿Por qué mañana? ¿Y por qué debe ser entre la muchedumbre durante el Matrimonio con el mar? –pregunté aunque creía saber la respuesta–. ¿Por qué no me lo has asignado esta noche? De haber sido así, ya estaría solucionado.

La mirada que me lanzó Malatesta habría –y había– dejado helada a más de una persona, les habría hecho temblar del miedo. Aunque yo ya estaba acostumbrada a él.

—Esto se debe llevar a cabo en público —respondió.

Tal y como había imaginado. El español pelirrojo debía servir de ejemplo; puede que, ante todo, a quienquiera que le estuviera facilitando en Venecia lo que Malatesta denominó «información confidencial». Si el Consejo de los Diez no se había encargado de ellos ya. Y no sería la primera vez ni la última que los Diez quisieran demostrarle a la ciudad —y al mundo— qué les ocurría a los traidores. En algunas ocasiones, se ocupaban de esos traidores con discreción, aunque de manera lenta y dolorosa, en las mazmorras bajo la Prisión Ducal. Sin embargo, en otras ocasiones, era necesario refrescarle la memoria a la población.

—Valentina, ¿puedes encargarte de ello o no?

Dejé a un lado toda la frivolidad, mi cara se convirtió en una máscara blanca y lisa; la máscara que solía ponerme para servir a Malatesta y a sus compañeros del Consejo de los Diez.

—Puedo encargarme. Y me encargaré, como siempre.

Un hombre menos importante habría suspirado de alivio, quizá, pero tan solo asintió de forma imperceptible.

—Bien. Asegúrate de hacerlo y de que no se cometan errores.

—Yo no cometo errores, Malatesta —dije.

Con otra breve inclinación de la cabeza, se puso en pie, salió de la habitación, cerró la puerta tras él y me quedé sola.

Suspiré y cerré los ojos; dejé que el silencio acallara mi mente durante unos segundos. Necesitaba esa tranquilidad para concentrarme en la tarea que me esperaba. Después, yo también me levanté con un frufrú de las faldas y bajé a la planta de abajo para que me llevaran la góndola al muelle y así poder regresar a casa y dormir un poco.

Y entonces llegó un nuevo día y yo buscaba entre la multitud al hombre al que había visto por última vez –la única vez– desnudo en el lecho con Marietta.

De pronto, ahí estaba.

Lo localicé a mi izquierda, parado junto al pórtico frente al Palacio Ducal, apoyado en una de las gigantescas columnas. Parecía estar solo, pero sabía que no debía hacer conjeturas.

Me abrí paso entre la muchedumbre hacia él a paso lento, no había nada en mis movimientos que sugiriera que tuviera prisa o que me moviera con determinación. Tan solo era una mujer que paseaba por la *piazzetta*, tal vez con el objetivo de conseguir mejores vistas del Bucintoro mientras se adentraba en la laguna.

Me acerqué por detrás de ese hombre cuyo nombre no me habían dicho. Aunque no importaba cuál fuera su nombre o quién era su familia ni todo lo demás. Lo único que importaba era que el Consejo de los Diez lo quería muerto, que Venecia lo necesitaba muerto, y, por lo tanto, moriría.

Noté que alguien me miraba y giré ligeramente la cabeza hacia la izquierda hasta ver a un hombre escondido detrás de una de las columnas que estaban a mi espalda, más próximas a la basílica. Lo reconocí; era otro de los esbirros de Malatesta. Se dio cuenta de que lo había visto e inclinó la cabeza con tal sutileza que nadie se habría dado cuenta si no hubiera estado mirando. Había ido para cubrirme las espaldas en caso de que esa misión empezara a torcerse y también –lo más probable– para comprobar que cumplía con mi deber.

Saqué el puñal de la funda, que estaba escondido en un bolsillo secreto de mi vestido rojo oscuro que había cosido con mis propias manos. Siempre se me había dado bien coser, incluso aunque lo hiciera con un fin que habría horrorizado a mi madre si aún estuviera viva. Tenía una hoja larga y fina, pero era resistente y estaba afilada para matar. Se ocultaba y se manejaba con facilidad.

Me acerqué a la víctima por detrás, la hoja apoyada en mi muñeca para que ningún observador distraído la viera. Luego, con un movimiento rápido de los dedos, le di la vuelta para que el mango reposara con firmeza en la palma de mi mano y la hoja sobresaliera por la cara anterior de mi puño. Me apresuré a rodear la columna y vi cómo la cabeza del hombre pelirrojo se giraba un poco, como si hubiera oído mis pasos. En mi mente, me maldije por no haber sido más sigilosa, pero ya no había vuelta atrás. Apoyé una mano en su hombro izquierdo y le clavé la hoja con rapidez en el costado derecho. Se desplomó y levanté de inmediato la mano que tenía libre para cubrirle la boca, a la vez que tiraba de su cabeza hacia mí. En un abrir y cerrar de ojos, le aproximé la hoja al cuello y se lo rajé.

–El Consejo de los Diez os envía recuerdos –le susurré al oído.

Después, lo solté y se desplomó en silencio, la sangre se derramaba sobre los adoquines.

Volví a desaparecer entre la multitud cuando su cuerpo se detuvo por completo. Deslicé el puñal, ahora cubierto de sangre, de vuelta a la funda y oculté mis manos manchadas en los bolsillos del vestido. No creía que me hubiera salpicado demasiada sangre, pero el color del vestido lo disimularía si así fuera.

No hui de vuelta por la plaza de San Marcos y a través del laberinto de calles y canales que componían Venecia, como haría cualquier asesino aficionado o sicario. Más bien me adentré un poco más hacia el centro de la multitud, más cerca de la laguna, con la mirada clavada en el Bucintoro, al igual que hacían quienes me rodeaban. No pasó mucho tiempo hasta que oí un alboroto a mis espaldas al descubrir el cuerpo ensangrentado del hombre. Miré por encima del hombro hacia el jaleo, como por mera curiosidad, pero seguí caminando hacia el límite de la *piazzetta*; una mujer veneciana normal y corriente que ha salido para celebrar la festividad. Esperé y contemplé el momento en el que el dux se puso en pie y lanzó un anillo de oro al agua, un gesto que simbolizaba el matrimonio de Venecia con el mar y que garantizaba un año más de prosperidad y dominio del agua.

Me sentí como si fuera la única que viese las olas de sangre que en realidad mantenían a flote a la Serenísima.

Capítulo 2

Tras los acontecimientos del día de la Ascensión, se corrió la voz en la ciudad acerca del hombre que habían encontrado asesinado durante la celebración. Había quien afirmaba que se trató de un atraco; otros, que el hombre había tenido un devaneo con una mujer casada, cuyo marido se había enterado y había matado a su enemigo en un ataque de celos al verlo entre la multitud. Todas las historias provocativas y lascivas de siempre que solían contarse cuando se producía un asesinato o algún crimen notable sin motivo aparente.

A pesar de ello, al poco tiempo, el contenido de esos rumores cambió y comenzó a surgir una nueva serie de habladurías sobre las anteriores, silenciadas al principio, pero que iban cogiendo cada vez más fuerza.

«Espía».

«Español».

«Los Diez».

«Asesinato».

«Conspiración».

Y, a medida que esos rumores concretos empezaron a propagarse por toda la ciudad, desde los banqueros de Rialto hasta los mendigos de las calles y las rameras del Puente de las Tetas, sin prisa pero sin pausa el dominio del Consejo de los Diez sobre la República se reforzó. Con frecuencia, la gente seguía con sus asuntos sin acordarse de ellos. Y eso estaba bien, pues los Diez preferían que no se cuestionaran sus acciones. Aunque, de vez en cuando, tenían que recordarles a sus conciudadanos venecianos lo que les sucedía a quienes iban en su contra o pretendían traicionar a la República. Siempre ocurría lo mismo tras dichos recordatorios: el miedo serpenteaba por las calles, la paranoia inundaba el aire tanto como el hedor y la humedad que desprendían los canales en verano. Y, entonces, todo el mundo se ocupaba de sus asuntos con un poco más de cuidado, prestaba atención a con quién hablaba y sobre qué, y evitaba a los forasteros como si portaran la peste. De esta forma, los Diez controlaban a Venecia y a los venecianos, pero también protegían a Venecia y a los venecianos.

Para frenar la corrupción y evitar que cualquier hombre o grupo pequeño se volviera demasiado poderoso, aquellos elegidos para formar parte de los Diez ejercían un mandato de un año y, cuando ese año llegaba a su fin, ya no podían volver a ejercer durante el resto de su vida. A los Tre Capi, o los tres dirigentes de los Diez, se los elegía para servir durante un mes a la vez y no podían abandonar el Palacio Ducal durante su mandato. Había trabajado con algunos miembros de los Diez durante varios años; Ambrogio Malatesta tan solo era el más reciente de una larga lista, aunque puede que el más ambicioso hasta el momento.

Sin duda no me había olvidado jamás de la existencia de los Diez, ni un solo segundo. ¿Cómo iba a hacerlo? Después de todo, lo que me pagaban me ayudaba a mantener el estilo de vida al que estaba acostumbrada. Y mientras que, al igual que cualquier otro veneciano, temía de manera razonable al Consejo de los Diez, mi miedo era un tanto distinto, pues yo les resultaba útil. Muy útil.

No deseaba averiguar qué podría pasar si llegara el día en el que ya no me pudieran utilizar.

21

Aunque me ilusioné pensando que aún quedaba mucho tiempo para ese día, si es que llegaba en algún momento.

Unos días después de llevar a cabo mi última misión, me acababa de despertar con el sol que irrumpía por el hueco de las cortinas de terciopelo. Estaba estirando mi cuerpo desnudo de forma perezosa bajo las sábanas cuando la puerta de mis aposentos se abrió de golpe. Alcé la vista y vi a Bastiano Bragadin en el umbral de la puerta, con cara de satisfacción; su expresión habitual.

—El último hombre que entró en mi alcoba por sorpresa perdió los testículos —comenté desde la cama.

—No me cabe la menor duda —dijo Bastiano al entrar en la alcoba—. Pero creía que tenía una invitación permanente.

—Eso es demasiado osado incluso para ti, Bastiano. ¿Quién te ha dejado pasar?

—Tu criada, obviamente. ¿Cómo se llama? ¿Lauretta?

—Debí imaginármelo —espeté; suspiré con teatralidad y me incorporé, dejando que la colcha cayera hasta que mis pechos quedaran casi, pero no del todo, al descubierto—. Lauretta te dejaría entrar a cualquier parte, sinvergüenza. Hasta en su lecho.

Bastiano cerró la puerta y se quitó la capa.

—¿Para qué iba a querer divertirme con la criada cuando puedo tener a la señora de la casa?

—Vuelves a suponer. Menudo descaro. ¿Esto es lo que os enseñan a los jóvenes nobles venecianos?

—¿Suponer y creer que tenemos derecho? Lo mamamos desde pequeños.

—Y luego dicen que son las cortesanas las que están echando por tierra las buenas costumbres de Venecia.

Bastiano sonrió y sentí un calor intenso entre mis muslos al verle hacerlo. Su sonrisa solía causar ese efecto en mí.

Aunque preferiría cortarme la lengua antes que reconocerlo.

—De acuerdo, probaré de nuevo: ¿para qué iba a divertirme con la criada cuando podría seducir a la mujer más bella de Venecia?

—Mejor —dije, a pesar de que exageraba.

En Venecia abundaban las mujeres, muchas de ellas mis compañeras cortesanas, que eran más bellas que yo. Pero era mejor así. Si yo tuviera una belleza tan impresionante como algunas de ellas, destacaría entre la multitud, no pasaría desapercibida. Lo cual, a su vez, dificultaría mi trabajo para el Consejo de los Diez. Podía lograr que mi cara fuera poco memorable cuando era necesario y conseguir que fuera extraordinariamente hermosa cuando quería. Esa era la magia de las joyas, los ungüentos y los vestidos elegantes.

Sin embargo, mientras Bastiano Bragadin pensara que era la mujer más bella de Venecia, estaba más que satisfecha.

Y él, en mi opinión, era uno de los hombres más apuestos de Venecia; otra de las cosas que jamás admitiría. Era alto, fornido y vigoroso. Tenía unos ojos color avellana que brillaban con picardía y la cabeza cubierta por unos densos rizos castaños.

Bastiano tiró la capa sobre el respaldo de una silla.

—Entonces, ¿puedo quedarme y conservar mis testículos?

—Esta vez sí —respondí—. Veo que has vuelto a Venecia.

—Ya sabes que me encanta entrar por la puerta grande.

Bastiano era el tercer hijo de Gasparo Bragadin, el patriarca de una de las familias nobiliarias más antiguas y respetables de la ciudad. Por lo tanto, no estaba obligado a casarse y engendrar herederos. De hecho, si lo hiciera, quedaría menos fortuna familiar para repartir. Era miembro del Gran Consejo, al igual que el resto de los nobles, pero, aunque acudía a las reuniones cuando se encontraba en Venecia, no ansiaba causar un gran impacto político en la República, a diferencia de su hermano mayor. En cambio, viajaba por el Mediterráneo para encargarse de los intereses mercantiles de la familia, los cuales eran numerosos. Dicha ocupación lo convertía en el espía perfecto para los Diez, además de en un asesino bien situado en caso de que se descubriera –o creyera– que alguien en el extranjero estuviera trabajando en destruir la República de Venecia.

Y, cuando Bastiano estaba en casa, pasaba la mayor parte de su tiempo conmigo.

Se acercó a la silla que estaba contra la pared y tomó asiento sin apartar la vista de mí ni un instante.

–Me he enterado de lo del hombre que asesinaron el día de la Ascensión –expresó–. Dicen que fue justo delante de la puerta del dux. ¿Fue cosa tuya?

Me encogí de hombros para mostrarme indiferente mientras mi cuerpo se tensaba al recordarlo.

–Creo que no sé de lo que estás hablando.

–¿Para quién espiaba? El rumor que más he escuchado decía que para los españoles, pero hay quien dice que era para los franceses o incluso los ingleses.

Resoplé.

–¿Cuándo se ha interesado el rey inglés por los asuntos de Venecia?

–Entonces, ¿para los españoles?

–Si no te han informado, Bastiano, será porque no necesitas saberlo.

–Ah, pero me gusta estar bien informado –dijo–. Muy bien hecho, Valentina. Nadie puede afirmar haber visto lo ocurrido.

–O nadie está dispuesto a afirmar que lo vio.

–¿Qué más da? Al fin y al cabo, significa lo mismo.

–Cierto –admití.

–¿Quién te asignó la misión? –preguntó Bastiano–. Malatesta, supongo.

–Ni siquiera he confirmado que sea obra mía. Aunque hubiera sido yo…

–Esta modestia es muy impropia de ti, Valentina Riccardi.

–Aunque hubiera sido yo –repetí–, ¿qué ganarías si te digo quién dio la orden?

Bastiano alzó las manos al cielo, volvió a sonreír.

–Muy bien. Como quieras.

Estiré las manos por encima de la cabeza con un gesto natural, pero percibí que la expresión de Bastiano denotaba deseo cuando la colcha cayó y dejó al descubierto mis pechos desnudos y la piel suave de mi vientre.

–Tienes la mala costumbre de meterte donde no te llaman –le informé–. No te traerá nada bueno.

–Y yo que pensaba que era una de las ventajas de nuestra relación –dijo Bastiano, mientras sus ojos recorrían mi cuerpo–. Como los dos tenemos a los mismos… empleadores, podríamos comentar los detalles y riesgos de nuestros encargos.

–¿Para eso has venido esta mañana, Bastiano? ¿Para comentar?

En un abrir y cerrar de ojos, se había acercado al lecho.

–Sí, pero estoy dispuesto a dejarme persuadir para que abandone mi actual interrogatorio.

–¿Y en qué consistiría dicha persuasión?

Se quitó el jubón por la cabeza y se desató los calzones sin quitarme los ojos de encima, hasta que quedó totalmente desnudo, con el miembro viril erecto y apuntando hacia mí.

Negué con la cabeza.

–Ya estás dando cosas por hecho otra vez. ¿Qué voy a hacer contigo?

—Se me ocurren varias cosas que me gustaría que hicieras conmigo —expresó y me acompañó bajo la colcha.

—¿Ah, sí? —añadí, forzando las palabras mientras se me agitaba la respiración por la expectación.

A pesar de que me encantaban los preliminares como a cualquier cortesana, Bastiano llevaba varias semanas fuera y me di cuenta de que no quería esperar más. Lo empujé contra el colchón, le pasé una pierna por encima de las caderas y me dejé caer sobre su miembro, enfundando todo su tamaño en mi interior. Gimió de placer y empecé a moverme sobre él.

—¿Era esta una de las cosas que se te habían ocurrido? —pregunté con la respiración entrecortada.

—Sí —dijo. La palabra salió como una especie de gemido.

Sus manos buscaron mis senos, se me arqueó la espalda cuando sus dedos acariciaron mis pezones.

—Oh, Dios mío, Valentina.

Había pensado en provocarlo un poco, continuar con nuestra conversación, retrasar su descarga. Pero la sensación de tenerlo dentro, de nuestros cuerpos moviéndose al unísono, de sus manos en mis pechos, se apoderó de mí enseguida. Seguí moviéndome, cada vez más rápido, sus caderas sacudiéndose debajo de mí para introducirse aún más en mi interior, hasta que mis gritos de placer acompañaron a los suyos y resonaron sin reparo por toda la habitación.

Después, me atrajo hacia él en la cama, su cuerpo calentaba el mío y nuestra respiración se mezcló hasta que fue imposible distinguir dónde acababa él y empezaba yo.

Capítulo 3

Poco después del mediodía, Bastiano al fin se fue. Había expresado su deseo de no querer abandonar mi cama jamás, pero, desafortunadamente, tenía asuntos urgentes que debía atender. No le pregunté en qué consistían esos asuntos; en parte para no darle el gusto, pero en parte por precaución. Si no me contaba sus quehaceres, entonces quizá era mejor que no los supiera.

Era cierto lo que había dicho: que los dos trabajáramos para el Consejo de los Diez implicaba que podíamos compartir ciertas preocupaciones y temores que no podíamos compartir con nadie más. Aunque, aun así, ambos habíamos aprendido que no debíamos entrometernos. Sabíamos de primera mano lo que les sucedía en Venecia a quienes sabían cosas que no debían.

Bueno, al menos yo lo había aprendido. Bastiano, como le había dicho hace tan solo unas horas, seguía teniendo la costumbre de meterse donde no debía y donde no lo llamaban. Por suerte, solo me mostraba esa costumbre a mí. No cabía ninguna duda de que por ello seguía con vida.

Mi principal criada, Marta, estaba terminando de recogerme el pelo cuando Lauretta asomó la cabeza por la puerta.

–Os pido disculpas, *signora*, pero tenéis visita.

El cuerpo se me tensó ligeramente.

–¿Quién es? –pregunté.

No tenía previsto que ninguno de mis clientes habituales me visitara ese día y, tras acabar de yacer con Bastiano, no tenía la más mínima intención de atender a ningún cliente. La fidelidad es una cualidad que nadie esperaría que poseyera una cortesana, pero sí la poseía, a mi manera.

Y, si era Ambrogio Malatesta, tampoco tenía demasiadas ganas de verlo. Aunque tendría que recibirlo al margen de cómo me sintiera.

Lauretta respondió:

—Es Amalia Amante, *signora*.

Permití que una sonrisa me acariciara los labios. Amalia Amante, cortesana, la vecina de al lado y la mejor amiga que tendría en la vida, era la única persona a la que sí quería ver.

—Está bien —respondí mientras esperaba a que Marta colocara la última horquilla antes de ponerme en pie—. Acompáñala arriba, Lauretta, a la sala de estar. Después tráenos un poco de vino y los manjares que encuentres en la cocina.

Lauretta asintió con la cabeza.

—De acuerdo, *signora*.

Desapareció tras el marco de la puerta para cumplir mis órdenes.

—*Signora*, no hemos hablado de vuestro vestido y joyas para esta noche —comentó Marta mientras me alejaba para dirigirme a la sala de estar.

Permití que se volviera a dibujar una sonrisa en mi rostro.

—Esta noche no saldré, Marta. No tengo ningún compromiso.

—¿No ibais a recibir a Giovanni Acri?

—Lo cancelé —respondí—. Le dije que estoy con los ciclos mensuales y que estoy indispuesta.

No era conveniente estar demasiado disponible para los clientes; alejarse un poco generaba misterio y los mantenía interesados y ansiosos. Y, como los hombres se horrorizaban al pensar en los ciclos mensuales de las mujeres, era la excusa ideal.

Para cuando entré a la sala de estar que comunicaba con el tocador, Amalia estaba sentada en un diván tapizado, los ojos le brillaban con alegría y picardía, como de costumbre.

Amalia Amante era una de esas mujeres que ponía en entredicho la afirmación de Bastiano de que yo era la mujer más bella de Venecia. Tenía unas curvas voluptuosas, mientras que mi cuerpo era más esbelto de lo que se estilaba; ella era de estatura media mientras que yo medía unos centímetros más de lo normal para ser mujer. Sus cabellos eran de un castaño intenso y no necesitaba utilizar hierros calientes para rizarlos. Tenía los ojos de un ámbar cálido y su piel era de un tono oliva intenso que le aportaba luz. Hija única de padre veneciano y madre turca, Amalia había nacido en Constantinopla y se había mudado a Venecia después de que la peste se llevara a sus padres cuando todavía era una muchacha. La idea del convento no le había atraído –lo cierto es que no les atraía a muchas mujeres– y, por lo tanto, utilizó la herencia de su adinerado padre para convertirse en una cortesana honesta. Su belleza, su don para la música y la poesía y el dominio que tenía para hablar varios idiomas, además de su deseo de vivir una vida independiente, hacían que fuera ideal para la profesión.

Sin embargo, pocos sabían que detrás de una belleza impactante se escondía una mente magnífica para los números y una agudeza excepcional a la que no se le escapaba nada. Eso, mucho más que su belleza y otros talentos, era lo que la mantenía no solo con vida, sino que permitía que prosperara.

Era extraordinaria y yo la adoraba. Ponía en evidencia a la mayoría de los hombres que dirigían la República de Venecia. Qué tragedia que nunca lo supieran.

–Mi querida Valentina –dijo a la vez que se ponía en pie para abrazarme y me daba un beso perfumado en la mejilla–. Ha pasado demasiado tiempo.

Arqueé una ceja mientras nos sentábamos.

–Nos vimos hace menos de una semana.

–¿Ves? Demasiado tiempo –respondió y esbozó una sonrisa radiante–. Iba a venir antes, pero me pareció ver entrar a Bastiano Bragadin esta mañana, así que pensé que sería mejor que os dejara solos.

Guiñó un ojo.

–Tendrías que haber venido de todas formas. Me habrías dado una excusa para echarlo.

–Oh, no quisiera privarte de nada.

–Le vendría bien tener ciertas dudas sobre mis sentimientos –dije pensativa.

–¿Tener dudas sobre tus sentimientos? *Amica mia*, le has dado una hija. A él y solo a él. Me atrevería a decir que tiene muy claros cuáles son tus sentimientos.

–Pero aun así –expresé.

Una ola de calidez maternal inundó mi cuerpo al pensar en mi hija, Ginevra. Nunca le había dado un hijo a ningún otro hombre y no lo haría jamás. Las cortesanas conocíamos los métodos para impedir la concepción y, en el caso de que esos fallaran, también sabíamos cómo deshacernos de un embarazo no deseado. A lo largo de mi vida, había tenido que tomar las plantas medicinales para vaciar mi útero en dos ocasiones; un proceso nada agradable, lleno de sangre y malestar, pero necesario tanto para mí como para muchas otras mujeres. Pero con Bastiano tomaba menos precauciones y, cuando descubrí que estaba esperando un hijo suyo hace unos años, me sentí muy feliz. Una nueva oportunidad para darle a un niño el mundo seguro que yo no había tenido.

–No le vendría mal rebajar su orgullo un poco –añadí con una sonrisa.

–Puede ser –murmuró Amalia.

Me di cuenta por su mirada cómplice de que no me creía, como pasaba cada vez que le hablaba de esas cosas. Puede que me mostrase frívola acerca de lo que sentía por Bastiano con los demás, pero ella –y él, maldito sea– sabía la verdad.

A pesar de ello, parecía que no podía evitar esa frivolidad. Me acordaba demasiado bien de lo que había ocurrido con el último hombre –y el único, antes de Bastiano– al que había amado de verdad.

–¿Y qué hay de ti? –pregunté–. ¿Ha venido a visitarte tu… favorito?

Amalia tenía un amante desde hacía mucho tiempo con el que mantenía una relación muy parecida a la mía con Bastiano. No era un cliente que pagaba, aunque pensaba que al principio sí lo había sido, y sabía que estaba profundamente enamorada de él.

Rio.

–Anoche, de hecho –respondió–. Estaba muy contento por algo, aunque no me quiso contar por qué. Algo a nivel político que le había favorecido, puestas a adivinar. –Puso los ojos en blanco y después soltó una risita–. Pero me aproveché de su buen humor, eso te lo aseguro.

–Hum, así que sí que es político. –Me pavoneé–. Uno muy poderoso, sin duda, como me había imaginado. Veamos, hay pocos hombres lo suficientemente jóvenes y apuestos que puedan tentar a la exigente Amalia Amante. ¿Puede que sea ese nuevo senador que…?

Amalia ya estaba negando con la cabeza antes de que pudiera terminar de hablar.

–Ya sabes que no te lo puedo contar, Valentina –dijo con delicadeza–. Ojalá pudiera, pero quiere mantener nuestra relación en secreto. Dice que es importante por su reputación y su familia.

–Sabes que, si me lo pidieras, nunca se lo diría a nadie, Amalia.

–Lo sé. Claro que lo sé –comentó–. Pero… No puedo traicionar su confianza. –Me miró suplicante–. Lo entiendes, ¿verdad?

Suspiré.

–Sí, supongo que sí –refunfuñé.

Algún día, por la Santísima Virgen, averiguaría el nombre de ese hombre. Aunque solo fuera para saber quién tenía el poder de hacer que Amalia Amante se sonrojase y se derritiera como la muchacha de convento que nunca había querido ser.

En ese instante apareció Lauretta, que portaba una bandeja con vino, queso, embutidos y pasteles del pastelero que estaba unas calles más arriba. Nos sirvió el vino antes de marcharse y cerrar la puerta al salir. Nuestra conversación en ese momento, como solía ocurrir, se transformó en cotilleos relacionados con las personas que conocíamos en la sociedad veneciana, lo cual entre las dos abarcaba a casi todo el mundo. Teniendo en cuenta la cantidad de conocidos que teníamos y las innumerables historias que habíamos oído, no resultó extraño que la conversación derivara en un asunto más turbio.

–Imagino que te has enterado del cotilleo más sangriento –dijo Amalia a la vez que cogía con delicadeza un pastelillo.

Noté cómo se me aceleró ligeramente el corazón al cambiar de tema. Estaba bastante acostumbrada a mentir y a mantener mis secretos ocultos, fuera del alcance de las miradas indiscretas de los demás. Pero Amalia me conocía mejor que nadie y sería capaz de detectar esa mentira. Nunca podría dejar que descubriera el trabajo tan siniestro que llevaba a cabo en nombre del Consejo de los Diez. Aunque fuera por el bien de la República, no podría soportar que me odiara o me tuviera miedo, como seguramente haría si supiera la verdad. Hice lo que se debía hacer para proteger a Amalia, al igual que a los demás.

–Esto es Venecia, *cara* –comenté con desgana al recostarme en los cojines y mirarla con una fingida indiferencia por encima del borde de mi copa de vino; una copa transparente, resplandeciente y multifacética, de lo mejor que se fabricaba en Murano–. Tendrás que precisar a qué rumor sangriento te refieres.

Dejó salir un suspiro.

–Suponiendo que has salido de casa desde el día de la Ascensión, seguro que sabes a cuál me refiero.

–Sí salí y sí lo sé –admití–. Era lo único de lo que hablaba el senador Querini anoche.

Me había resultado divertido, en un sentido retorcido, escuchar sus especulaciones acerca del asesinato, que repitiera los rumores que había oído y me asegurara que su trabajo en el Senado le llevaría, sin lugar a dudas, a descubrir quién era el culpable llegado el momento. Aunque pertenecía a una antigua familia de Venecia y, por lo tanto, había tenido la suerte de recibir un nombre privilegiado, el senador viudo era un necio incompetente que siempre ansiaba parecer más importante de lo que era en realidad. Era el tipo de hombre que no creía que una mujer –ni siquiera una culta cortesana honesta– pudiera llegar a comprender los entresijos del poder y la política.

Sin embargo, me limité a reírme, pues, a pesar de sus alardes, yo sabía mucho más acerca de los asuntos del Estado de Venecia que él.

Amalia arrugó la nariz con desagrado, distraída durante un instante.

–¿Querini? ¿Sigue siendo tu cliente?

–Por desgracia, sí.

–Pobrecita.

–Me limito a permanecer tumbada y pensar en todo el oro que añade a mis cofres. Paga una tarifa más alta que la mayoría.

Los ojos de Amalia rebosaban alegría.

–¿Porque es tan bobo que no se entera?

–Exacto.

–Qué lástima –dijo Amalia con ternura–. Supongo que todas necesitamos a uno como él, ¿no?

–Está claro que los hombres como él tienen sus ventajas.

–Sin duda. Pero nos hemos desviado de lo importante. El asesinato. ¿Has oído hablar de algo así alguna vez? ¿A plena luz del día, durante las celebraciones del día de la Ascensión?

–Claro que sí, y tú también –respondí; no tenía demasiadas ganas de hablar de ello más de lo necesario–. Esto ocurre cada vez que el Consejo de los Diez nos quiere recordar quién manda en Venecia. Ocurre con frecuencia.

Amalia frunció los labios a la vez que me escudriñaba.

–¿Crees que han sido los Diez?

–¿Quién si no?

Solo podía hacerme la tonta con Amalia hasta cierto punto, antes de que empezara a desconfiar. En cualquier caso, estaba segura de que habría llegado a la misma conclusión –la correcta– por su cuenta.

–Quién si no –dijo pensativa–. Pero ¿no resulta un tanto… escandaloso incluso para ellos? ¿Entre la multitud durante una de las festividades más importantes de la República? ¿Qué habrá hecho ese pobre desgraciado: invitar a la Armada española a adentrarse en la laguna?

En cierto modo, eso era lo que había hecho o, al menos, lo que había pensado hacer. Incluso ahora, me volvía a invadir la rabia al pensarlo.

–Tal vez –respondí y me encogí de hombros para restarle importancia.

–Circulan montones de rumores por ahí, cómo no –prosiguió Amalia–. Maridos celosos, mercaderes o socios a quienes pudo estafar… Todo lo que te puedas imaginar.

–Yo también he oído todo eso y más –afirmé.

–Pero creo que tienes razón –admitió Amalia, que clavó sus ojos en los míos y me sostuvo la mirada más de lo necesario–. Creo que fueron los Diez. Aunque supongo que nunca sabremos el motivo exacto.

Y por eso hacía lo que hacía. Para que los habitantes de la preciosa ciudad de Venecia, la joya del Adriático, nunca supieran lo cerca que la desgracia pasaba de sus puertas. Para que los venecianos nunca tuvieran que pasar por lo que yo había experimentado de joven.

–No –dije–. Creo que nunca lo sabremos.

Capítulo 4

Al día siguiente por la noche acudí a una fiesta con un cliente que era un miembro muy acaudalado e influyente del Gran Consejo, Iacomo Bergamasca. Resultó ser una noche bastante amena a pesar de que muchos de los invitados siguieran hablando sobre el asesinato del día de la Ascensión. Había hecho lo que debía por Venecia, y era algo que había aceptado hacía mucho tiempo, pero eso no significaba que disfrutara rememorando mis actos una y otra vez.

Por suerte, la mayoría de mis misiones eran menos públicas.

Volví a tener una noche libre al día siguiente, así que envié a un emisario al *palazzo* de Bastiano para invitarlo a pasar esa noche conmigo. El emisario regresó y dijo que le había dejado el mensaje a uno de los criados de los Bragadin, ya que Bastiano no había aparecido. Le resté importancia e intenté convencerme de que no estaba decepcionada y de que disfrutaría de esa noche única a solas.

Le solicité a Girolama, mi cocinera, que me preparara una cena sencilla y luego le pedí a Marta que me desvistiera para pasar la noche antes de despachar al servicio.

Mi hogar estaba compuesto por un majestuoso *piano nobile* para recibir a los invitados, una sala contigua más pequeña, un comedor y una alcoba que ocupaban la segunda planta del *palazzo*, junto con el despacho. La cocina se encontraba en la planta baja, frente a la entrada por el canal. En la tercera planta estaban las estancias privadas, una habitación de invitados y las dependencias del servicio para Lauretta y Marta. Bettina y Girolama, la cocinera, vivían cerca e iban y venían según sus obligaciones, mientras que Luca, mi fiel gondolero, tenía una pequeña habitación en el entresuelo sobre la entrada por el canal. No me gustaba ocuparme de mis negocios –de ninguno de ellos– en las mismas estancias en las que dormía y vivía. Las únicas personas que podían acceder a la tercera planta, aparte de mis criadas, eran Bastiano y Amalia.

Me acomodé, vestida tan solo con el camisón y una bata de seda, en la sala de estar privada de la tercera planta, con un libro de poesía que tenía pendiente y que me había regalado uno de mis clientes. Una cortesana debe tener conocimientos sobre arte y literatura para poder mantener conversaciones fluidas con sus mecenas e iguales. Aunque en el fondo mi interés iba más allá, disfrutaba de la lectura y no solía disponer de demasiado tiempo para ella.

Estaba tan absorta en el ejemplar que anocheció. Se me apagó la última vela y me vi obligaba a levantarme y encender una nueva. Había perdido la noción del tiempo cuando, de pronto, la puerta de la sala de estar se abrió de golpe.

Grité y estaba a punto de llegar a la mesa pequeña, en cuyo cajón se escondía un puñal, antes de que me diera cuenta de quién era.

–Bastiano –exclamé con la voz entrecortada, el corazón se me salía del pecho–. Por los pulgares de Dios, no me hagas eso. Podría haberte apuñalado. ¿Quién te ha dejado entrar?

–Tu criada, de nuevo –dijo Bastiano y enseguida me di cuenta de que tenía los hombros caídos, la mirada apagada, la voz monótona; no era el optimista y prepotente de siempre–. Al salir, parece ser.

No cabía duda de que Lauretta iba a desfogarse, y la admiraba por ello. Pero sus travesuras no me interesaban lo más mínimo en ese momento. Recogí el libro de donde lo había dejado caer debido al susto y lo dejé en el diván en el que me había acurrucado, sin dejar de analizar a mi amante ni un segundo.

–Bastiano. ¿Qué sucede?

Movió la cabeza con gesto de disgusto, incapaz de hablar durante un instante. No recordaba cuándo había sido la última vez que había presenciado tal fenómeno.

–Tenía… –empezó a decir–. Tenía que venir aquí. No sabía a dónde ir.

–Entonces, ¿recibiste mi mensaje? ¿El que entregó mi emisario en tu *palazzo*?

Volvió a negar con la cabeza.

–¿Un emisario? No. No he vuelto a casa. ¿Cómo iba a hacerlo en estas condiciones?

Sacó las manos de entre los pliegues de la capa, en donde habían estado escondidas desde que llegó. Estaban cubiertas de sangre, al igual que la parte frontal del jubón que llevaba bajo la capa.

Solté un grito ahogado y se apresuró a tranquilizarme.

–No es mía –dijo–. Es…

De nuevo movió la cabeza con disgusto.

–¿Los Diez? –pregunté, convencida de que notaría el alivio en mi voz.

Ahora que sabía que la sangre no era de Bastiano, podríamos ocuparnos de lo demás.

Asintió con la cabeza.

–¿Quién si no? Me asignaron la misión nada más volver a la ciudad hace unos días. Y, entonces, esta noche, justo ahora, después… No… No sabía a dónde ir… Tenía que venir aquí…

Qué suerte que esa noche no hubiera venido ningún cliente. ¿Cómo habría explicado la irrupción de mi amante ensangrentado? Aunque no era necesario y lo único que importaba ahora era atender a Bastiano.

—Ven —dije a la vez que lo dirigía hacia la habitación en la que se encontraban la bañera y el bacín.

—Siéntate. —Lo empujé por los hombros con cuidado y se sentó en un pequeño taburete tapizado junto a la bañera, donde se solía sentar Marta cuando me ayudaba a lavarme—. No te muevas.

Como había despachado al servicio, tendría que encargarme yo. Me di cuenta, mientras me apresuraba hasta la cocina, de que eso también había sido una gran ventaja. No sería necesario dar explicaciones.

Encendí el fuego de la cocina y puse a calentar una cazuela con agua. Tardaría siglos en calentar y transportar el agua suficiente para llenar la bañera; para cuando lo consiguiera, el servicio ya habría vuelto para reanudar su jornada laboral por la mañana y empezarían a hacer preguntas. Aunque podría lavar a Bastiano antes de que eso ocurriera.

Mientras esperaba a que se calentara el agua, volví a subir y cogí el jarro y la palangana de mis aposentos y los llevé al cuarto de aseo. Bastiano estaba sentado en el mismo sitio en el que lo había dejado, los dorsos de las manos apoyados en las rodillas, con la mirada perdida.

—Ten —le dije y coloqué la palangana en el lavabo para llenarla con agua. Saqué una pequeña pastilla de jabón, que había importado de Francia por un precio desorbitado—. Lávate las manos, por lo menos. Pronto habrá más agua para lavar cualquier otra parte que tengamos que lavar.

Bastiano obedeció sin decir una sola palabra; metía las manos en el agua y utilizaba el jabón para eliminar todo rastro de sangre. Lo observé durante unos segundos mientras el agua de la palangana se tornaba rosa.

Regresé a la cocina, donde el agua ya estaba lo bastante caliente. Acarreé la cazuela hasta la planta de arriba, cogí algunas de las prendas limpias que Bastiano dejaba ahí y volví con él. Tenía las manos limpias y se había quitado la capa, la cual, al ser negra, ocultaría las manchas de sangre hasta que se lavara. Sin embargo, el jubón con las mangas de lino era otra historia.

—Quítate eso —le ordené, señalando la prenda—. Tendremos que quemarlo.

Obedeció, sin decir nada todavía, y pude ver que parte de la sangre le había calado hasta el pecho, pero no demasiada. No tenía ni un solo rasguño, gracias al Dios de las Sombras; mi deidad particular, la cual, me gustaba creer, velaba por los actos de las personas como Bastiano y yo.

Empapé un paño en el agua tibia y empecé a limpiarle la sangre de la piel. Hizo un sonido con la parte posterior de la garganta al limpiarlo, un sonido de agrado, parecido al ronroneo de un gato. Me permití sonreír mientras seguía con mi labor.

Tras un instante de silencio, por fin hablé.

—Parece que este asesinato te ha afligido —dije en voz baja, concentrándome en mi tarea—. ¿Deseas hablar de ello?

Negó con la cabeza y soltó una triste risa.

—¿No debería sentirme afligido tras asesinar a un joven que estaba en la flor de la vida?

Seguía sin mirarlo a los ojos. Quería que hablara sin tapujos, que compartiera sus pensamientos sin temor a que lo juzgara o reprobara. Mentiría si dijera que los actos que cometía en nombre de Venecia no me atormentaban, pero a Bastiano le costaba más que a mí. Siempre había sido así. Aunque lo cierto es que él nunca había pasado por lo mismo que yo, nunca había visto cuáles serían las consecuencias si no acatábamos las órdenes de los Diez. Su vida, por lo general, había sido mucho más sencilla que la mía. Lo que debería haber sido mi vida antes de que todo se derrumbara en una vorágine de sangre y fuego. Pero ¿quién mejor que yo sabía lo necesario que era hablar de esos atroces asuntos de vez en cuando?

—Supongo que deberías estar afligido —respondí antes de volver a meter el paño en el agua—. Eso significa que tu alma sigue intacta.

—Alma —espetó—. ¿Qué queda de mi alma?

—No eres un asesino despiadado, Bastiano.

—El hombre al que he matado esta noche está igual de muerto, con remordimiento o sin él —expresó—. Mi remordimiento no cambia el hecho de que los peces se están comiendo su cadáver en algún canal en este preciso instante.

Permanecí en silencio unos segundos antes de volver a hablar.

—¿Por qué ese hombre?

Bastiano exhaló con fuerza.

—Un espía otomano, parece ser —dijo—. Emborrachó a unos constructores navales y se enteró de más de lo que debía acerca del Arsenal. Se hizo pasar por un marino mercante, pero era un empleado de la casa del sultán. O eso me contaron.

—Entonces hiciste lo correcto —me limité a decir—. Era una amenaza para Venecia.

Bastiano me miró a los ojos y me sostuvo la mirada. En ellos había una enorme desolación que no recordaba haber visto antes.

—Llamó a gritos a su madre —confesó en voz baja—. Antes de que lo degollara.

Dejé caer el paño mojado y, desde donde estaba arrodillada junto al taburete, abracé a Bastiano. Respiró hondo, se estremeció y hundió el rostro en mis cabellos sueltos.

Permanecimos así unos instantes.

Porque ambas cosas eran ciertas. El hombre había sido una amenaza para Venecia y debía morir. Pero también era un joven que tenía una madre y una familia que llorarían de pena cuando descubrieran que había muerto. Y las personas como Bastiano y como yo teníamos que lidiar, de alguna manera, con esas verdades tan reales y a la vez tan dispares. Debíamos cargar con ellas sin que nos aplastaran, aunque el peso, como sospechaba en el fondo, nos acabaría derrumbando tarde o temprano, algún día.

Y cuando Bastiano ya no podía cargar con todo, ahí estaba yo para ayudarlo. Siempre lo estaría.

Interludio

Roma, marzo de 1527

—¡Maria! ¡Maria Angelina!

Me giré hacia la voz que susurraba —con intensidad— mi nombre en el creciente crepúsculo. Poco a poco se me dibujó una sonrisa en el rostro cuando vi a Massimo asomado por la puerta de las caballerizas, sonriéndome.

No sabía que iba a ir a visitarme esa noche, pero no me sorprendió. Se escapaba para ir a verme siempre que podía, a caballo, desde la magnífica residencia de sus padres en Roma hasta nuestra preciosa villa a las afueras, en el límite de un viñedo con suaves colinas a un lado y las siete colinas de Roma al otro, las cúpulas y los chapiteles de las iglesias que se elevaban hasta el cielo.

Miré a nuestro alrededor para asegurarme de que no había nadie y después atravesé el patio de las caballerizas deprisa hasta llegar a los establos. Massimo cerró la puerta cuando entré y me lancé a sus brazos.

Sus labios enseguida se posaron en los míos y correspondí a sus besos apasionadamente, a la vez que mis manos se colaban por debajo de su chaqueta y desataban los cordones del jubón.

Puso sus manos sobre las mías para detenerme.

—¿Y tus padres? —preguntó en voz baja, el calor de su respiración en mi mejilla.

—Han salido. Deben de estar en algún banquete.

–¿Y tu doncella?

Me encogí de hombros.

–En alguna parte de la casa. No saldrá a buscarme.

–¿Estás segura? La última vez…

–La última vez dejaste la puerta abierta, tontorrón. Esta vez está cerrada, ¿verdad?

Eso era lo único que necesitaba para convencer a Massimo.

–En efecto –dijo y, sin más preámbulos, me condujo a una de las caballerizas que estaba vacía.

Nos desvestimos con inmediatez y unimos nuestros cuerpos con torpeza por la inexperiencia, lo cual hacía que fuera más emocionante al tratarse de algo nuevo. Habíamos hecho el amor por primera vez hacía menos de un mes y estaba encantada de que cada vez resultara más agradable, de que Massimo y yo siguiéramos descubriendo nuevas formas de darnos placer.

No les habíamos hablado de nuestros encuentros ni a mis padres ni a los suyos, como es natural; los sermones y los apretones de manos que tendrían lugar si nos descubrieran no merecían la pena. Pero, aunque nos descubrieran, ¿qué iban a hacer? Massimo y yo estábamos prometidos, que era prácticamente lo mismo que el matrimonio, tanto ante la ley como a los ojos de Dios. Era un acuerdo pactado entre nuestros ricos padres comerciantes con el fin de unir los negocios familiares y las fortunas. Mi padre era el dueño de unos extensos viñedos a las afueras de Roma y exportaba su excelente vino a toda Europa. El padre de Massimo comerciaba con artículos de lujo del extranjero y tenía sentido que hicieran negocios juntos, para que el vino de mi familia llegara a un mercado más amplio y la familia de Massimo pudiera compartir las ganancias. ¿Y qué mejor forma de sellar un pacto comercial tan rentable que mediante un casamiento?

La diferencia entre nuestro acuerdo y los de otras parejas jóvenes –tanto en la Ciudad Eterna como, suponía, en cualquier otra parte– era que Massimo y yo nos habíamos enamorado. Creo que lo amé desde el instante en el que su padre lo llevó a visitarnos, cuando nuestras familias cenaron juntas y Massimo me miró con descaro desde el otro lado de la mesa mientras yo le lanzaba seductoras miradas. Era tan bello como el cuadro de un santo, con cabellos dorados que se rizaban con delicadeza sobre su frente y unos ojos azules como un caluroso día de verano. Era más alto que yo y estaba fornido debido a la esgrima, montar a caballo y luchar con sus hermanos. Me encantaba tocarlo, acariciar cada centímetro de su cuerpo, disfrutar de la belleza de su figura y del hecho de que era mío.

Después, mientras *mio carissimo* Massimo y yo yacíamos sudorosos, con las extremidades enredadas y trozos de heno pegados por todas partes, se giró hacia mí, con la cabeza apoyada en un brazo, y me contempló.

–¿Por qué estás tan serio, *caro*? –le pregunté; mi sonrisa se desvaneció ligeramente–. ¿No… no te he agradado?

–No –respondió de inmediato con una rapidez reconfortante y sonrió–. Jamás podrías no agradarme, Maria.

Respiré aliviada.

–Menos mal.

Su expresión se tornó seria de nuevo.

–Te… –Se aclaró la garganta–. Te amo, Maria Angelina.

Me quedé sin aliento, tan solo un instante, antes de que una sensación de felicidad recorriera todo mi cuerpo. Se parecía al éxtasis que se siente al hacer el amor, pero a nivel emocional más que físico.

–Yo también te amo, Massimo –dije sin pensarlo ni un segundo–. Muchísimo.

Era la primera vez que nos decíamos esas palabras aunque

sabía que eran ciertas, las había sentido en cada mirada, caricia y beso que habíamos compartido. Sin embargo, al escuchar a Massimo decirlas en voz alta…, ¿cómo no iba a estar pletórica?

Se inclinó para besarme, volvió a cubrirme con el cuerpo, deseaba tenerme de nuevo. Y yo a él.

Sabía que era la muchacha más afortunada de Roma, puede que la más afortunada del mundo. Iba a casarme con el joven al que amaba. Íbamos a dormir en el mismo lecho cada noche durante el resto de nuestra vida. Podríamos hacer el amor cada vez que quisiéramos y nadie podría impedirlo. Podría besarme por la calle, delante de todo el mundo, y, aunque las señoras mayores chasquearan la lengua con desaprobación, lo harían luciendo una sonrisa. Yo mantendría su hogar y él me traería regalos preciosos y algún día le daría hijos. Él me amaba. Y yo lo amaba a él.

¿Cuántas jóvenes tenían la misma suerte?

Capítulo 5

Cuando Bastiano ya estaba aseado, lo metí en la cama, en la que se quedó dormido casi al instante. Pasé al menos una hora deshaciéndome del agua ensangrentada, fregando la cazuela y quemando el ropaje de Bastiano. Luego, al fin, me desplomé en el lecho junto a él, agotada. Se volvió hacia mí mientras dormía, me atrajo hacia él y me regodeé en su calor, en su presencia.

A la mañana siguiente, Bastiano se vistió y me dio un beso intenso y placentero antes de despedirse.

—Vaya, vaya —dije cuando nos separamos—. Ten cuidado o volveré a arrastrarte a esta cama.

El corazón me dio un brinco al ver aparecer la sonrisa vanidosa de siempre en su rostro.

—Me encantaría —expresó—, pero, desafortunadamente, debo volver a casa. Mis padres deben estar preocupados al ver que no regresé anoche y hoy debo ocuparme de algunas cuestiones comerciales muy aburridas.

—Está bien. —Cuando se dispuso a marcharse, extendí el brazo, le cogí la mano y la apreté una vez—. Te veré pronto, Bastiano —dije en voz baja—. Y no... no te preocupes.

Me apretó la mano de vuelta, sus ojos se toparon con los míos en un abrazo y demostró que comprendía el significado implícito de esas tres sencillas palabras.

—No —respondió—. No lo haré.

Y tras ello, se fue, más erguido que la noche anterior y soportando la carga un poco mejor.

Después de levantarme, tomar el desayuno y vestirme, tenía que ocuparme de mis propios asuntos. Me instalé en el despacho para revisar la correspondencia del día y me esforcé por apartar de mi mente la noche anterior.

Había recibido una carta de Sonia Abate, la campesina con la que vivía Ginevra. Cuando había nacido mi hija, hacía dos años, no había podido darle el pecho y, además, era evidente que no podía involucrarla en la vida que llevaba, por lo que había pagado a un matrimonio de la campiña del Véneto para que criara a Ginevra junto con sus descendientes. La mujer había amamantado a Ginevra a la vez que a su hija, que había nacido en torno a la misma época. De esta forma, Ginevra pasaría su primera infancia alejada de la pestilencia, las plagas y el peligro de Venecia.

Y, sobre todo, del peligro de su madre. Era una verdad desagradable, pero, al fin y al cabo, era la verdad. Era una mujer peligrosa y llevaba a cabo tareas peligrosas. Al igual que Bastiano, el padre de Ginevra, y dejando a un lado el trabajo que hacía para los Diez, pasaba mucho tiempo en el extranjero y no estaba en condiciones de criar a una niña. No la expondría a ese peligro; no si podía evitarlo. Por no hablar de que el hogar de una cortesana no era el más indicado para criar a una niña; una niña de sangre noble, nada menos.

Me negaba a hacer lo que hacían otras cortesanas de la ciudad: formar a sus hijas para ejercer el oficio, vender la virginidad de sus hijas al mejor postor en cuanto las niñas manchaban por primera vez. Si Ginevra se convertía en cortesana algún día, sería porque ella había elegido ese camino al alcanzar la mayoría de edad y por ningún otro motivo. Y no era una mala elección si una mujer deseaba ser libre, si no quería depender de ningún hombre para sobrevivir. Aunque mi intención era trabajar muy duro para tener la garantía —es decir, el dinero— de que mi hija pudiera elegir. Como por sus venas corría sangre Bragadin, también podría encontrar a un buen marido si así lo decidiera.

Algún día la traería de vuelta a Venecia conmigo. No permitiría que pasara toda su vida como una extraña. No lo podría soportar. Aunque todavía no, no mientras fuera tan pequeña, tan frágil. Así que, por ahora, debía conformarme con las cartas de Sonia Abate.

En ella decía que Ginevra estaba bien, sana y que tenía buen apetito. Crecía deprisa y hablaba por los codos. «¡Habla más que mi marido!», me escribió Sonia. Sonreí al leerlo. Por lo visto, Ginevra había heredado la costumbre de su padre de hablar solo para escuchar su voz.

Eran buenas noticias y prometí, de nuevo, que ese verano viajaría a la campiña para ver a Ginevra y pasar tiempo con ella. De todos modos, la mayor parte de la sociedad veneciana abandonaba la ciudad durante los calurosos meses de verano para huir del calor y el mal olor de la ciudad, pero también de la peste que se hacía aún más presente cuando hacía calor.

Tras dar a luz a Ginevra, compré una pequeña casa de campo que no quedaba demasiado lejos de la aldea en la que vivían Sonia y su marido, Vito. Y siempre que podía, que por desgracia no era con demasiada frecuencia, me escapaba para verla. Bastiano me acompañaba en algunas ocasiones. No atendía a ningún cliente en la casa de campo ni recibía a personalidades relevantes. Nadie, aparte de Bastiano, Amalia y mis criados, sabía que tenía una villa. Y así quería que siguiera. La villa de la campiña era el lugar en el que podía imaginar, aunque solo fuera durante un momento, que podría volver a tener una familia a pesar de que era imposible. Era una vía de escape para huir de la realidad de mi vida en Venecia, aunque solo fuera temporal.

Dejé la carta a un lado para mostrársela a Bastiano cuando fuera a visitarme, pues siempre leía las cartas de Sonia, y se alegraría de saber que nuestra hija estaba bien. Bastiano también mandaba dinero para la manutención de Ginevra y me había ayudado a gestionar su cuidado con la familia Abate. A él también le habría gustado tener a nuestra hija más cerca, pero entendía los motivos por los que no era posible.

Algún día, tal vez, podría reconocerla como suya. Cuándo llegaría ese día y cómo sería, no lo sabía, pero, mientras Ginevra siempre supiera quién era su padre, eso era lo único que me importaba.

Permanecí en mi despacho y dediqué el resto de la mañana a revisar la correspondencia. De vez en cuando hacía una pausa para mirar a mi alrededor, para contemplar el magnífico escritorio y la silla en la que me sentaba, el espejo de cristal de Murano con el marco dorado en la pared de enfrente, las cortinas de seda que enmarcaban las vistas de un pequeño canal en el exterior, la delicada cristalería y los licores exclusivos en el aparador de madera de caoba que se encontraba entre las ventanas. Apreciaba las exquisiteces de la vida y nunca me disculparía por ello. No había un solo día en el que no contemplara con regocijo –además de con cierta incredulidad– mi precioso hogar y los maravillosos objetos que contenía. La incredulidad de saber que todo eso me pertenecía y estaba a mi disposición; que de verdad vivía así después de todo por lo que había pasado cuando era más joven y todo lo que había perdido.

Nunca daría nada por sentado.

Además de las cartas de Sonia, había pilas de invitaciones y solicitudes de visitas que debía analizar, la mayoría eran de mis clientes actuales y también de algunos hombres que deseaban conocerme. Descarté las segundas. Para captar mi atención, se requería mucho más que una carta inesperada, por muy bien redactada que estuviera. En lugar de ello, revisé las de mis clientes actuales. Mi único cliente eclesiástico quería venir la próxima noche y le respondí enseguida para confirmar.

No había atendido al padre Valier desde hacía tiempo y sonreí complacida al pensar en su visita. Francesco Valier rondaba los treinta y cinco años, era apuesto y bastante enérgico y completo en la alcoba, más de lo que se puede esperar de un clérigo. Puede que fuera esa emoción de lo prohibido la que también contribuía a que me sintiera más atraída por él, pero las noches que pasaba con Francesco nunca eran una tarea rutinaria, a diferencia de aquellas con el anciano senador Querini. Francesco era uno de tantos cuya familia patricia ansiaba tener poder e influencia sobre la Iglesia y, por ello, obligaron a su segundo hijo a consagrarse, independientemente de lo capacitado que estuviera para dicha profesión. Y Francesco, aunque poseía la astucia y la mente estratégica necesarias para ascender en la Iglesia, no estaba capacitado en absoluto para otros aspectos de su puesto, como el celibato.

Toda una suerte para mí.

Escribí respuestas tanto para aceptar como para rechazar las invitaciones restantes. Tras ello, me puse en pie y me estiré. Todavía era temprano y tenía tiempo de sobra antes de tener que empezar a arreglarme para esa noche. Iba a acompañar a Niccolo Contarini, el mayor de los hijos de una familia honorable y que prefería mi compañía a la de su aburrida esposa, a una velada. Junto con Francesco, Niccolo era mi cliente preferido; siempre me lo pasaba bien con él. Cuando yacíamos, sabíamos perfectamente lo que deseaba el cuerpo del otro. Fuera del lecho, éramos amigos.

Toqué la campanita para llamar a Marta.

—Un vestido y un peinado sencillos —le dije cuando apareció—. Voy a acompañar a Bettina al mercado hoy.

—Claro, *madonna* —respondió Marta al dirigirse hacia el ropero para acatar mis órdenes.

Si hubiera cenado en casa, sola o con algún cliente, Bettina habría ido al mercado al amanecer en busca de la mejor presa o pedazo de carne que se pudiera conseguir ese día. Como iba a salir esa noche, era probable que no hubiera ido. Podríamos ir a comprar algunas cosas juntas.

Muchas de las cortesanas de la ciudad no querían que las vieran en la calle haciendo algún tipo de tarea cotidiana. Lo cual las ayudaba a preservar cierto halo de misterio, la fantasía de que no eran como las demás mujeres, sino más bien diosas. Eso no tenía ninguna utilidad para mi labor con el Consejo de los Diez ni para mis intereses personales. Vivía en la que, estaba segura, era la ciudad más bonita del mundo. ¿De qué me servía si no salía y la aprovechaba? No había decidido ser cortesana para encerrarme en otra jaula, ni siquiera en una hecha por mí misma.

Además, mis clientes y amantes procedían de los estratos sociales en los que era muy poco probable que me topara con ellos entre los abarrotados y malolientes puestos de pescado del mercado de Rialto. Podía ser libre y, a la vez, mantener ese halo de misterio.

Poco después, Bettina y yo salíamos del *palazzo*, el cual no era tan antiguo ni majestuoso como los de la mayoría de la nobleza, pero, no obstante, era magnífico. Nos dirigimos hacia Rialto y el mercado.

—No quedará gran cosa a esta hora, *madonna* —me advirtió Bettina.

Le resté importancia con un gesto de la mano.

—Lo sé. De todos modos, me interesa más el paseo.

—Hace un día espléndido —comentó mi leal ama de llaves y permanecimos en un silencio agradable mientras recorríamos las estrechas callejuelas, cruzábamos puentes y nos abríamos paso entre las multitudes de venecianos que disfrutaban de un precioso día primaveral.

Inhalé el aire salado de los canales, el olor húmedo y terroso de los ladrillos y las piedras de los edificios. Pasamos por delante de inmuebles lujosos y casas más pequeñas en las que convivían varias familias. Caminamos por el laberinto de calles hasta que llegamos a los pies del Puente de Rialto, la estructura de madera se arqueaba sobre el Gran Canal; la principal vía fluvial de Venecia, la arteria en la garganta de la Serenísima de la que manaba toda la vida.

Volví a tomar una bocanada de la brisa de la laguna y suspiré satisfecha al contemplar el reflejo del sol en el agua, en las fachadas de piedra de los preciosos edificios que bordeaban el Gran Canal, la grandeza de esta ciudad que flotaba en el mar.

Sabía lo que se requería para mantenerla a flote. Era consciente de las atrocidades, la sangre y la muerte que eran necesarias para evitar que se hundiera entre las olas. Sin embargo, tal belleza, tal riqueza lo merecían. Había visto cuál era la otra opción y estaba dispuesta a hacer lo que fuera necesario para evitar que las llamas de la guerra engulleran a la Serenísima.

Al fin y al cabo, había elegido esta ciudad y ella, a su vez, me había elegido a mí, o eso era lo que siempre había creído. Yo no había sido una gran elección, al menos no cuando llegué por primera vez y, aun así, Venecia me había dado una segunda oportunidad. ¿Cómo no iba a estar dispuesta a mancharme las manos de sangre por ella?

Bettina y yo subimos los peldaños del puente para llegar al otro lado, donde se encontraba el mercado. No pude evitar detenerme en lo alto del puente para disfrutar de las impresionantes vistas del Gran Canal. Bettina esperaba con impaciencia y sacudía la cabeza.

—Está igual que cuando pasamos por aquí la última vez —dijo, cuando por fin me aparté de la barandilla y descendí al otro lado del puente—. Y estará exactamente igual mañana.

—Me detengo a contemplarlo porque está igual —espeté—. Porque, por algún motivo, cada día está igual de magnífico que el anterior. Ese me parece el auténtico milagro.

Chasqueó la lengua.

—Os estáis volviendo más sentimental con la edad, *madonna*.

—¿Con la edad? ¡Soy tan joven que podría ser tu hija!

—Pero lo bastante mayor como para sentir como un poeta.

—Tú eres mayor y eres la persona menos sentimental que conozco —señalé.

—Y me ha ayudado mucho —dijo Bettina.

—Entonces, trataré de parecerme más a ti, Bettina —añadí.

Pero me mofé para mis adentros. «¿Sentimental? ¿Yo?». Si fuera cierto, no sería capaz de degollar a un hombre o envenenar su vino.

Le eché un último vistazo al Gran Canal, que relucía bajo el sol, y permití que esas vistas me llenaran como una buena comida. Recordé cómo pesaba Ginevra entre mis brazos cuando estuve con ella el verano pasado y el inigualable aroma de su cabello, su piel, la certeza de que era mía y que yo la había creado. Me imaginé junto a Bastiano en el lecho, sin hacer el amor, sin ni siquiera hablar, tan solo el uno junto al otro.

Puede que estuviera un poco sensible respecto a ciertas cosas. Las cosas que de verdad importaban.

Seguí a Bettina entre los puestos, señalé algunas verduras y embutidos y dejé que ella negociara con los vendedores ambulantes.

Mientras caminábamos por el mercado, empecé a tener la

sensación incómoda y punzante de que alguien me observaba. Miré de reojo a mis espaldas varias veces, pero sentí que alguien me acechaba fuera de mi campo de visión. Bettina, a quien no se le escapaba nada, me miró con el ceño fruncido después de que me girara de golpe un par de veces, pero me limité a sonreír para intentar tranquilizarla.

Y, entonces, al fin, lo vi; estaba merodeando junto a un puesto de pescado: uno de los sicarios de Malatesta, el mismo que me había estado vigilando durante el día de la Ascensión. Si se percató de que lo había visto, no reaccionó; tan solo siguió examinando el puesto antes de pasar al siguiente, más cerca de mí.

¿Podría tratarse de una coincidencia? Los matones de Malatesta también tenían que comer, así que tal vez había un motivo inofensivo por el que estaba en el mercado.

Pero… no. Sabía qué se sentía al ser vigilada y, sin duda, alguien me había estado vigilando a mí. Pero ¿por qué? ¿Para qué? Si debía seguirme con discreción, no había hecho muy buen trabajo; lo había descubierto enseguida. Él sabía que conocía su cara, aunque no su nombre.

O tal vez debía verlo. Tal vez debía saber que me estaban vigilando. Esa posibilidad era la más escalofriante de todas.

Me estremecí, lo cual provocó que Bettina volviera a mirarme con el ceño fruncido.

–¿Qué sucede, *madonna*? –preguntó.

–Nada –dije–. Yo…

Pero, cuando volví a mirar a mi alrededor en busca del hombre, ya no estaba.

–Nada –añadí–. Volvamos a casa.

Cuando Bettina y yo llegamos a casa con nuestras compras, entramos por la puerta del servicio, la que daba a la calle que estaba detrás del *palazzo*, y Lauretta apareció de inmediato.

–*Madonna*, disculpadme –expresó, retorciéndose las manos con nerviosismo–. Ha venido uno de vuestros clientes habituales. Ese… ¿Es senador? Ay, Santa Madre de Dios, he olvidado cómo se llama…

–¿Ambrogio Malatesta? –pregunté y se me revolvió el estómago.

–Sí, el mismo. Está en el salón, *madonna* –dijo Lauretta–. Exigió que lo dejaran pasar a pesar de que le dije que habíais salido.

–Seguro que sí –masculló, pero aun así un escalofrío me recorrió la espalda.

¿Había enviado Malatesta a su hombre para buscarme cuando no me encontraba en casa? ¿O tenía la costumbre de vigilarme?

Alcé la voz y dije:

–Gracias, Lauretta.

Y subí a la planta de arriba. Intenté no pensar en el hombre del mercado. Tenía que espabilarme. Solo había un motivo por el que Malatesta viniera a mi casa sin avisar: iba a encargarme otra misión.

Capítulo 6

Sin rodeos y sin anunciar mi llegada, abrí de golpe las puertas del salón de la segunda planta en el que Malatesta estaba sentado o, mejor dicho, entronizado. Se había acomodado en la silla lujosamente tapizada como si esta, además de la habitación y todo lo que contenía, y también el *palazzo* y sus habitantes, fuera de su propiedad. Prefería no pensar en cuánto de cierto era eso.

Si mi llegada repentina le sorprendió, no lo mostró, maldita sea. Sus ojos fríos y oscuros se clavaron en los míos con tranquilidad cuando entré.

Ambrogio Malatesta estaba en sus últimos años, para ser exactos; cerca de los sesenta, al menos. Aunque incluso yo tenía que reconocer que era un hombre apuesto; seguro que en su juventud había llamado la atención de muchas damas, y tal vez todavía lo hacía. Era alto y fornido, aunque delgado. Se apartaba el espeso cabello gris como el hierro de la cara, que seguía definida y tenía unas facciones bien proporcionadas, como la estatua de un antiguo emperador o héroe romano. Ese día, como siempre, lucía el traje negro de los nobles venecianos; el suyo siempre estaba impecablemente limpio y sin arrugas.

Malatesta había iniciado su mandato en el Consejo de los Diez hacía unos meses, en enero de ese mismo año. Había trabajado con otros miembros antes de él, la mayoría de las veces pasaba información que obtenía de mis clientes y, con el tiempo, empecé a eliminar a aquellos que querían hacerle daño a la República de Venecia. Había conocido a Malatesta hacía varios años, cuando era un ambicioso miembro del Gran Consejo y, después de un tiempo, un senador, que descubrió que mis habilidades especiales podían ser muy útiles. Últimamente, solo trabajaba con él y para él. Y ese año, al fin, había cumplido su viejo sueño de formar parte del Consejo de los Diez.

—*Signor* Malatesta —dije de forma sucinta, como respuesta a su mirada impasible; me acomodé en una silla frente a él—. ¿A qué se debe esta visita inesperada?

Sus ojos se clavaron en los míos.

—¿A qué si no? Tengo un objetivo que necesito que elimines.

—Eso ya me lo imaginaba. ¿Más traidores del Estado de Venecia?

—Por supuesto. Desafortunadamente, cada vez son más.

—En efecto. —Me relajé hasta adoptar mi personalidad serena, letal y seductora de siempre, recorrí la tapicería de terciopelo de la silla con los dedos y susurré—: Cabe esperar que una nación tan grandiosa como Venecia inspiraría un poco más de patriotismo y lealtad o, al menos, miedo.

Frunció el ceño.

—Esto no es una broma, Valentina.

—La traición nunca lo es y, por cierto, no estaba riendo.

Seguía con el ceño fruncido. Sabía que mis palabras escondían cierta burla, pero no tenía paciencia como para sonsacármela ni para seguir discutiendo conmigo.

—Es una cuestión de vital importancia.

—Y tanto —comenté—. ¿Quién es mi próxima víctima, pues?

Era un milagro que ese ceño fruncido no quedara grabado para siempre en el rostro de aquel hombre.

—El objetivo es uno de tus clientes habituales, lo cual facilitará el trabajo.

Mis manos dejaron de acariciar la tapicería con ociosidad.

—¿Quién?

«Por el Dios de las Sombras, que no sean Niccolo ni Francesco», supliqué para mis adentros. Ya había asesinado a alguno de mis clientes antes, por supuesto: uno de los motivos por los que le resultaba tan útil al Gobierno de Venecia y a los Diez era que tenía acceso a muchos hombres acaudalados y poderosos cuando estaban en su momento más vulnerable. Siempre había tenido la inquietante sensación de que podrían pedirme que matara a alguno de los hombres que pagaban por mi cuerpo; que, en mi lecho, la muerte y la intimidad se entretejían como las hebras de una cuerda de seda. Pero me horrorizaba pensar en el día en que me pidieran que asesinara a uno de mis favoritos. Con una excepción, los clientes a los que había asesinado eran hombres que Malatesta me había enviado con el pretexto de facilitar un encuentro con una de las cortesanas más afamadas y solicitadas de Venecia.

Así que al oír que mi próxima víctima era un cliente habitual...

—Dioniso Secco.

Ahogué un grito; no pude evitarlo. Por un lado, de alivio, y, por otro, de auténtica sorpresa.

Secco era un noble muy adinerado con intereses comerciales en toda la península itálica y hacia el este. Tenía un gran poder e influencia en el Gran Consejo y aspiraba a llegar al Senado, como la mayoría de los nobles. Muchos creían que tarde o temprano lo conseguiría.

Pero ahora, por desgracia, no sería posible.

Me daría lástima quedarme sin Secco. No porque disfrutara yaciendo con él; era el tipo de hombre que se centraba en su propio placer y no le importaba el de su pareja. Ni tampoco porque me gustara especialmente. Era más bien porque solía pagar más que mi tarifa habitual para asegurarse de que no estaría ocupada cuando deseara verme, y solía traerme regalos excéntricos e interesantes de los lugares lejanos en los que hacía negocios.

—¿Hay algún problema? —preguntó mordazmente Malatesta al ver que no respondí de inmediato.

—Dioniso Secco —repetí, a la vez que me reclinaba en la silla y mi tono frívolo encubría el desasosiego que sentía—. Jamás me lo habría imaginado. Debo admitir que los Diez y tú no sois nada buenos para mi negocio, Malatesta. Secco paga bien. Muy bien.

—Tu negocio será el que los Diez digan que es —espetó.

—Si me pides que mate a todos los hombres acaudalados de la República, no quedará ninguno con el que pueda follar para poder seguir luciendo vestidos elegantes —dije y observé con satisfacción su mueca.

Malatesta odiaba que recurriera a blasfemias, motivo por el cual, evidentemente, las utilizaba con él.

—Y, entonces, ¿cómo estaré?

—Desnuda y, sin lugar a dudas, trabajando más que nunca.

—Vaya, Malatesta, sabes galantear. ¿Pasas mucho tiempo imaginándome desnuda?

«Que me maldigan los santos —y seguro que lo hacen—, pero ¿he visto un destello de deseo en sus ojos?». Tan pronto como apareció, se fue.

—¿Cuánto te paga Secco al año? —preguntó con impaciencia.

Ladeé la cabeza hacia un lado para calcularlo.

—Mmm, a ver…

—Sea lo que sea, lo duplicaré.

Ahogué otro grito y, en lugar de ello, arqueé una ceja.

—¿Los Diez disponen de tal cantidad de dinero?

–Para esto sí. Secco debe desaparecer.

–Madre de Dios. ¿Qué ha hecho este hombre? ¿Ha conspirado para matar al dux?

–Peor. Tiene acciones en una de las fábricas de vidrio de Murano y hemos interceptado algunas de sus cartas con un importante aristócrata de Francia. Está planeando mandar a uno de los sopladores de vidrio a Francia para enseñarles a los artesanos franceses a fabricar vidrio veneciano.

Esto tampoco me lo esperaba.

–¿De verdad? –dije, considerándolo.

Sin duda, equivalía a la peor traición política. Venecia tenía el monopolio del vidrio de calidad, lo cual enriquecía de sobremanera a la República y a sus hombres adinerados y poderosos. Que el secreto para fabricar vidrio llegara hasta otras naciones era el mayor miedo de una gran parte de Venecia, por lo que los Diez vigilaban de cerca a Murano, a los sopladores de vidrio, a sus familias y a cualquiera que comerciara con ellos. Los sopladores de vidrio no podían salir de la ciudad sin el permiso expreso del Gran Consejo por temor a una traición como la que describía Malatesta.

Si los Diez decían que Secco era un traidor y que debía morir, así debía ser.

A pesar de ello, había algo que no terminaba de encajar. ¿Por qué un hombre que ya poseía tanto dinero e influencia y que tenía unos ambiciosos sueños políticos se arriesgaría tanto? Debía saber que los Diez acabarían descubriendo tal conspiración. ¿Por qué arriesgar todo lo que le quedaba por conseguir?

–Cualquiera diría que Secco ya tiene suficiente dinero – comenté.

–Por lo visto, el gran peso del oro que contienen sus arcas no es suficiente y necesita vender a su país para conseguir más. Según las cartas, además de una suma descomunal por mandar al soplador de vidrio a Francia, también ha pactado un porcentaje de los beneficios que obtenga todo aquel que se forme con su hombre.

—Mmm —dije pensativa—. Jamás habría imaginado que Secco fuera capaz de algo así.

Y, sin embargo, ¿quién mejor que yo sabía lo discretos que podían ser los espías y los traidores? ¿No había creído que el espía español al que asesiné era igual de inofensivo?

Malatesta hizo caso omiso de mis palabras.

—Entonces comprendes por qué debe morir.

—Supongo —respondí.

Más muerte. Más sangre. Más manchas en mi alma.

¿Y esta vez para qué? ¿Por dinero? ¿Para que los hombres de la República de Venecia pudieran seguir siendo tan ricos como siempre? Se debía liquidar a un hombre que amenazaba con echarnos encima a la Armada española, desde luego. Pero ¿solo para proteger el monopolio del vidrio?

No obstante, Venecia no se parecía en nada a ninguna otra zona de la península itálica. Eso lo tenía claro. La política y la economía estaban tan entrelazadas que se convertían en una. Y de la seguridad económica de la República manaba su potencia naval y, por lo tanto, su seguridad. Por no hablar de que, teniendo en cuenta lo que sabía, esa no sería la primera vez que los Diez mataban para proteger los secretos del vidrio.

—¿Cuándo tiene Secco previsto volver a verte? —consultó Malatesta.

Acababa de recibir una carta de Secco ese mismo día y le había respondido para indicarle que estaba disponible para atenderlo la noche que había solicitado.

—Dentro de cuatro noches.

Malatesta asintió con la cabeza.

—Muy bien. Encárgate de ello como consideres oportuno.

Tendré a algunos hombres por la zona para retirar el cadáver.

Ahí estaba: la brutalidad fría y eficaz que caracterizaba gran parte de las acciones de Malatesta.

–De acuerdo. Pero Secco es bastante poderoso. Tiene una gran influencia sobre el Gran Consejo. ¿Y si su muerte se relaciona conmigo?

–Las únicas personas relevantes saben qué ha hecho y que merece morir.

–¿Y las que no lo saben? ¿Y si sus amigos influyentes empiezan a hacer preguntas?

–Estás bajo mi protección.

En cierto modo, me reconfortó oírle decirlo, incluso aunque la protección de Malatesta fuera a menudo como una manta agobiante que picaba y de la que deseaba librarme.

–Incluso tú debes tener enemigos, Malatesta. Quizá sobre todo tú.

Se levantó de la silla, dando por finalizada la conversación.

–Enfrentarse a mí implica enfrentarse a los Diez –dijo–. Toda Venecia lo sabe. Y si todavía no lo saben, lo harán muy pronto. –Se dirigió hacia la puerta y se detuvo para mirarme con superioridad–. ¿No estarás perdiendo facultades, verdad, Valentina?

Levanté el mentón.

–En absoluto –respondí–. ¿Quieres que Secco muera? Entonces morirá.

–No se trata de lo que yo quiero, sino de lo que los Diez necesitan. Lo que Venecia necesita, por lo que sé que tomarás las medidas necesarias.

Con otra breve inclinación de la cabeza se dio la vuelta y abandonó la habitación; podía oír el sonido de sus botas de piel caras mientras descendía por la escalera de mármol.

Sacudí la cabeza ante los pasos que se desvanecían.

Era un hombre peligroso que confundía su propia voluntad con el bienestar de una nación. Era aún más peligroso cuando tenía el poder y los medios para imponer dicha voluntad.

¿Y qué era yo sino una de las herramientas que empleaba para lograrlo?

Capítulo 7

Tenía otros asuntos de los que ocuparme esa noche. Cuando Malatesta se fue, llegó el momento de prepararme para la velada con Niccolo Contarini.

Prepararme para pasar una noche con un cliente era todo un proceso, sobre todo cuando debía salir. Solía bañarme, una tarea ardua en sí misma, para lo cual las criadas debían subir agua caliente de la cocina. Si me lavaba mis largos y densos cabellos oscuros, debía esperar a que se secaran. Aunque ese día no tendría tiempo, por lo que, en lugar de ello, me recogí el pelo para bañarme y cuando salí me envolví en una bata de seda y me senté junto a la coqueta para que Marta me peinara y aplicara los cosméticos.

Ya habíamos elegido el vestido para esa noche: una seda azul cielo preciosa, muy escotado y adornado con encaje de Burano en color crema. A Niccolo le encantaba verme de azul, o eso decía.

Yo sabía que prefería verme desnuda.

Marta me trenzó y recogió algunos mechones, formando una corona, y entrelazó una cinta amarilla entre ellos. Las cortesanas debían –aunque la palabra «debían» solía emplearse, o al menos imponerse, a la ligera– llevar algo amarillo cuando estaban en público. Esto se hacía para diferenciarnos de las damas de la nobleza, quienes vestían de manera ostentosa como nosotras o, en ocasiones, incluso menos. Después, rizó el resto de los mechones con un hierro que había calentado en el fuego y dejó que me cayeran por la espalda; mis cabellos oscuros y sedosos brillaban bajo la luz del fuego. Me maquilló con naturalidad y, como toque final, me puse un sofisticado collar, hecho de oro y engastado con diamantes, además de unos pendientes a juego. El conjunto me lo había regalado el mismísimo Niccolo.

–¿Dónde tendrá lugar la velada, *madonna*? –preguntó Marta mientras me colocaba los pendientes.

–En la residencia de un amigo de Niccolo; se llama Ottaviano Lotti –dije–. Es de Roma, lo exiliaron por incomodar al papa con algunos de sus escritos, o eso se rumorea. Todavía no lo he conocido.

–¿Entonces es uno de esos intelectuales demagogos? –preguntó Marta con una sonrisa.

–Los preferidos de Niccolo. Será un grupo bastante variopinto, supongo: nobles, artistas, algunos poetas y demás.

–Eso suena a un montón de hombres hablando a la vez.

Me reí ante ese comentario tan perspicaz. Así era, más o menos, cómo transcurrían dichas reuniones, y yo había acudido a unas cuantas.

–Exacto. Al menos hasta que solicitan que una de las cortesanas los entretenga un tiempo. Luego querrán volver a escucharse hablar.

En ese instante, Lauretta asomó la cabeza en la habitación.

–La góndola de los Contarini ya está amarrada abajo, *madonna* –avisó.

–De acuerdo. Enseguida bajo.

Me levanté de la silla de la coqueta y me bajé un poco el canesú del vestido, lo suficiente para casi mostrar mis pezones, pero no del todo.

Muchas de las prostitutas ordinarias que estaban en las calles llevaban canesús con escotes tan pronunciados que dejaban al descubierto sus pechos, tanto para exhibir sus productos, por así decirlo, como también para evitar que las autoridades las acosaran. Había un potente comercio sexual clandestino en el que los hombres vendían sus cuerpos a otros hombres, lo cual era ilegal tanto en la República de Venecia como en toda la cristiandad; aunque, por supuesto, dicha ilegalidad no servía de mucho. Muchos de esos prostitutos se vestían de mujeres, por lo que a veces se les pedía a las rameras que mostraran los pechos para demostrar que eran mujeres y, por lo tanto, que trabajaban de manera legal. Por ello, algunas decidieron ahorrarse tiempo y problemas y lucían canesús más escotados. Las autoridades solían tener un poco más de delicadeza a la hora de controlar a las cortesanas honestas como yo y, en más de una ocasión, me habían pedido que me levantara la falda para mostrar una pierna ante la mirada de un inspector, dando por hecho que la pierna de un hombre no se podía confundir con la de una mujer.

Aproveché para ordenar la coqueta y guardar la caja de horquillas y los tarros de los cosméticos. Marta me observaba con una media sonrisa. Ella misma habría podido hacerlo cuando me fuera, pero me gustaba hacer esperar a Niccolo… al menos un poco.

Dejé que pasaran unos diez minutos antes de que decidiera marcharme.

—Dile a Lauretta que nos deje vino en la alcoba de abajo para cuando volvamos —le indiqué a Marta—. No creo que nos haga falta nada más, ya que comeremos en la fiesta, por lo que tenéis la noche libre.

Asintió con la cabeza.

—De acuerdo, *madonna*. Que disfrutéis de la noche.

—Tú también.

Bajé hasta la entrada del canal, mi delicada falda de seda acariciaba el mármol. Cuando salí, encontré a Niccolo esperándome solícito en el muelle.

–Ah, la bella Valentina Riccardi al fin decide honrarme con su presencia –se mofó, con una sonrisa en su atractivo rostro.

–Estaba dudando de si venir o no –dije al pasar a su lado hacia la góndola.

Acepté la mano del gondolero para ayudarme a pasar a la embarcación. Agaché la cabeza para entrar en el *felze*, la cabina que proporcionaba un espacio privado en la góndola y que ayudaba a mantener el calor durante las gélidas noches.

–Tú nunca me abandonarías –expresó Niccolo, adentrándose en el *felze* detrás de mí.

Me acomodé contra los cojines de terciopelo y lo miré por el rabillo del ojo.

–Si me hicieran una oferta mejor, tal vez lo haría.

–¿Quién paga más que yo? Pagaré el doble.

Sus palabras, una réplica de las de Malatesta ese mismo día, me dieron un susto desagradable que tuve que dominar con rapidez.

–Una dama nunca revela los secretos de alcoba. –En mis labios se dibujó una sonrisa–. O de sus registros.

–Bah –dijo Niccolo, sentándose a mi lado–. Y, sin embargo, sé que soy el más divertido. ¿Me equivoco?

Deslizó una mano por debajo de mis faldas, sus dedos hurgaban con pericia entre mis piernas.

–Qué vergüenza, Nico –exclamé y ahogué un suspiro de placer mientras me acariciaba y provocaba–. Se supone que eres un caballero, ¿no? Seguro que eres capaz de esperar hasta más tarde…

Pero pronto incluso mis prestigiosas dotes para las bromas ingeniosas se vieron superadas por el placer que brotaba en mi interior. Me recosté en los cojines y dejé de intentar reprimir mis suspiros.

Cuando abrí los ojos y desperté del aturdimiento de placer, Niccolo sonreía satisfecho. Se inclinó sobre mí y me besó con ganas.

–Tengo la sensación de que se está poniendo a prueba mi paciencia esta noche –dijo–. Sobre todo, cuando me miras así. –Volvió a besarme, esa vez con más intensidad–. Tal vez deberíamos cambiar el rumbo de esta góndola –añadió, con su respiración cálida en mi piel.

–¿Y defraudar a tu amigo? Desde luego que no –solté, aunque mi respiración también estaba agitada.

Niccolo suspiró y se apartó, dejando una distancia decente entre ambos.

–Supongo que tienes razón –dijo. Noté la reticencia en su voz al observar la protuberancia de mis pechos en el escote.

Me alisé las faldas y me toqué el peinado para asegurarme de que seguía intacto.

–¿Alguna novedad desde la última vez que nos vimos? –pregunté.

Niccolo acababa de asumir el puesto en el Gran Consejo que le garantizaba su origen patricio, por lo que me ayudaba a mantenerme bien informada. Mientras la góndola atravesaba en silencio los canales de camino a la residencia de Ottaviano Lotti, Niccolo me habló de los nuevos acuerdos comerciales, de la reciente llegada de legados del santo padre e incluso de un escándalo en el que estaba implicado un hombre de una familia de la nobleza de poca importancia cuyo nombre no me sonaba.

–Aspiraba a convertirse en senador, pero eso ya es imposible –concluyó Niccolo.

–¿No quieren todos ser senadores? –pregunté.

–Los holgazanes no.

–Buena observación –admití–. Aunque no logro entender por qué se inhabilita a un hombre para el Senado por ser encontrado en la cama con otro hombre. Los dos sabemos que algunos de los actuales senadores tienen el mismo gusto.

–Eso es cierto, pero, en este caso, la diferencia es que esos senadores tienen el dinero y la influencia necesarios para conseguir que los demás miren para otro lado. Este hombre no; tiene un nombre ilustre, pero carece de la fortuna que solía acompañarlo.

–Pobre –dije.

Me apenaba la hipocresía existente con todos los placeres sexuales extramaritales que la Iglesia desaprobaba de manera oficial. Algunos eran admisibles y otros no. Sin duda, yo no era quién para juzgar la elección de pareja consentida de nadie.

–Desde luego. Una pena. Es inteligente y competente. Sería muy útil en el Senado, no me cabe duda.

–Entonces, si es un político tan capaz –lo reté–, ¿por qué no abogas por él? Si un Contarini apoyara su causa, probablemente ayudaría a conseguir que pasaran por alto el escándalo.

–¿Y arriesgarme a perder mis aliados políticos? No.

Y así funcionaba la política de Venecia y el mundo.

Para entonces, habíamos llegado al *palazzo* arrendado del amigo de Niccolo, Lotti. El gondolero de Niccolo amarró la góndola al muelle para apearnos. Entramos por la entrada del canal y subimos las escaleras hasta el *piano nobile*, la planta de los *palazzi* venecianos en la que se vivía.

La fiesta ya estaba en pleno apogeo cuando entramos, mi mano firme en el brazo de Niccolo mientras nos guiaban hasta el salón de baile en el que se habían reunido los invitados. En cuanto llegamos, un hombre alto y corpulento con el pelo oscuro y la piel oliva se separó del resto del grupo y se acercó a saludarnos.

–¡Niccolo Contarini! Qué honor tenerte con nosotros,

signore —dijo y le estrechó la mano con entusiasmo a Niccolo.

El acento romano del hombre me provocó una ráfaga de recuerdos y, de pronto, volvía a ser una adolescente que lanzaba miradas insinuantes al hijo apuesto del mercader que estaba sentado al otro lado de la mesa de mi padre en nuestra magnífica villa de las afueras de la Ciudad Eterna...

Pero, en un abrir y cerrar de ojos, había recuperado el control de mí misma y le estaba dedicando mi sonrisa encantadora de siempre al hombre que debía de ser nuestro anfitrión.

—Gracias por tu hospitalidad, Ottaviano —dijo Niccolo con afecto. Me señaló—. ¿Has tenido el gusto de conocer a la encantadora Valentina Riccardi?

—No —respondió Lotti mientras me miraba de arriba abajo como si fuera una preciosa escultura, una mirada que para mí representaba los gajes del oficio.

Lotti me cogió la mano y la besó.

—Debo admitir que es una auténtica pena —añadió.

—¿Pena? ¿En un entorno y compañía tan maravillosos como estos? —expresé con un tono cálido.

Me aseguré de que no me fallara el acento, un veneciano casi perfecto tras tantos años en la ciudad de la laguna. No había ninguna necesidad de que se escapara una vocal romana e incitara a que un hombre, que seguramente la reconocería, hiciera preguntas no deseadas.

—¿A qué podría deberse, *signor* Lotti?

Se acercó ambas manos al corazón.

—A que he pasado mis días en Venecia hasta ahora sin la compañía de semejante belleza —dijo—. Espero que podáis ayudarme a enmendarlo de inmediato.

Reí.

—Por eso estoy aquí.

Volvió a cogerme de la mano e hizo una reverencia.

–La bella Valentina me hará un gran honor al utilizar mi nombre de pila –solicitó.

–Un pequeño favor, Ottaviano.

Se llevó de nuevo las manos al corazón, esta vez complacido.

–*Che bellezza* –dijo con fascinación–. Pasad, por favor, los dos, y poneos cómodos. ¿Qué queréis tomar? ¿Vino? ¿Licor? Hay algunos manjares en aquella mesa. Servíos, por favor.

Ottaviano Lotti nos –me– habría arrastrado por toda la sala, pero en ese momento apareció otro invitado a su lado que reclamaba su atención. Me dirigió una mirada de pesar antes de girarse para hablar con el hombre que lo había abordado.

–Creo que acabas de encontrar a tu próximo cliente –comentó Niccolo mientras ambos recibíamos una copa de vino tinto de un criado y nos adentrábamos en el salón de baile, que estaba decorado con gran lujo.

Los suelos de mármol se habían pulido hasta brillar y las paredes eran de un tono crema, con remates dorados, más claras que los rojos y azules intensos que se solían ver. Las columnas alrededor de la periferia sostenían una logia que rodeaba la habitación, con una planta superior a la que podían acceder los invitados para contemplar a la multitud que tenían debajo y cotillear. Había mesas con refrigerios que estaban decoradas con flores y que se habían situado a los lados de la sala. También se habían dispuesto sillas, cojines y divanes por toda la sala para que los invitados se pudieran sentar o recostar según les apeteciera.

Una cortesana tocaba el laúd y cantaba una canción de amor apasionante que había cautivado a la mayoría de los allí presentes. Y con razón, pues tenía una voz preciosa, además del cabello dorado, la tez blanca y los grandes ojos azules que causaban furor en Venecia. Se llamaba Felicita Cavazza y era muy conocida por su belleza, talento e ingenio. Nuestros caminos se habían encontrado con bastante frecuencia y disfrutábamos tanto de la compañía de la otra que nos considerábamos amigas, aunque solo de manera ocasional. La saludé con la cabeza cuando nuestras miradas se cruzaron y ella me saludó de vuelta, dedicándome una ligera sonrisa sin fallar ni una sola nota de la canción.

Volví a centrarme en Niccolo. Su tono, cuando habló, fue tranquilo, pero cuando lo miré a la cara noté que se le retorcía la boca en una mueca de desagrado.

–Siempre que su dinero sea generoso, lo atenderé encantada –susurré. Niccolo no dijo nada–. ¿Te importaría? –pregunté.

Niccolo sabía, al igual que todos mis clientes, que no era el único. No podía permitirme tener solo un amante, sin importar lo bien que pagara. No si quería ahorrar lo suficiente para subsistir cuando mi belleza desapareciera, mantener a mi hija y permitir que viviera la vida que ella eligiera.

Aun así, los hombres eran hombres y se ponían celosos.

Sin embargo, hasta el momento, ninguno de mis clientes se había puesto tan celoso como para rajarme la cara o cometer un acto mezquino, como, por desgracia, les sucedía a algunas compañeras de vez en cuando. No todos mis clientes me visitaban para un polvo rápido; para eso podían acudir a las rameras del Puente de las Tetas y pagar mucho menos. Las cortesanas, al fin y al cabo, proporcionábamos mucho más que sexo; de eso se trataba. Éramos cultas, elegantes, estilosas, educadas y leídas. Podíamos participar en conversaciones sobre política, literatura, arte y música, al igual que los hombres, a diferencia de las hijas nobles de Venecia, para quienes la educación estaba prácticamente

73

prohibida. No podía ser que una mujer fuera más culta que su marido. En consecuencia, los hombres nobles tan cultos que dirigían la República estaban casados con mujeres que apenas sabían leer o escribir y aún menos hablar sobre temas importantes. Por ello, tenían que buscar compañía intelectual en otras partes. Y, de paso, sexo. Por otro lado, estaban los hijos más jóvenes de las casas nobiliarias como Bastiano, las cuales, en aras de preservar las fortunas familiares, solían tener prohibido casarse y engendrar hijos legítimos. Estos hijos jóvenes mantenían a flote el oficio de las cortesanas tanto como los hijos más mayores, insatisfechos con sus esposas.

Como ya sabía, a lo largo del compañerismo propio de una cortesana –intelectual, físico y de cualquier otro tipo–, de vez en cuando también surgía cierto apego emocional. No en todos los casos, pero sí en algunos.

Por Niccolo, por el bien de nuestro afecto mutuo, haría algo que quizá no haría para ningún otro cliente: rechazaría a Ottaviano Lotti si así lo deseaba.

También era un buen negocio. Niccolo era un mecenas generoso, tanto con el dinero como con los regalos. Si verme atender a un amigo suyo le hería el orgullo, entonces rechazaría a ese amigo. Una cortesana debía ser estratégica respecto a las invitaciones que aceptaba y las que rehusaba. La alcoba era un lugar tan político como cualquier sala de gobierno. Había quien aprendía esa lección demasiado tarde.

Niccolo me miró con una media sonrisa.

–¿Y si dijera que me importaría?

Me encogí de hombros y le di un sorbo al vino, como si la conversación no me importara en absoluto.

–En tal caso, si Ottaviano Lotti acude a mí, lo dejaré de lado. Amalia Amante agradecerá el trabajo.

–Por lo que he oído, Ottaviano ha estado buscando una amante entre las célebres cortesanas venecianas desde que llegó –dijo Niccolo, sin perder de vista al anfitrión–. Parece ser que aún no ha encontrado a ninguna que encaje con lo que busca. Tengo entendido que prefiere a las morenas, así que estoy seguro de que el encanto de Amalia le agradará.

Sonreí.

–Amalia consigue que todos los hombres se decanten por ella, creo.

Niccolo se rio a carcajadas.

–No me cabe duda. –Se inclinó y me dio un beso fugaz en los labios, uno que me dejó demasiado sorprendida como para corresponderlo; rara vez se comportaba así en público–. Y, sin embargo, palidece en comparación contigo.

Traté de pensar en qué responder, algo en mi habitual estilo desenfadado, pero me quedé sin palabras.

En ese instante finalizó la canción de Felicita y, después de los aplausos de los allí presentes, hizo una reverencia y regresó junto a su mecenas. Era un hombre al que no reconocía; tal vez uno de los amigos de Roma de nuestro anfitrión. Ottaviano Lotti apareció en el centro de la sala.

–¿Quién nos entretendrá ahora? –preguntó y se le iluminaron los ojos cuando estos se posaron en mí–. ¡Ah, la extraordinariamente bella Valentina Riccardi! ¿Nos dedicarías una canción?

Sonreí y me aparté de Niccolo para encaminarme hacia Ottaviano.

–Por desgracia, no tengo ningún talento musical –respondí, dirigiéndome tanto a nuestro anfitrión como a los asistentes–, pero puedo ofrecer poesía, si eso agradara a tus invitados, *amico mio* –añadí, lanzándole una mirada seductora a Lotti.

–¡Poesía! ¡Versos hermosos de la boca de una mujer hermosa! –dijo Lotti–. Adelante, bella Valentina.

–¡Petrarca, quizá! –gritó una voz masculina entre el público.

Conservé la sonrisa, aunque por dentro hacía muecas. ¿Es que nadie conocía a otros poetas que no fueran Petrarca y Dante? Pero, ante todo, una cortesana tenía el deber de complacer. Bien sabe Dios que ya había memorizado suficientes versos de esos hombres muertos.

–Uno de los poemas de amor de Petrarca, pues –declaré y dejé que mi voz se tornara un poco más grave y a la vez más potente mientras me preparaba para hechizar a toda la sala–. *Si con suspiros de llamaros trato y al nombre que en mi pecho ha escrito Amor…*

No recité el poema, sino que lo interpreté. Lanzaba miradas fugaces a algunos de los hombres allí presentes y miraba fijamente a los ojos de otros mientras recitaba versos enteros; así, cada hombre creía que le hablaba solo a él. Al llegar al final del soneto, los había embelesado a todos. El posterior aplauso fue tan efusivo como el que acompañó a la canción de mi compañera. Agaché la cabeza e hice una pequeña reverencia, permitiéndome parecer recatada durante un instante para que creyeran que se habían imaginado mi descaro unos minutos antes.

–¡Otro! –exclamó Lotti, que seguía aplaudiendo.

Volví a inclinar la cabeza hacia él.

–Como nuestro gentil anfitrión insiste –dije–, el siguiente poema lo ha escrito una mujer, una compañera cortesana y ciudadana de Venecia.

Arqueé una ceja ante los gritos ahogados y susurros de emoción. Después, empecé a recitar un poema que había escrito Amalia. Al pronunciar el último verso, le guiñé un ojo a Lotti. Tal vez desearía saber el nombre de la poetisa y, entonces, podría presentarle a Amalia. A ella le fascinaría.

Los invitados volvieron a aplaudir y Lotti dio dos palmadas con intensidad.

—La cena está servida, amigos míos —exclamó—. ¡Por favor! Pasemos al comedor.

Regresé junto a Niccolo y, bendito sea, me estaba esperando con una nueva copa de vino.

—Qué versos tan bonitos y tan bien recitados —dijo, me rodeaba la cintura con el brazo de manera posesiva—. Aunque se me ocurren otros usos para esa boca tan bonita que tienes.

—Parece que alguien está impaciente esta noche —susurré mientras observaba a los invitados entrar poco a poco al comedor contiguo—. Pensaba que te gustaba la poesía.

—Nunca tanto como cuando la recitas tú —respondió.

—En tal caso, tal vez te deleite con poesía toda la noche.

—Creo que te faltará el aire cuando me tengas en tu lecho.

—Impaciente y demasiado seguro de ti mismo.

—Sin duda estaré a la altura de las circunstancias.

No tuve que responder a un juego de palabras tan malo; sin embargo, cuando Niccolo volvió a hablar, había centrado su atención en alguien cercano.

—Ah. *Buona notte, signore*. Valentina, supongo que no es necesario que te presente a Bastiano Bragadin.

«¿Alguien dijo celos?».

Alcé la cabeza y vi a Bastiano frente a nosotros, con una expresión tensa que solo yo sería capaz de notar. Debía de acabar de llegar, pues lo habría visto enseguida si hubiera estado allí cuando llegamos. Siempre percibía su presencia.

—En efecto, no es necesario —respondí.

Era un secreto a voces entre nuestros círculos que éramos amantes y que teníamos una hija en común. Secretos a voces, al fin y al cabo, que los más opulentos podían pasar por alto. Además de los padres de Bastiano.

—¿Cómo te encuentras esta noche, Bastiano? No esperaba verte aquí.

—Ni yo a ti —respondió secamente y miró con cierto recelo la mano que tenía en el brazo de Niccolo.

Suspiré para mis adentros. «Bastiano, por favor, no montes una escena», supliqué, con la esperanza de que alguien que se dignara a atender las plegarias de las cortesanas estuviera escuchando.

Niccolo, en cambio, se mostró entusiasmado ante este giro de los acontecimientos.

—¿Has venido solo, Bragadin? —preguntó Niccolo en tono amistoso.

—Sí, como puedes ver —dijo Bastiano, que extendió los brazos a los lados como para recalcar su soledad.

—Una pena. Aunque supongo que solo un hombre puede llevar del brazo a la mujer más bella de Venecia en una noche determinada. Y esta noche parece que el afortunado soy yo.

—Niccolo, por favor —dije en voz baja.

—Solo digo la verdad —insistió, sin apartar la vista de Bastiano—. Soy un hombre afortunado.

Bastiano alzó el mentón y la prepotencia y el encanto habituales se volvieron a apoderar de su rostro, de su porte.

—Esta noche sí —reconoció—. Pero la mayoría de las noches lo soy yo. —Me hizo un gesto con la cabeza—. Valentina. Te veré pronto.

Tras ello, se dio la vuelta y siguió al resto del grupo hasta el comedor.

Cuando se fue, le di una manotada en el brazo a Niccolo.

—¿De verdad era necesario? —pregunté.

—Yo creo que sí.

—Los santos me protegen de los hombres y de sus absurdas competiciones –murmuré–. Sois todos como niños. Lo sabes, ¿verdad?

Niccolo se encogió de hombros.

—Supongo que lo somos, en el sentido de que no nos gusta compartir si podemos evitarlo.

—¿Y si dejamos atrás estas tonterías y disfrutamos de la noche? –dije y arqueé una ceja mientras le daba otro sorbo a mi copa de vino.

—Mmm, espero que sin duda disfrutemos intensamente –respondió Niccolo, que me miraba con deseo.

Al entrar en el comedor, miré por encima del hombro y me di cuenta de que Felicita Cavazza le estaba susurrando al oído a Anzolo Balbi, un hombre al que solo conocía de vista. Era un joven miembro del Gran Consejo y decían que era muy ambicioso. Fuera lo que fuera lo que le estuviera diciendo, él la escuchaba atentamente y asentía con la cabeza, con una expresión seria en su bello rostro. Reconocía el intercambio secreto de información cuando lo veía, aunque a ambos les vendría bien aprender a ser un poco más discretos. Como si hubiera notado que la miraba, Felicita alzó la vista y sus ojos se clavaron en los míos. Así que no era del todo inconsciente de su entorno.

Lo sensato –lo veneciano– habría sido apartar la mirada al instante y fingir que no había visto nada. Sin embargo, antes de que pudiera cambiar de parecer, le hice un gesto con la cabeza, un movimiento breve y sutil. Nada más.

Se quedó inmóvil al darse cuenta, presa del pánico al haberla pillado espiando y conspirando. No obstante, casi de inmediato, pareció leer la compresión en mi mirada y se relajó un poco. Me devolvió el gesto con la misma sutileza, sin interrumpir su mensaje a Balbi. Él, por su parte, no se percató en absoluto del intercambio.

Volví a mirar al frente, una sensación de desazón se revolvía en mi estómago. Tendría que haberme sentido mejor al saber que no llevaba a cabo mi trabajo sola, al menos una parte. Y, a decir verdad, nunca había creído que fuera la única cortesana en Venecia a la que utilizaban como fuente de información sobre los hombres más poderosos de la ciudad. Estábamos demasiado bien situadas, podíamos obtener con demasiada facilidad la información que sería decisiva para los destinos políticos o los propios destinos. Claro que no era la única.

Y, por algún motivo, comprobar la verdad con mis propios ojos me entristecía y molestaba a la vez.

Era de madrugada cuando Niccolo y yo volvimos a mi *palazzo*, en el que nos esperaban una jarra de vino y dos copas en la alcoba en la que atendía a mis clientes, tal y como había solicitado antes de irme. A pesar de ello, Niccolo ya había bebido bastante en la fiesta de Lotti. O estaba deseando hacerme suya tras el encuentro con Bastiano o sencillamente había sentido que su deseo iba en aumento durante la noche –puede que las tres–, pues rechazó el vino y me despojó de mis vestiduras con celeridad. Me hizo el amor con intensidad, con rudeza, como sabía que me gustaba, pero también estaba segura de que no me estaba imaginando lo posesivas que eran sus caricias.

«Hombres…».

Después de que ambos alcanzásemos el máximo placer –y solía lograrlo con Niccolo, eso tenía que admitirlo–, nos dormimos uno junto al otro. Por la mañana, todo había vuelto a la normalidad entre nosotros. Niccolo se quedó para tomar la primera comida del día, como siempre, antes de besarme con pasión mientras se preparaba para marcharse.

–¿Cuándo volveré a verte? –preguntó–. Hay una actuación musical en el *palazzo* Gradenigo dentro de tres noches. ¿Me acompañarías?

Nada me habría gustado más, pero recordé, con la sensación de que se me revolvía el estómago, que dentro de tres noches era la fecha de mi cita mortal con Dioniso Secco. Y no podía, bajo ningún concepto, cancelarla o posponerla, o llegaría a oídos de Malatesta y pensaría que había perdido el valor o que estaba jugando con él y con los Diez. No me convenía ninguna de las opciones.

–No puedo –respondí con auténtico pesar en la voz–. Esa tarde estaré ocupada.

Se agachó para rozarme el cuello.

–Cancélalo –me susurró al oído–. Te pagaré el triple de lo que te paga él.

Me reí con sorna.

–Ni siquiera tú te lo puedes permitir, Nico.

–¿Ah, no? –Se apartó–. ¿Quién es?

–Una dama nunca…

–Vamos, no te hagas la tímida conmigo, Valentina –dijo–. ¿Quién? Tan solo sabría su nombre.

No se lo podía decir, no cuando el cadáver de Secco aparecería flotando en un canal a la mañana siguiente. No me preocupaba que otra persona atara cabos si Secco le contaba sus planes de esa noche a alguien. Se daría por hecho que se habría topado con algún ladrón o algo peor al salir de mi residencia. Nadie sospecharía de mí.

Niccolo, en cambio…, podría preguntárselo.

–¿Quién es? –insistió–. ¿Quién es el hombre que puede pagar más que el futuro patriarca de la familia Contarini? Mi orgullo exige que me lo cuentes.

–Tengo clientes muy importantes a quienes no puedo ofender, Niccolo –espeté al fin.

Era más de lo que debería haber dicho, pero era cierto, aunque no de la manera en la que lo interpretaría Niccolo.

–No soy tu esposa. No puedo estar siempre a tu disposición porque así lo deseas.

Niccolo se apartó de donde estaba sentada en la mesa del comedor. Durante un instante me pregunté si lo habría disgustado. Mis palabras sinceras nunca le habían hecho sentir así antes –y, sin duda, habían ayudado a forjar la amistad que existía entre nosotros–. Pero creí que tal vez, en esa ocasión, me había excedido.

En lugar de ello, dijo, en voz baja:

–Lo siento, Valentina. Tienes razón. –Se acercó y se inclinó para besarme de nuevo–. Soy un privilegiado por poder pasar contigo el tiempo que puedas dedicarme y espero que sepas que soy consciente de ello. –Se puso la capa negra nobiliaria–. Te escribiré –añadió– y espero volver a verte pronto. *Buon giorno, mia bellezza.*

–*Buon giorno*, Nico –dije–. Yo también espero volver a verte pronto.

Me hizo una reverencia y, tras ello, se marchó.

Gruñí y apoyé la cabeza en las manos.

Seguía sentada así en la cabecera de la mesa cuando Bettina entró para retirar los platos del desayuno. Era obvio que había estado escuchando la conversación a hurtadillas, pues dijo:

–Está enamorado de vos.

Suspiré.

–Lo sé.

–¿Qué vais a hacer al respecto?

–*Niente.* No puedo hacer nada –expresé y levanté la cabeza–. Tendrá que convivir con la desilusión.

Capítulo 8

Dado que no podía estar tranquila nunca, aquella tarde me encontraba en mi despacho, revisando el correo y las facturas cuando oí unos pasos apresurados al otro lado de la puerta, la cual se abrió de golpe.

Lauretta asomó la cabeza.

—Disculpadme, *madonna*, pero está aquí el *signor* Bragadin e insiste…

—Sí, sí, no es necesario.

La voz de Bastiano procedía de detrás de ella, abrió la puerta por completo y entró en la habitación.

—*Mi dispiace*, *madonna*, él…

Suspiré y me masajeé las sienes.

—No te preocupes, Lauretta. Puedes retirarte.

No se lo tuve que repetir. Salió a toda prisa de la habitación y cerró la puerta tras ella.

—¿Por qué has venido, Bastiano? —pregunté, sin estar de humor para galanterías.

—¿Acaso necesito una invitación para visitarte, amor mío? —inquirió, las dos últimas palabras las pronunció con cierto desdén—. ¿Necesito escribirte con antelación y concertar una cita, como los clientes que te pagan?

—Los celos son indignos de ti, Bastiano —dije con tono de aburrimiento aunque lo que más deseaba era mostrar mi enfado.

—¿Acaso debía alegrarme al verte del brazo de Niccolo Contarini mientras él se burla de mí?

–Sabes que es uno de mis clientes –respondí–. Siempre lo has sabido, desde que empecé a atenderlo.

–Pero nunca te había visto con él.

–¿Y qué? –pregunté al levantarme de la silla que estaba detrás del escritorio–. ¿Qué más da?

–Nunca te había visto con él –volvió a decir, casi escupiendo las palabras–. Te agrada. Te sientes atraída por él.

–Niccolo y yo somos amigos. Nos llevamos bien.

–Te agrada –repitió Bastiano–. Te sientes atraída por él.

–¿Y qué pasaría si así fuera? –inquirí y al fin estallé.

Extendí los brazos a los lados, el mismo gesto que había hecho él la noche anterior cuando quiso recalcar que había acudido a la velada solo.

–Este es mi oficio, Bastiano. Lo sabes; siempre lo has sabido. Ya sabes lo que implica, lo que hago. Siempre has sido consciente de la realidad de mi vida. –Me reí–. Sabes más sobre mí que cualquier otra persona que siga viva. Así que, ¿por qué me lo reprochas ahora? ¿A qué se deben los celos? Y no finjas que no has estado con otras mujeres desde que tú y yo nos conocimos.

–¿Y si te dijera que no?

–Tú… ¿Qué? –Lo miré fijamente–. No puede ser.

A pesar de ello, no tuve tiempo para seguir insistiendo, pues prosiguió, de nuevo, con el tema anterior.

–Pero Niccolo es más que un cliente para ti, ¿verdad?

–¿Qué más daría? –dije–. ¿Prefieres que sea infeliz con cada hombre que paga por mi compañía, Bastiano? ¿Es eso lo que quieres? ¿Sería mejor que odiara a cada hombre que me toca, que tuviera que aguantarlos a todos para ganarme la vida? ¿Prefieres que sufra de esa manera solo para que no estés celoso?

Eso lo enmudeció, una hazaña de la que no muchos podían presumir.

–¿Y bien? –pregunté–. ¿No tienes nada que decir?

Esperó unos instantes antes de contestar.

–No quiero que seas infeliz –dijo en voz baja–. No quiero que sufras. Por supuesto que no. ¿Cómo puedes pensarlo?

–¿Y qué debo pensar si irrumpes aquí y me recriminas porque me agrada uno de los hombres que paga por mi compañía?

–¿Lo amas?

No lo había visto venir. Así que de eso se trataba. Tendría que haberlo sabido.

–¿Niccolo? –consulté para ganar un poco de tiempo.

–Sí. Niccolo Contarini. ¿Acaso hemos estado hablando de alguien más todo este tiempo?

–No. No lo amo.

–Pero él te ama a ti.

Era una afirmación, no una pregunta.

–Sí –admití–. Creo que sí. Aunque eso no cambia nada para mí, Bastiano. Ni para él, de hecho.

Bastiano se echó a reír brevemente.

–Queda patente para cualquiera que os vea juntos. ¿Y por qué no iba a amarte? ¿Por qué no iban a amarte otros hombres? ¿Por qué no te aman todos?

–No todos los hombres son capaces de amar a una mujer –dije en voz queda–. O de amar a alguien salvo a sí mismos.

–Supongo que eso es cierto –dijo–. Pero yo sí lo soy. Al menos soy capaz de amar a una mujer.

–Bastiano –susurré–. No. Por favor.

–Sabes que es cierto. ¿Por qué no debo decirlo?

Negué con la cabeza.

–Hace… hace que todo sea más complicado.

Para eso, no halló una respuesta.

Sabía tan bien como yo que nuestra situación no iba a cambiar. Yo era una cortesana y él era el tercer hijo de una honorable familia nobiliaria de Venecia. Su hermano mayor estaba casado y heredaría toda la fortuna familiar y, después, con el tiempo, la heredaría su hijo.

Bastiano no tendría permitido desposarse y, aunque pudiera, nunca permitirían que se desposara con una cortesana, una mujer que había conocido a innumerables hombres, que había vendido su cuerpo a cambio de monedas. Le quitarían la paga si se le ocurría casarse conmigo y, en ese caso, ¿cómo nos mantendría a nuestra hija y a mí?

También estaba lo que le había pasado al último hombre al que había amado, al que le había confesado ese amor. Así que, a pesar de que Bastiano sabía lo que sentía por él, no lograba expresarlo. Era una superstición ridícula, y lo sabía. Sin embargo, cada vez que pensaba en pronunciar esas palabras, se me atragantaban en la garganta, como si me hubiera tragado un fragmento de cristal.

Estaba segura de que esta pequeña distancia entre nosotros era lo mejor. Me permitía fingir que podría sobrevivir a su pérdida, llegado el momento.

Pero ¿qué más daba? Ninguno de los dos podíamos escapar de ello; ninguno de los tres, contando a Ginevra. Ya le había dado demasiadas vueltas en mi cabeza.

Exhaló y se dejó caer en una de las sillas que tenía delante del escritorio.

—Lo siento, Valentina.

—Lo sé.

Permanecimos en silencio unos segundos y luego volvió a hablar.

—¿Puedo… puedo quedarme esta noche?

Me estremecí ligeramente y yo también volví a sentarme.

—Esta noche no. Estoy…

Suspiró.

—¿Ocupada?

Asentí.

–Lo siento –dije, y lo decía de corazón.

–¿No puedes…?

–No –lo interrumpí–. Es Francesco Valier. Hace tiempo que no lo atiendo.

Bastiano se rio con desgana.

–Vaya, el sacerdote. Otro de tus favoritos.

Maldito sea, pero me conocía demasiado bien.

–¿Quieres que volvamos a tener la misma discusión, Bastiano?

–Tienes razón. Me estoy comportando como un niño. Perdóname.

–Y sabes tan bien como yo que podría necesitar al sacerdote algún día.

Por muy célebre que fuera Venecia por sus cortesanas y por mucho que la República agradeciera los impuestos que ingresábamos en sus arcas, de vez en cuando la ciudad se volvía en nuestra contra: durante las épocas de la peste o la guerra, de alguna miseria que llevaba a la gente a pensar que Dios le había dado la espalda a la República o en un repentino ataque de fervor religioso. En el pasado, se había detenido tanto a las cortesanas y a las rameras de los burdeles como a las prostitutas del Puente de las Tetas por todo tipo de crímenes, reales y ficticios; la brujería era una de las acusaciones más frecuentes. Si ese día llegara de nuevo –y no existía ningún motivo para creer que no llegaría en algún momento–, sería muy útil tener a un sacerdote, sobre todo a uno de una reputada familia nobiliaria, como un amante que estaría dispuesto a protegerme.

«Y –añadí en silencio para mis adentros– puede que algún día necesite el perdón de Dios, del tipo que solo uno de ellos puede proporcionar». Siempre y cuando en algún momento me atreviera a pedirlo.

Bastiano suspiró.

—Lo sé. Lo sé, de verdad. —Se quedó pensativo un instante—. Mañana por la noche tengo obligación de cenar con mi familia. ¿La próxima noche, pues?

Esa maldita noche. ¿Por qué todo el mundo de pronto quería verme esa noche?

—No puedo, Bastiano.

—¿De quién se trata esta vez? —preguntó.

—No puedo…

—Sí que puedes, Valentina. Soy yo. Te lo ruego.

Titubeé al oír su tono: no sonaba enfadado ni exasperado, tan solo agotado, agotado de discutir conmigo. Pero estaba segura de que sería mejor que no le contara la verdad de lo que debía hacer esa noche.

—Es… es mejor que no lo sepas —dije al fin.

Bastiano se inclinó hacia delante en la silla al instante.

—Malatesta —espetó—. ¿Qué te ha ordenado hacer esta vez?

—Ya vale, Bastiano. Sabes que no puedo contarte nada.

—¿Quién es el objetivo? Te ha encargado asesinar a uno de tus clientes habituales, ¿verdad?

—No sería la primera vez —dije.

—No es justo que te lo pida.

Me reí con sorna.

—¿Y eso lo dices tú? Porque, hace un momento, juraría que estabas dispuesto a matar a todos mis clientes habituales con tus propias manos.

—Hablo en serio, Valentina. Es pedirte demasiado.

—Eso díselo a Malatesta y al resto de los Diez —expresé—. Por este motivo soy tan valiosa para ellos, como bien sabes. No sospecharán de mí y no tengo ningún problema en quedarme a solas con un hombre.

Bastiano se puso en pie y se dirigió airado a la ventana, mirando hacia el canal.

–¿Es que ese miserable no tiene escrúpulos? ¿Es que ninguno de ellos tiene escrúpulos?

–Si los tuvieran, no serían miembros del Consejo de los Diez. –Al ver que no decía nada, suspiré cansada–. Ya es suficiente, Bastiano. Debo hacer lo que me piden, al igual que tú cuando te lo solicitan. Mis sentimientos son irrelevantes.

Se giró junto a la ventana para mirarme.

–Pero no son irrelevantes.

–Sí que lo son. Deben serlo.

Se acercó a mí y giró mi silla hacia él para que pudiera arrodillarse a mis pies. Me cogió de las manos.

–Tus sentimientos no son irrelevantes para mí –expresó, mirándome a los ojos con seriedad–. Cuéntamelo. ¿De quién se trata?

–No puedo –susurré–. Por tu bien, no puedo…

Hizo caso omiso.

–Me gusta estar vivo, así que te aseguro que no diré nada. Dímelo. ¿Quién es?

Eché un vistazo a la puerta cerrada, como si al mirarla fuera capaz de saber si había alguien escuchando al otro lado. Por si acaso, bajé la voz hasta convertirla en un susurro.

–Dioniso Secco.

Mientras pronunciaba las palabras, Bastiano observaba mi expresión con atención.

–No es uno de tus favoritos, entonces.

–No, aunque paga bien –suspiré–. Pero…

Bastiano se puso en pie, hizo que yo también me levantara y me abrazó con fuerza.

–Lo sé –me murmuró al oído–. Lo sé.

Interludio

Roma, mayo de 1527

Gritos. Alaridos. El olor a humo.

Me desperté sobresaltada, con el pelo lleno de paja al incorporarme. A mi lado, Massimo, quien siempre tenía el sueño profundo, se movió.

—¿Maria? —preguntó soñoliento—. ¿Qué…?

—Despierta —dije en voz baja—. Algo va mal.

—*Cosa?*

—¿No lo oyes?

Massimo abrió los ojos y tan solo tardó un instante en darse cuenta: la cacofonía de voces en el exterior de las caballerizas, los gritos de rabia y los alaridos de pavor; el golpeteo de los cascos y el relincho de los caballos; el estruendo de acero contra acero.

Casi de inmediato, Massimo se apresuró a ponerse de pie y recogió sus vestimentas a tientas.

—Quédate aquí —ordenó mientras se vestía deprisa—. No salgas de las caballerizas bajo ningún concepto hasta que vuelva a por ti.

—¿Qué sucede? —pregunté con un tono atemorizado que intenté disimular como pude—. ¿Qué está pasando?

—No estoy seguro, pero creo que son… soldados —dijo un tanto distraído al abrir la puerta del establo en el que nos habíamos acomodado, recogía el cinturón de donde lo había tirado al otro lado de la puerta y se lo ponía.

De él colgaban una espada y un pequeño puñal.

–¿Qué soldados? –pregunté.

–Los soldados del emperador del Sacro Imperio Romano Germánico –respondió Massimo, con la mirada clavada en la puerta de las caballerizas–. Había oído que se dirigían hacia aquí, pero jamás habría imaginado que se atreverían a hacerlo…

–¿Qué? ¿Quién?

Me puse de pie y me vestí con el blusón para salir del establo. Massimo me impidió el paso y me puso las manos en los hombros.

–Quédate aquí –repitió–. Atranca la puerta cuando salga y, hagas lo que hagas, oigas lo que oigas, no vuelvas a salir. No dejes que nadie entre, salvo tu familia o yo.

–Pero ¿qué vas a hacer? Sigo sin entender qué está pasando. ¿Cómo voy a esperar…?

Massimo me acalló con sus labios besándome con intensidad. Un beso que sabía más a desesperación que a amor.

–Quédate aquí, Maria Angelina –dijo y, por primera vez, percibí el miedo en su voz–. Volveré a por ti. Te lo prometo.

Con el tiempo empecé a preguntarme si él había sabido que ese sería nuestro último beso.

Antes de que pudiera volver a quejarme, se volvió, abandonó las caballerizas y abrió la puerta hacia el infierno exterior. Durante unos segundos, los alaridos y gritos se volvieron más fuertes y pude ver la luz parpadeante de un incendio que se colaba en los establos. Después, Massimo cerró la puerta tras él y desapareció.

Hice lo que me pidió y atranqué la puerta. Escuché cómo los sonidos del alboroto se volvían cada vez más espantosos, hasta que no pude seguir escuchando. Entre sollozos, regresé a la caballeriza en la que Massimo y yo acabábamos de yacer, me acurruqué en el heno y me tapé los oídos.

Permanecí ahí hasta la mañana siguiente. Nadie vino a buscarme.

La luz gris de un amanecer lúgubre me dio la bienvenida cuando me decidí a salir de las caballerizas. No se había oído nada durante unas horas, aunque podía oír los mismos sonidos de violencia a lo lejos. Pensé que ya sería seguro salir. No me permití pensar en por qué Massimo no había vuelto a por mí como había prometido.

Sin embargo, apenas tuve que imaginarlo.

A mitad de camino entre los establos y la casa, Massimo yacía boca arriba; sus preciosos ojos azules miraban sin vida al cielo color pizarra. Tenía las manos aferradas al abdomen, como si hubiese intentado evitar que sus entrañas se derramaran a través del corte enorme que tenía en el vientre y no hubiera podido.

Un grito me recorrió la garganta, pero pude detenerlo en el último instante. ¿Y si quienes habían hecho eso seguían cerca? ¿Y si me oían gritar y volvían?

Quería caer de rodillas junto a Massimo, sollozar, llorar y gritar al cielo. Pero no lo hice; no en ese momento. Los sollozos y los alaridos vendrían después y lo harían con fuerza. En ese instante, tenía la extraña certeza de que, si me desplomaba junto a Massimo, no volvería a levantarme jamás, por lo que aparté la mirada de él porque no podía seguir mirándolo. Porque una vocecita me dijo que, si quería sobrevivir, no podía detenerme.

Las lágrimas me corrían por las mejillas en silencio. Me dirigí lentamente hacia la entrada de la casa de mi familia, en dirección a lo que parecían bultos de ropajes que rodeaban montones de escombros y cenizas. Sabía que no lo eran, pero no quería ver lo que eran en realidad.

Habían saqueado la casa. En el interior, lo que no estaba

roto y esparcido por el suelo, lo habían robado. Había huellas de botas embarradas por toda la planta baja y sangre en el suelo y las paredes.

Y los cuerpos.

Nuestro cocinero, Paolo, en la cocina, junto con Agata, una de nuestras criadas. Mi aya, Giovanna, cerca de la escalera de atrás. Mi padre, en la habitación trasera con vistas a las colinas verdes cubiertas de parras y el camino serpenteante hacia Roma. Mi madre, en sus aposentos en la planta superior.

No recuerdo mucho más. Solo el desorden. Y la sangre. Y los cuerpos. Y la oscuridad que me consumía cuando ya no podía soportarlo; la oscuridad en la que me sumergí impaciente con la esperanza de que nunca tuviera que salir de ella.

Capítulo 9

Debido a su cargo, el padre Valier solo me visitaba en mi hogar, con la excepción puntual del Carnaval. Durante esa época, todo el mundo llevaba máscaras y era imposible distinguir a un clérigo de un senador o a una cortesana de una pescadera. Por ello, casi siempre pasábamos nuestras noches juntos en mi *palazzo*, en el que le pedía a Girolama que nos preparara una deliciosa cena antes de que Francesco y yo nos retirásemos a la alcoba. Bettina había ido al mercado por la mañana, probablemente antes de que Niccolo y yo nos hubiésemos despertado, en busca del mejor marisco fresco que pudiera encontrar. Como buen veneciano, Francesco siempre prefería el pescado.

Francesco llegó y lo acompañaron al salón de la segunda planta, al que yo había entrado unos minutos antes.

–Buenas noches, padre –susurré, mirándolo bajo mis pestañas oscuras–. En la cocina ya están preparando la cena: pescado recién sacado de la laguna esta mañana. ¿Te gustaría tomar un aperitivo primero?

Antes de que pudiera responder, ya me estaba dirigiendo hacia la jarra de vino blanco frío del Véneto sobre la mesa. Sin embargo, justo cuando iba a cogerla, Francesco me tocó el brazo para detenerme.

–Prefiero que la cena espere un poco –dijo en voz baja.

Alcé la vista, sorprendida, hacia sus ojos cálidos, que formaban parte de un rostro como el de un Adonis de cabellos oscuros. En ese momento, sus ojos brillaban de deseo.

Sonreí con timidez para disimular mi sorpresa. Francesco solía tener mucha más paciencia y a mí siempre me había parecido que la espera merecía la pena. Me excitaba pensar que le hubiera infundido ese deseo apremiante.

–Como prefieras –respondí; dejé la jarra y di un paso hacia atrás–. ¿Vamos, entonces?

Lo conduje hasta la aalcoba, aunque ya conocía el camino. Cerró la puerta al entrar y comenzó a retirarse los calzones y el jubón que solía llevar cuando me visitaba, en lugar de la sotana.

–Si me disculpas –susurré–. Le pediré a mi criada que me ayude a desvestirme.

Entré en el tocador contiguo y toqué la campanilla para avisar a Marta. Apareció poco después, algo sorprendida.

–¿Antes de cenar? –preguntó en voz baja a la vez que me desataba el vestido deprisa.

–Eso parece –susurré–. Me pregunto qué mosca le habrá picado al santo padre.

–Más bien, lo que va a picaros a vos –murmuró Marta y nos reímos de la vulgar broma.

Marta me despojó de mis vestimentas y paños menores enseguida y me ayudó a ponerme la bata de seda para que pudiera volver a entrar en la alcoba.

Al hacerlo, vi que Francesco me estaba esperando ataviado únicamente con una camisa larga. Sus ojos se clavaron en mí con impaciencia en cuanto aparecí en la habitación.

–Valentina –más que pronunciar, suspiró mi nombre.

–¿Sí, Francesco mío? –respondí al cerrar la puerta tras de mí.

–Ven aquí.

Obedecí y enseguida alargó la mano, mc atrajo hacia él y presionó su boca contra la mía. Me besó con ansia, con brusquedad, como un hombre hambriento.

—Ha pasado tanto tiempo —susurró junto a mi barbilla, sus dientes me mordían el labio inferior.

Notaba su erección contra mi cuerpo a través de la fina tela que nos separaba.

—Pues no esperemos más —dije mientras lo conducía hasta el lecho.

Me dio la vuelta, mi espalda contra su pecho, y me besó y mordisqueó el cuello, lo que me hizo suspirar de placer. Me retiró la bata y me puso a cuatro patas. Oí el suave frufrú de la tela al quitarse la camisa, sentí como se acercaba más a mí. El cuerpo me palpitaba con deseo. Noté su rigidez durante un instante en la entrada a mi cuerpo antes de que se introdujera, con las manos en mis caderas, y tirara de mí hacia él al embestirme.

Gemí de placer —totalmente sincero, como solía ser con Francesco— y empujé las caderas hacia atrás mientras me embestía, introduciéndome todo su miembro; mis movimientos lo instaban a sumergirse aún más. Empezó a embestirme con más fuerza, con la respiración entrecortada por los gemidos de placer.

—Valentina…, sí —jadeó—. ¡Santo Dios, sí! ¡Sí!

Se me aceleró la respiración al notar que mi propio placer se aproximaba.

—Sí, Francesco. Más fuerte. Más fuerte…

Me quedé sin palabras cuando me invadió el éxtasis, tan intenso que dolía, y grité como un animal, estremeciéndome por su magnitud; mi cuerpo se mecía contra el de Francesco. Apenas lo oí gemir, noté un último y brusco empujón hacia mi interior y clavó sus dedos en mis caderas.

Permanecí a gatas, temblorosa y débil tras el clímax. Cuando ambos recobramos el aliento, Francesco se apartó. Sentí cómo su simiente goteaba entre mis piernas y cogí el paño que tenía junto a la cama para limpiarme con discreción.

Mientras tanto, él se recostó en las almohadas, respirando con dificultad.

Cuando terminé, me tumbé a su lado, las sábanas de satén refrescaban el sudor de mi cuerpo. Me atrajo hacia él, piel con piel.

—Eres un tesoro, Valentina mía —dijo mientras una mano jugueteaba con mi pezón.

—Y supongo que no es necesario que te diga que también disfruto de tu compañía, Francesco —susurré.

Mi cuerpo seguía vibrando por el placer que le había provocado.

Volvió a besarme el cuello.

—¿Podemos disfrutar de la cena que ha preparado tu excelente cocinera? Siento que necesito alimentarme tras nuestro esfuerzo.

—Ah, así que ahora tienes hambre.

—Ya tenía hambre cuando llegué —respondió, su mano estrujaba mi seno con delicadeza—. Aunque no de comida.

Me reí a carcajadas.

—Ya veo. Muy bien. Le diré a Girolama que estamos preparados para cenar.

Poco después, estábamos en el comedor, todavía a medio vestir: yo con la bata de seda y él con la camisa y los calzones. Me senté a la cabecera de la mesa por ser la señora de la casa; ningún hombre, ningún cliente, por muy importante que fuera, me quitaría el lugar de honor en mi casa. Francesco se sentó a mi derecha.

Cuando empezamos a comer, pregunté lo que me había estado rondando por la cabeza desde la llegada de Francesco.

—Y bien —comencé—, ¿qué te preocupa, Francesco?

Se limitó a arquear una ceja y tomó otra cucharada de sopa, a la espera de que me explicara.

—Como dijiste, ha pasado bastante tiempo desde tu última visita —comenté—. Y cuando llegaste era evidente que estabas un tanto… tenso.

Esbocé una sonrisa pícara y le di un sorbo al vino.

Sonrió con picardía.

—Cierto. Te pido disculpas por tan larga ausencia; no era mi intención. Aunque debo admitir que me complace ver que se me ha echado de menos.

Exhalé un suspiro fingido.

—Tuve que buscar otras distracciones, como es lógico.

Otra vez esa sonrisa pícara.

—No lo dudo —dijo y se acercó la copa de vino a sus voluptuosos labios; le dio un sorbo y la volvió a dejar—. Pero, ya que lo preguntas, ¿qué otra cosa podría alejarme sino los asuntos eclesiásticos?

—Qué si no —murmuré.

Suspiré y observé cómo le invadía de nuevo la frustración.

—Hay una gran posibilidad de que me nombren vicario general —comentó—. Muy pronto. Por este motivo, el patriarca de Venecia me ha estado vigilando de cerca. —Suspiró—. Quiere asegurarse de que me comporto como es propio de un clérigo.

Reí.

—¿Así que eso es lo que acabas de hacer? —pregunté y señalé hacia la alcoba—. ¿Comportarte como es propio de un clérigo?

Se echó a reír.

—Se podría decir que me estaba deleitando por completo en el cuerpo humano. La más perfecta creación de Dios, ¿no?

—Una adoración, sin duda —dije y le guiñé un ojo.

Recuperó el semblante serio.

–Desafortunadamente, me temo que el patriarca no lo vería así, por lo que me he visto obligado a ser más prudente de lo habitual. Debo hacerlo si quiero progresar.

Volví a darle un sorbo al vino mientras pensaba en ello. El único eclesiástico de Venecia que tenía un rango superior al vicario general era el patriarca. Por encima del título de patriarca estaba el de cardenal, algo que, gracias a la mente perspicaz, los conocimientos de política y el apellido de Francesco, lo situaban en una posición excelente para lograrlo cuando la Santa Sede tuviera que concederle un nuevo favor a Venecia.

Y por encima del cardenal, solo estaba el papa.

–Por ello –prosiguió Francesco mientras mis criadas recogían los platos de la sopa para servir el plato principal–, desde hace un tiempo me pareció sensato privarme de tu compañía y de tus abundantes encantos.

–Lo entiendo perfectamente –expresé–, aunque espero que, cuando te conviertas en el vicario general Valier, pueda seguir disfrutando de tu presencia.

Sonrió al oírlo.

–De vez en cuando podrás –dijo–, incluso si debemos ser más discretos que antes.

–En efecto –respondí–, aunque no me parece justo que el patriarca quisiera castigarte por algo que casi todos los sacerdotes de Venecia han hecho. Incluido él.

Francesco, que acababa de beber un poco de vino, casi se atraganta al oír mis palabras. Lo miré con serenidad por el borde de mi copa mientras tosía y escupía.

–¿Cómo? –exclamó por fin, cuando logró recomponerse–. ¿El patriarca? ¿Me… me estás diciendo que tiene una amante?

–Eso es –confirmé–. ¿No lo sabías? Creía que era un secreto a voces.

—No —dijo, su voz aún sonaba un tanto entrecortada–. ¿Quién es? ¿Una cortesana, supongo? ¿La conoces?

Negué con la cabeza.

—Aunque parezca mentira, ninguna de las dos. Ni siquiera estoy segura de cómo se llama, pero sé que esconde a una amante en una casa en Castello.

—¿En Castello? —soltó Francesco con incredulidad–. ¿Con todos los constructores de embarcaciones, pescadores y maleantes?

Me encogí de hombros.

—¿A quién se le ocurriría mirar ahí?

—En efecto, a nadie —dijo–. ¿Y dices que no es una cortesana?

—Eso parece. Como te he dicho, no sé ni quién es ni de dónde viene, pero he oído que nunca ha sido una cortesana y que tampoco lo es ahora. Solo es la amante del patriarca.

—Fascinante. —Tras unos segundos, Francesco empezó a reír a carcajadas–. Eres un auténtico tesoro, Valentina. No era consciente de ello, ni siquiera me lo imaginaba. Esta información me vendrá bien, muy bien…

Oculté mi sonrisa detrás de la copa.

—Tengo numerosos talentos, padre Valier.

—Sin duda. —Alzó la copa para brindar–. Por ti, Valentina Riccardi. Una mujer bella y especialista en el arte del amor, con una mente brillante y sagaz.

Yo también alcé mi copa y brindé por mí misma. Existían varias formas de complacer a un hombre.

Capítulo 10

La noche de mi cita con Dioniso Secco llegó demasiado rápido.

Había decidido que el envenenamiento sería el método más fácil y menos engorroso de llevarlo a cabo. Los Diez, a través de Malatesta, me proporcionaban suficiente arsénico y cicuta para que no levantara sospechas si los adquiría yo misma.

Cuando utilizaba veneno, el arsénico era mi favorito: era insípido, inodoro e incoloro, lo cual hacía que fuera perfecto para mezclarlo en una copa de vino. La belladona, que también tenía a mano, era bastante fácil de conseguir sin levantar sospechas; a muchas mujeres de Venecia, tanto cortesanas y prostitutas como damas de la nobleza, les gustaba echarse una gota o dos en los ojos para que sus pupilas se dilataran, cosa que se consideraba atractiva. Sin embargo, al saber que era un veneno, no quería que formara parte de mis tratamientos de belleza y advertía de ello a todas las mujeres que conocía.

También escondía una daga y una cuerda de seda en mis aposentos por si alguna vez me hacían falta. Tanto si una cortesana ejercía mi segunda profesión como si no, en algunas ocasiones, nuestro trabajo podía ser peligroso. Los hombres eran peligrosos. Todas las cortesanas y todas las rameras teníamos más de una historia sobre un cliente molesto que se había puesto violento y nosotras nos habíamos visto obligadas a pagar por ello. Por lo que, incluso cuando no tenía pensado asesinar a nadie, siempre tenía armas y formas de contener a alguien a mano, por si acaso. Puede que los hombres fueran peligrosos, pero yo era más peligrosa.

Me había asegurado de ello.

Por lo que esa tarde, mucho antes de la llegada de Secco, añadí una dosis elevada de polvo de arsénico a un gran anillo que llevaba y que contenía un compartimento secreto. La gema morada de la parte superior servía, en realidad, como una pequeña puerta, con una bisagra imperceptible a no ser que alguien supiera lo que buscaba. Al presionar un botón diminuto e igual de invisible, la pequeña puerta se abría de golpe para mostrar un compartimento en su interior. Era ideal para guardar veneno, que se podía echar con facilidad en una copa de vino.

Lo había hecho otras veces y podía hacerlo de nuevo. Sabía que lo haría de nuevo.

Cuando Secco llegó esa noche, estaba, como siempre, vestida, con el cabello recogido y maquillada. Me estaba esperando en el comedor, donde cenaríamos juntos antes de pasar al pequeño salón. Una vez allí, admitiría que me apetecía más vino antes de pasar a la alcoba. Después, siempre y cuando hubiera añadido la dosis adecuada, el veneno surtiría efecto enseguida, antes de que llegásemos al lecho.

«Por el Dios de las Sombras, que haya añadido la dosis adecuada», pensé mientras recorría el tocador con nerviosismo y esperaba su llegada. No quería encamarme con un hombre que iba a morir. Quería llevar a cabo la misión lo antes posible. Quería acabar con ello.

Respiré profundamente varias veces para armarme de valor. «Es un traidor de la República de Venecia, Valentina», me recordé. Las dudas que habían rondado por mi mente con inquietud cuando Malatesta me contó por primera vez que había que librarse de Secco empezaron a asomar la cabeza de nuevo y las reprimí sin piedad. No podría seguir adelante con la tarea si las reconocía. «Se lo merece. Ni siquiera los Diez pueden permitirse asesinar a un hombre tan poderoso por algo que no sea la peor traición. Tal y como lo es revelar el secreto del vidrio».

Cuando llegó, me dirigí al comedor de inmediato.

—Dioniso —dije con una gran sonrisa y atravesé la sala para llegar hasta él.

Esbozó una sonrisa igual de grande al verme, me agarró la cara con ambas manos y me besó.

—Valentina —exclamó con cariño—. Siempre es un placer verte.

—Espero satisfacer ese placer esta noche —respondí y lo acompañé a su asiento, a la izquierda del mío—. Girolama está cocinando una pieza de ternera exquisita en estos momentos.

—Ah. —Se relamió con impaciencia—. Espero que no la haya hecho demasiado.

—No. Poco hecha, como a ti te gusta.

—Excelente. —Alargó la mano hacia la copa en la que le acababa de servir un poco de vino—. Y un delicioso vino *rosso* para acompañar, ¿verdad?

Deseé echarle el veneno en la copa y acabar con ello, pero no, tendría que esperar. No podía permitir que exhalara el último suspiro en la mesa del comedor, donde las criadas podrían verlo, entrar en pánico y dar la voz de alarma. Cuando nos acomodáramos en la alcoba o en el salón contiguo, no nos interrumpirían.

—En efecto —dije—. ¿Qué si no? Acabo de comprar un barril de este; viene de la Toscana. Me encantaría que me dijeras qué te parece.

Le dio un buen trago al vino y lo mantuvo en la boca unos segundos, saboreándolo, antes de tragarlo.

–Excelente –comentó–. ¡Excelente! Debes darme el nombre del vinatero antes de irme. Estaría encantado de hacer un pedido.

–Por supuesto. Te lo apuntaré por la mañana –dije con naturalidad.

Apenas le presté atención durante la cena mientras hablaba de tal conocido y tal acuerdo comercial y de cierto compañero del Gran Consejo. Era imposible que me pudiera concentrar en nada teniendo en cuenta la misión tan espantosa que debía llevar a cabo.

A pesar de ello, aunque trataba de no darle vueltas al asunto, no pude evitar sentir una especie de desconcierto iracundo. ¿Quién podía vivir en Venecia en esta época y creer que saldría impune de una traición? ¿Quién se creía lo bastante astuto, poderoso e ingenioso para engañar al Consejo de los Diez? Se trataba de la misma institución del Estado de Venecia, que, según se rumoreaba, había causado la muerte por envenenamiento del sultán otomano Mehmed II en 1481. Si un hombre tan poderoso –e, imagino, tan bien protegido– como el sultán estuvo expuesto a las conjuras y maquinaciones de los Diez, ¿cómo demonios iba un hombre como Dioniso Secco a creer que su traición pasaría inadvertida o que no lo condenarían?

Y cuando un hombre tenía una patria tan bella, tan próspera, tan segura y tan estable como Venecia, ¿por qué iba a soñar con traicionarla? ¿Con amenazar todas esas cosas maravillosas? ¿Con poner en peligro a todos sus habitantes, quienes vivían su vida, trabajaban, criaban a sus hijos, llevaban de comer y se divertían? ¿Acaso este tipo de hombres nunca habían presenciado una guerra, nunca habían sufrido los horrores y las atrocidades que el conflicto traía consigo?

Si buscaban lo mismo para Venecia, debía suponer que no.

Pero yo sí. Yo sí y estaba dispuesta a hacer lo que fuera

necesario para alejar esa violencia de la Serenísima. Había matado para detenerla, y volvería a hacerlo.

—¿Valentina? —La voz de Secco se coló en mis pensamientos y me sorprendí parpadeando al otro lado de la mesa—. Te noto un tanto distraída esta noche.

Me maldije para mis adentros y volví a guardar mi pasado en su oscura caja con la esperanza de que permaneciera cerrada por una vez, al menos durante el resto del encuentro.

—Perdóname, Dioniso —dije con dulzura—. Tan solo estoy… deseando que acabemos de cenar. —Le guiñé un ojo.

Él soltó una risita.

—Yo también. Aunque las expectativas aumentan el placer, ¿no?

Creía que esa expectativa en concreto me acabaría matando.

—Así es —susurré.

Y, por fin, terminó la cena —apenas probé la ternera de Girolama, una lástima, pues se notaba que estaba exquisita— y pasamos al salón. Cerré la puerta con decisión cuando entramos. Ahora que había llegado el momento, me invadió la tranquilidad mortal que tanto me había esforzado en conseguir y la acepté como una capa conocida, oscura y cálida, bajo la que escondí la rabia y la aflicción.

—¿Más vino, Dioniso? —pregunté con dulzura—. Tengo un *dolce bianco* de nuestro Véneto que es ideal para la sobremesa.

Se lo pensó un instante y un ligero rastro de desazón me recorrió la boca del estómago. ¿Y si lo rechazaba? ¿Qué pasaría entonces? Siempre quedaban las dagas de la alcoba y una en esa habitación, dado el caso. Pero el veneno era mucho más sencillo.

Fiel a su homónimo, el dios griego del vino, Dioniso aceptó de buena gana.

–¿Por qué no? –dijo, haciéndome una señal con la cabeza para que le sirviera una copa–. Pero no demasiado. He bebido más de lo que quería de esa cosecha excelente durante la cena y no me gustaría no estar a la altura; dicen que beber en exceso le puede hacer eso a un hombre. Aunque a mí no me ha pasado nunca –se apresuró a asegurarme–. Pero un amigo mío, pobre hombre…

Siguió divagando, contándome la historia de un amigo que había bebido demasiado y se había visto desarmado en presencia de una dama bellísima; una conocida cortesana, nada menos. Era una historia que ya conocía, pues, aunque no recordaba cómo se llamaba el hombre, la cortesana había sido Amalia y se había muerto de la risa al relatarme la historia. Mientras Secco hablaba, le di la espalda un segundo para servir el vino de la jarra. Con un movimiento rápido y natural, abrí la puerta con bisagra del anillo y vertí el contenido en una de las copas. Procurando no olvidar qué copa era para quién, me volví hacia él y le entregué la suya, que era letal.

–Aquí tienes, Dioniso –dije–. Qué mala suerte tuvo tu amigo. Aunque dudo mucho que una copa más pudiera afectar a un hombre con tu virilidad y aguante.

Sacó pecho al oír mis palabras.

–Claro que no –exclamó.

Removió el vino en la copa, ante lo que tuve que reprimir una sonrisa: al hacerlo, el veneno se disolvería más rápido.

–¿Y dices que es del Véneto?

–Eso es. Me encantaría que me dijeras qué te parece este también. Si te gusta, me aseguraré de tener más disponible para tu próxima visita.

Me sonrió.

–Siempre tan atenta, Valentina. Tu hogar siempre es un auténtico oasis de placer.

—Es un honor que un hombre con unos gustos tan sofisticados y refinados como tú piense eso.

Sin perder la sonrisa, se acercó la copa a los labios y bebió.

Aparté la mirada, despreocupada, y bebí de mi copa.

—Mmm —comentó al tragar—. Exquisito también. Un dulzor agradable tras una comida copiosa.

Le dio otro sorbo.

Sonreí.

—Exactamente. Me alegro de que te guste.

—Mucho.

Se sentó en una silla y siguió bebiendo. Tomé asiento junto a él.

—Un amigo mío organiza una fiesta la semana que viene y esperaba que pudieras acompañarme —dijo—. Será el próximo jueves.

—Por supuesto —respondí.

—Fantástico. Lo estaré deseando.

Le dio otro sorbo al vino y empezó a toser. Tosió una y otra vez. Se llevó la mano al cuello del jubón, como si quisiera aflojarlo o arrancárselo del cuello.

—Discúlpame —comentó, recuperándose levemente—. Un poco de polvo, tal vez… —Volvió a darle un trago al vino para aclararse la garganta—. Yo…

Pero ya no podía hablar. Sabía que se le estaba hinchando la lengua y que se le estaría retorciendo el estómago, lo cual le causaría un dolor espantoso. En ese instante, cayó de rodillas al suelo y vomitó.

Lo observé y me alegré de haberle pedido a Lauretta que retirara la alfombra de esta estancia; en apariencia, para quitarle el polvo.

Secco, entre arcadas y náuseas, me miró desde donde estaba arrodillado.

—Veneno —balbuceó—. ¿Por qué?

No tenía sentido que le diéramos vueltas al tema entonces. Dejé mi copa en la mesa auxiliar y me puse de pie.

—Enviar un soplador de vidrio a Francia —declaré con impaciencia—. ¿De verdad creías que el Consejo de los Diez no se enteraría, Secco? ¿Creías que permitirían que el gran monopolio de la República se derrumbara?

Su rostro reflejó cierta confusión.

—Yo no… Nunca… —gruñó y volvió a vomitar.

—Tienen tus cartas, Secco. Era cuestión de tiempo. —Lo observé durante un instante mientras se retorcía de dolor en el suelo—. Lamento que las cosas hayan acabado así, si te sirve de consuelo.

—No —gritó—. ¡No! ¡Son calumnias! Yo nunca… Te lo juro…

—De nada sirven tus quejidos —dije—. Me temo que, aunque pudiera salvarte, no depende de mí.

En ese momento, un destello de comprensión le iluminó el rostro, tan cortante y clara como un fragmento de cristal, y me atravesó con la misma fuerza que a él.

—Malatesta —exclamó con la voz entrecortada, lo cual hizo que me quedara inmóvil—. Él quería… Yo no iba a… Pensó que estaría de acuerdo…

—Eres un traidor —dije, aunque las palabras no inspiraban la seguridad que me habría gustado.

¿Cómo era posible que supiera que Ambrogio Malatesta había dado la orden? Los Diez lo decidían todo en grupo; ¿por qué se sospecharía de solo uno de sus hombres? Procuré dejar a un lado ese pensamiento, pero tuve que hacer un gran esfuerzo esta vez.

—Eres un traidor —repetí— y morirás por ello. Tendrías que haber sabido que no podrías huir de los Diez.

Volvió a tener arcadas y a ahogarse; los ojos cada vez más inyectados en sangre.

—Puta —espetó—. Zorra. Asesina.

—¿Así es cómo quieres malgastar tus últimas palabras? ¿Diciéndome lo que ya sé?

Ahora estaba tumbado de lado, con la cabeza en un charco de vómito. Con la poca fuerza que le quedaba, levantó la cabeza una vez más.

—Vete al infierno, Valentina —soltó—. Tú y ese bastardo mentiroso de Malatesta.

Tras ello, se desplomó, exhaló un último suspiro agitado y se quedó inerte.

Permanecí inmóvil unos instantes observándolo, asegurándome de que no se trataba de un truco para conseguir que me acercara y así atacarme. Con la cantidad de arsénico que le había administrado, era muy poco probable que tuviera fuerzas para intentar algo así, pero era mejor asegurarse. Lo observé durante unos minutos y, cuando no percibí ningún movimiento que pudiera indicar que seguía respirando, me acerqué con cautela. Con cuidado de no pisar el vómito, extendí el brazo y le puse una mano en el pecho.

Su corazón ya no latía. Estaba muerto.

No había tiempo para pensar, no había tiempo para analizar lo que Secco acababa de decir, de insinuar, en sus últimos momentos de vida. Di un paso atrás y entré en acción.

Pasé a la alcoba contigua y tiré de la palanca que estaba escondida detrás del cabecero y que abría una puerta secreta en la pared. La puerta daba a una escalera oculta, que desembocaba en el angostísimo callejón junto al *palazzo*. Había contratado a una cuadrilla de obreros para que hicieran esas reformas cuando compré el *palazzo*, justo para casos como este. Aunque mis criadas estaban al tanto de la existencia de esa puerta y esas escalera secretas, creían —pues eso les había dicho— que eran para los clientes que querían o necesitaban salir con discreción.

Es cierto que se habían utilizado con ese fin en más de una ocasión. No obstante, su auténtico y siniestro fin solo lo sabíamos yo y unas cuantas personas que se encargaban del trabajo sucio de los Diez.

Bajé las escaleras corriendo, abrí con precaución la puerta que daba al exterior y asomé la cabeza. No había nadie a simple vista. Salí fuera, avancé unos pasos a la derecha y eché un vistazo por la esquina del edificio hacia la calle más amplia que pasaba por detrás del *palazzo*.

Seguía sin ver a nadie.

«¡Maldito seas, Malatesta!», maldije para mis adentros. Me había prometido que mandaría a algunos hombres para que se encargaran del cuerpo después, como siempre hacía. ¿Cómo iba a deshacerme de Secco yo sola? No podía levantarlo; con suerte podría arrastrar a un hombre de su tamaño a la alcoba, por las escaleras y hasta el callejón. ¿Y qué haría con él entonces? No me vendría muy bien que lo encontraran flotando en el canal justo delante de mi puerta, y eso si conseguía sacarlo a la calle sin que me oyeran o vieran por casualidad.

—Bastardo —masculló en voz alta esta vez.

Pero en ese mismo instante oí un silbido a mi izquierda desde el pequeño tramo de canal que se podía ver. Una góndola se detuvo junto a los escalones medio sumergidos y cubiertos de algas que se encontraban al final del callejón. Dos hombres ataviados con capas con capucha bajaron y se acercaron a mí.

—Estamos aquí por un asunto de los Diez —dijo uno de los hombres.

Le reconocí la cara bajo la capucha, incluso en la luz tenue. Tenía una cicatriz irritada en el rostro que era difícil de olvidar. Malatesta lo había enviado para ese tipo de cuestiones en otras ocasiones.

—Arriba —les indiqué a él y al otro hombre, a quien no reconocía, y los conduje por las escaleras a través de la alcoba y hasta el salón en el que yacía Secco.

Uno de ellos gruñó con aprobación y le cubrieron el cuerpo con una gran mortaja. Después, lo enrollaron en ella sin miramientos. Al terminar, uno de ellos lo cogió por las piernas y el otro por los hombros y se dispusieron a sacarlo por donde habían entrado.

—Supongo que no vais a limpiar el suelo, ¿verdad? —les grité.

No me respondieron.

Los seguí por las escaleras y los observé mientras cargaban el cadáver de Secco en la góndola, desatracaban y se adentraban en el canal sin dirigirme ni una sola palabra. Menos mal. No era necesario decir nada más.

Regresé adentro y me aseguré de que cerraba bien la puerta del callejón. Luego volví a subir al salón, donde toqué la campanita para llamar a Lauretta.

Llamó a la puerta dos veces antes de entrar, como solía hacer mi servicio cuando estaba con un cliente.

—¿Qué necesitáis, *madonna*? ¡Dios Santo! —exclamó azorada al ver y oler el vómito que había en el suelo—. ¿Qué ha pasado? ¿Dónde está el *signor* Secco? ¿Se encuentra bien?

—Empezó a sentirse indispuesto, como puedes comprobar —respondí—, así que se ha marchado. Salió por la escalera trasera.

Nada de eso era técnicamente mentira.

—Voy a buscar un poco de agua y jabón para limpiarlo, entonces —dijo Lauretta, que se mostró bastante reticente.

Esbocé una ligera sonrisa.

—Para eso te he llamado, Lauretta. Gracias. Estoy preparada para acostarme. Dile a Marta que venga a desvestirme, ¿de acuerdo?

Lauretta asintió y se apresuró a acatar mis órdenes.

Salí de la habitación y subí a la tercera planta, mi refugio, donde no me podía alcanzar ni la sangre, ni la muerte, ni la voluntad de otros. Marta llegó poco después para ayudarme a quitarme las vestimentas y a ponerme uno de los blusones suaves que utilizaba para dormir. Cuando se fue, apagué las velas de mis aposentos y me acosté.

Solo que, en ese momento, el sueño era lo que más se alejaba de mí. En cuanto la alcoba estaba a oscuras y en silencio y yo estaba sola, ya no podía ignorar mis pensamientos.

Había tenido dudas sobre ese encargo desde que Malatesta me dijo el nombre de la víctima en cuestión. No tuvo sentido en aquel momento y seguía sin tenerlo ahora. Una parte de mí insistía en que no importaba que tuviera sentido o no; Secco estaba muerto y ya habrían tirado su cuerpo a uno de los canales menos transitados. Nada podría cambiarlo.

A pesar de ello, el resto de mí sabía que sí importaba, que importaba más que nada. Porque, si lo que Malatesta me había contado no era cierto, si había mentido para asegurarse de que lo ayudaría, entonces acababa de matar a un inocente.

Había llegado a la conclusión de que matar, por desgracia, era como tantas cosas en la vida: cuanto más se hacía, más fácil era. Y, sin embargo, siempre me había sentido culpable. ¿Cómo era posible? Incluso cuando sabía que los hombres a los que asesinaba eran traidores y que traerían muerte y destrucción a Venecia si no los detenía… Aun así, me inquietaba. No importaba que hubiese decidido hacía mucho tiempo que cargaría con ese pecado en mi alma para proteger a las personas inocentes e inconscientes de la ciudad. Alguien debía hacerlo.

Pero esto… Esto era distinto. Desde el principio, mis instintos dudaban de lo que Malatesta me había contado. El motivo por el que acusaban a Secco no tenía sentido. Y, además, incluso cuando estaba muriendo, Secco negó –con su último aliento– su implicación. Incluso cuando expuse su traición y le dije que los Diez tenían pruebas, lo negó. No confesó ni rogó piedad por su vida, como solía ocurrir con frecuencia. Lo había negado todo. Normalmente, las víctimas pensaban que, si confesaban sus actos inicuos, habría más posibilidades de que los perdonaran. Pero la Iglesia era la que concedía la misericordia y la absolución. No los Diez. Nunca los Diez. Y, por ende, yo tampoco.

¿Qué había dicho?

«Malatesta... Él quería... Yo no iba a... Pensó que estaría de acuerdo...».

¿De acuerdo con qué?

No había dicho nada sobre el vidrio ni sobre Francia y se mostró realmente sorprendido cuando lo mencioné. Si un hombre se dedicaba a vender los secretos más valiosos de la República, no era posible que se sorprendiera tanto al saber que eso lo mataría. Y, si lo que me había contado Malatesta era cierto, ¿por qué mencionó su nombre? ¿Cómo era posible que Secco supiera que Malatesta fue el miembro de los Diez que me dio la orden?

No era posible. No era posible que lo hubiese sabido. Lo que implicaba que había algo más en juego y yo no estaba al corriente de ello. Malatesta me había utilizado para sus propios fines, los cuales yo desconocía. Tal vez esos fines siguieran siendo en beneficio del Consejo de los Diez y, en última instancia, de Venecia.

O tal vez no.

Aún quedaba la cuestión real de si me podría haber negado a hacer lo que Malatesta me pedía y evitar que me encarcelaran, torturaran o ejecutaran. Sabía demasiado sobre los Diez y sus acciones; si no iba a colaborar, no cabía la menor duda de que me considerarían una amenaza. Pero, independientemente del motivo, de la causa y de lo que podría haber hecho o no, era muy probable que acabara de matar a un inocente.

Mi cuerpo temblaba y se estremecía bajo las sábanas; darme cuenta de ello fue demasiado difícil de soportar físicamente, por lo que cada músculo y hueso se rebelaba contra ello. Por mucho que lo intentara, no podía dejar de temblar.

Seguía despierta cuando oí como se abría con cuidado la puerta de mis aposentos. Me incorporé de inmediato, con el puñal que guardaba entre el colchón y el cabecero en la mano.

—¿Quién anda ahí? —pregunté.

El intruso alzó una vela para que pudiera verle el rostro.

—Soy yo —dijo en voz baja para no despertar al resto de la casa—. Bastiano.

Me desplomé aliviada y dejé que el puñal cayera al suelo.

—Bastiano —repetí, como para confirmarlo.

Se acercó al lecho.

—¿Crees que conseguiré sorprenderte alguna vez en tus aposentos sin que me amenaces con apuñalarme o con cortarme alguna parte esencial del cuerpo?

—No cuando insistes en presentarte por sorpresa —me quejé, con la esperanza de que no se notase el temblor en mi voz.

Dejó la vela en la mesilla y se sentó junto a mí en el lecho.

—¿Ya está hecho? —preguntó en voz baja.

—¿Crees que me habría acostado si no?

Asintió y se puso en pie para quitarse el jubón y los pantalones.

Suspiré.

–Esta noche no, Bastiano. Por favor. No puedo. Yo…

–Malpensada mujer… No he venido para eso.

Ataviado únicamente con la camisa larga, me acompañó bajo el cubrecama de terciopelo, pegó su cuerpo al mío y me estrechó entre sus brazos. Al abrazarme con fuerza, dejé de temblar y respiré hondo por primera vez en horas.

Interludio

En algún lugar de la Toscana, junio de 1527

Una daga cayó al suelo justo al lado de donde mi cabeza se encontraba, lo cual provocó que me despertara sobresaltada. Me incorporé de inmediato, aún medio dormida, arrastrándome hacia atrás sobre las mantas deshilachadas que había colocado en el suelo para intentar dormir.

Al entrecerrar los ojos bajo la luz tenue del amanecer, por fin pude reconocer a la figura que se encontraba frente a mí: Fernando Cortés, el soldado español un tanto entrecano con el que viajaba. Se había compadecido de mí cuando pasó a caballo y me había encontrado caminando por un lado del camino que iba en dirección al norte, alejándose de Roma, con los pantalones, la camisa y el chaleco sucios que había cogido de los aposentos de mi padre. Cortés me había dicho con brusquedad, y su italiano con acento español, que podía acompañarlo y ser su paje hasta que llegara a su destino. Había dicho que era una época peligrosa para viajar solo, sobre todo para un «joven» como yo.

No era necesario que me explicara lo peligrosa que era esa época.

—Levántate —dijo tan tajante de siempre— y coge la daga.

Alargué la mano con precaución y agarré la empuñadura de la daga con mis dedos sucios. Era un arma sencilla, pero elaborada con un acero excelente. Hasta yo me di cuenta de ello.

Me puse en pie despacio, sin apartar la mirada de Cortés.

–¿Qué queréis que haga con esto? –pregunté, a punto de olvidarme de bajar el tono de mi voz una octava más de lo habitual.

–Voy a enseñarte a utilizarla.

–¿A mí? –protesté desconcertada; los años de aprendizaje para comportarme como una dama eligieron ese momento para reafirmarse–. ¿Por qué?

Su mirada se cruzó con la mía, tenía una mirada astuta y calculadora.

–No sé a dónde te diriges, pero sé muy bien de dónde estás huyendo –respondió–. Y una joven que está sola debe aprender a defenderse.

Me quedé paralizada, mis dedos sujetaron la daga aún con más fuerza en el último instante para que no se volviera a caer al suelo.

–¿Sabéis… sabéis que soy una muchacha?

–Claro. No te has disfrazado tan bien como crees.

No dije nada.

Suspiró con impaciencia.

–Y, si no me equivoco, también has recibido una buena educación. Se nota por cómo te mueves, por cómo hablas.

Cuando volví a hablar, no me molesté en intentar cambiar la voz.

–Siempre lo habéis sabido.

–Sí. Cuando te vi a un lado del camino, pensé que lo mejor sería que te protegiera antes de que alguien con malas intenciones te encontrara.

Alcé la cabeza con altanería, como la dama bien nacida que era. Como lo había sido hasta que mi mundo se había derrumbado.

–No necesito que me protejáis.

–Lo cierto es que sí. –Hizo un gesto con la cabeza hacia la

daga que aún sostenía con poca firmeza en la mano–. Pero, si te enseño a utilizarla, ya no necesitarás que ningún hombre te proteja.

Cerré los ojos unos segundos.

Recordé a Massimo ajustándose la espada a la cintura, apoyando las manos en mis hombros y obligándome a prometerle que no saldría, que me escondería, que dejaría que se pusiera en peligro solo y que no haría nada para ayudarlo, que no haría nada para intentar protegerlo. Me había obligado a prometerle que dejaría que él me protegiera a mí. Y le había hecho caso, como la dama dócil y tímida que me habían enseñado a ser; había dejado que el hombre al que amaba se lanzara de cabeza al combate para protegerme. Y Massimo había muerto por ello.

Yo también había muerto. O, al menos, Maria Angelina, la dama que dejaba que los demás dieran su vida por ella, había muerto. Para siempre.

¿De qué servía, pues, la protección de los demás? Si Maria Angelina estaba muerta, entonces esa nueva mujer en la que me había convertido podría hacer las cosas de otra manera. Podría tomar otras decisiones. Podría transitar por el mundo de otra forma.

Tal vez así podría estar a salvo.

Ese momento me bastó para tomar una decisión. Levanté la daga que tenía en la mano y agarré la empuñadura con firmeza.

–De acuerdo –dije–. Enseñadme.

Capítulo 11

Me desperté sobresaltada por culpa de un sueño espeluznante que, gracias a Dios, ya no recordaba. Me puse tensa al notar el peso sobre mis caderas, pero enseguida me di cuenta de que era Bastiano, que me había rodeado la cintura con el brazo mientras dormía y había arrimado mi espalda con firmeza contra su pecho.

Me refugié en su calor reconfortante y cerré los ojos para tratar de conciliar el sueño de nuevo, pero fue en vano.

Por suerte, no tuve demasiado tiempo para repasar los acontecimientos de la noche anterior ni para volver a analizar mi culpabilidad y mis dudas, pues Bastiano comenzó a moverse a mi lado. Me giré para mirarlo y abrió un ojo, adormilado, sus rizos castaños y despeinados le caían sobre el rostro.

—Buenos días —murmuró.

—*Buon giorno* a ti también —dije—. ¿Has dormido bien?

—¿Con una mujer tan bella a mi lado? Por supuesto. —Su sonrisa se desvaneció al levantar levemente la cabeza de la almohada y contemplarme, como si acabara de recordar el motivo por el que había venido la noche anterior, lo que le hizo salir de su residencia y meterse en mi cama para dormir conmigo—. ¿Y qué hay de ti? ¿Has descansado?

Tenía las palabras «No demasiado» en la punta de la lengua. Pero ¿de qué serviría admitirlo? Tal vez se preocuparía. Tal vez pensaría que no era tan fuerte como él siempre había imaginado. Sabía que no pensaría ninguna de esas cosas, pero no podía evitarlo.

—Bastante bien —decidí decir.

Me incorporé; al estirarme, el cubrecama se deslizó por mi cuerpo. Sentí cómo Bastiano me observaba con atención.

—¿Y te encuentras bien hoy? —preguntó con tono distendido—. Después de…

—Claro que sí —respondí, interrumpiéndolo—. Igual de bien que siempre.

Lo único que deseaba era compartir mis dudas con Bastiano; quería compartir con él los argumentos de los que no había podido huir por la noche, después de administrar el veneno y que fuera demasiado tarde. Quería compartir la carga de lo que podía haber hecho; quería compartir las aterradoras cosas que ahora intuía saber.

Pero de mala gana, de muy mala gana, decidí no hacerlo.

Por su propio bien, debía callarme lo que sabía o sospechaba. Si estaba en lo cierto y Malatesta tenía algún fin mezquino al margen del resto de los Diez, nada bueno podría ocurrir si Bastiano lo sabía. Lo conocía. No sería capaz de dejarlo estar, sobre todo si pensaba que me habían utilizado para un objetivo perverso. Empezaría a investigarlo, a hacerles preguntas a sus numerosos contactos y llegaría a oídos de Malatesta enseguida.

No podía perder a otro hombre al que amaba, por lo que me callaría esa horrible carga para protegerlo.

Pero, por el Dios de las Sombras, cómo agotaba proteger a tantas personas siempre.

Como si fuera capaz de notar el tumulto interno que sentía, Bastiano me miró un instante como si quisiera seguir interrogándome. Pero, de pronto, sabiamente, cambió de opinión.

—Entonces, ¿quieres que me vaya? —preguntó, con la cabeza apoyada en un brazo.

Sonreí y me agaché para besarlo. Noté lo rápido que reaccionaba su cuerpo al mío. Conocía un método infalible para apartar los miedos, las dudas y el horror aunque solo fuera de manera temporal.

–En absoluto –respondí; levanté los brazos y me quité el blusón–. No sin antes aprovecharme de ti.

Mientras hacíamos el amor, dejé que la sensación de la piel de Bastiano sobre la mía, de él en mi interior, de la mezcla de amor y placer en sus caricias, ahuyentara todo lo que había sucedido por la noche.

Sabía que, de ese modo, podría seguir adelante.

–¿Irás a la velada de Flora esta noche? –le pregunté a Bastiano más tarde, mientras se vestía para marcharse.

Flora era una cortesana muy conocida por sus fiestas extravagantes y, como era la amante de Lorenzo Corner, un buen amigo de Bastiano, pensé que tal vez acudiría.

Percibí cómo se le tensó el cuerpo unos segundos antes de que se obligara a relajarse. Solo alguien que lo conociera, que conociera su cuerpo tan bien como yo, podría haberlo percibido.

–No –se limitó a decir–. ¿Por qué? ¿Tú sí?

–Sí, me lleva Alvise Gasparo –respondí y mencioné a uno de mis clientes habituales, uno que además me agradaba–. ¿Por qué no vas? Estoy segura de que Lorenzo te ha invitado.

–Me temo que estoy ocupado.

Salí del lecho de inmediato, cogí la bata de seda y me la puse.

–¿Por los Diez? –consulté–. ¿Qué es lo que quieren ahora?

–¿Qué quieres decir? –preguntó Bastiano, girándose hacia mí e intentando, sin éxito, de mantener un tono despreocupado–. Ya había confirmado mi asistencia a otra velada antes de que recibiera la invitación de Lorenzo, eso es todo.

Hice caso omiso.

–¿Qué miembro de los Diez te ha asignado la misión? –lo interrogué e intenté disimular el tono perentorio de mi voz.

–No voy a hacer nada en nombre de los Diez –dijo Bastiano, quien al fin me miraba a los ojos.

Lo único que había en ellos era sinceridad.

–Entonces, ¿por qué no me cuentas qué es lo que vas a hacer?

–No hay nada que contar. Tan solo es otra velada, como he dicho. Y tal vez no quiera verte del brazo de Gasparo. ¿Has pensado en eso?

Le resté importancia con un gesto de la mano. A pesar de ser un miembro acaudalado e influyente del Gran Consejo, Gasparo no era el tipo de hombre que pondría celoso a Bastiano.

–Eres un pésimo mentiroso, Bastiano Bragadin.

–Y tal vez se trate de algo que no deberías saber. ¿Has pensado en eso? –exclamó Bastiano–. Hago todo lo que puedo por protegerte, Valentina.

Eso me hizo pensar. Creía que fuera lo que fuera lo que estuviera tramando no era a petición de los Diez; pero, entonces, ¿qué otra cosa podría tener entre manos que no quisiera contarme?

¿Qué significaba que ambos estuviéramos envueltos en asuntos que no podíamos contarnos por el bien del otro?

–¿Qué estás tramando, Bastiano? –susurré.

Dejó de vestirse y me miró; sabía que había percibido la desazón en mi voz. Suspiró.

–Estoy investigando algo para mi padre –dijo–. Una… cuestión política. Es complicado, por lo que es mejor que te mantengas al margen.

–Ya…

Mientras le daba vueltas a todo y pensaba en si debería seguir insistiendo, Bastiano terminó de vestirse y se acercó a mí. Me sacó de mis pensamientos de golpe al poner las manos sobre mis hombros.

–Todo saldrá bien –dijo y se inclinó para besarme en los labios–. Disfruta de la velada y dale recuerdos a Lorenzo. ¿Te veré pronto?

–¿Cuándo? –me sorprendí preguntándole.

Se detuvo y me examinó.

–Cuando desees verme –respondió en voz baja y volvió a besarme.

Le agarré del cuello para que no se despegara de mí y lo besé de nuevo.

–Dentro de dos noches –le dije–. No tengo ningún compromiso esa noche y me aseguraré de que siga así.

–Esperaré ansioso –añadió y nos besamos una vez más antes de que se alejara a disgusto–. *Ciao*, Valentina. Te veré en un par de días.

Tras ello, se marchó solo.

Capítulo 12

A la velada de Flora esa noche acudió la multitud de siempre, una mezcla de nobles, cortesanas, eruditos, comerciantes y algunos invitados extranjeros. El salón de baile estaba decorado de maravilla: adornos dorados, tapices preciosos en las paredes y una impresionante lámpara de araña de cristal de Murano en el techo, con tantas velas que parecía de día. A un lado, las puertas estaban abiertas para dejar que entrara el aire fresco de la noche y daban acceso a un balcón que ofrecía a los invitados unas vistas espléndidas del canal.

Alvise Gasparo me exhibió de su brazo, complacido por la atención que suscitaba en muchos de los hombres allí presentes. Lucía uno de mis vestidos favoritos, un brocado morado que resaltaba tanto mi cabello y mis ojos oscuros como el tono oliva de mi piel. Mis joyas eran de un negro azabache y me habían colocado una pluma amarilla de manera alegre en el recogido tan elaborado. Atraje más miradas de admiración que de costumbre, o eso me pareció.

Al entrar, me sorprendió ver a Ambrogio Malatesta rodeado de un grupo de nobles. Levantó la vista cuando entré con Gasparo y, cuando nuestras miradas se cruzaron, hizo un ligero gesto con la cabeza. El corazón me latía con fuerza, le devolví el gesto y aparté la mirada justo después. Me sorprendió verlo ahí; no tenía fama de ser demasiado sociable y no creía que ese fuese el tipo de fiestas que le gustaran. No obstante, hasta el más necio sabía que el capital político en Venecia –y, me atrevería a decir, en la mayoría del mundo– no se conseguía solo en los pasillos del Gobierno.

Estaba segura de que esa noche no me buscaría. Dejando a un lado la ficción necesaria de que era uno de mis amantes, afortunadamente no querría llamar demasiado la atención con alguna interacción entre nosotros. No quería tener que enfrentarme a él tan pronto, no cuando tenía tantas dudas, tantas preguntas sin responder.

Tantas sospechas.

Por suerte, Amalia Amante también había asistido, del brazo de un noble de mediana edad que era uno de sus clientes habituales, y lucía un vestido que sospechaba que era nuevo, de un color verde mar. Me guiñó el ojo desde el otro lado del salón mientras nuestros respectivos acompañantes nos paseaban por la fiesta y yo le guiñé el ojo de vuelta con picardía, deseando que llegara el momento en el que pudiéramos apartarnos a una esquina para chismorrear un poco. Si había algo que podía distraerme de la presencia de Ambrogio Malatesta, era mi querida amiga.

Al fin, tras saludar a todos sus conocidos –y a todas las personas relevantes a las que quería conocer– Gasparo se vio envuelto en un debate acalorado sobre política. No se dio cuenta de que me separé de él y me acerqué a mi amiga.

–Amalia, *cara*, me alegro de verte –dije y la besé en la mejilla.

–Mi querida Valentina –respondió–. ¡Pero si no tienes vino! Debemos solucionarlo de inmediato. Pier'Antonio –dijo, dirigiéndose a su acompañante, de quien seguía cogida del brazo con ligereza, pero que le había dado la espalda para entablar conversación con otro hombre–, debo hablar con la encantadora Valentina Riccardi un momento. No me eches demasiado de menos.

–De acuerdo –expresó y le sonrió con lujuria–. Pero no

me dejes solo demasiado tiempo. —Volvió a girarse hacia el grupo de hombres con los que había estado hablando—. ¡La belleza más exótica de toda Venecia! —exclamó, sin dejar de admirar a Amalia mientras nos alejábamos juntas.

A Amalia se le congeló la sonrisa al darle la espalda.

—De verdad —murmuró—. Como si fuera una baratija del Este que puede poner en la estantería.

Gruñí.

—Lo siento, Amalia.

A Amalia solían llamarla «exótica» debido al color de su piel, su cabello oscuro y sus excepcionales ojos color ámbar. Se sentía más ofendida por ello que por cualquiera de los epítetos que les lanzaban a las mujeres de nuestra profesión; al fin y al cabo, las dos estábamos bastante acostumbradas a ellos.

—Soy una ciudadana más de Venecia —se había quejado en más de una ocasión—. Hay venecianos que se pasan toda la vida sin pisar su ciudad natal, que aprenden cualquier idioma antes que el suyo y, sin embargo, yo soy la «exótica» por el color de mi piel.

Puso los ojos en blanco y negó con la cabeza, tal vez sacudiéndose de encima las palabras de su cliente a la vez. Nos acercamos a la mesa, que estaba repleta de vino y comida, cogió una copa y me la entregó. Bebí con gratitud.

—No me digas que Gasparo te ha tenido muerta de sed toda la noche —dijo con desaprobación y le dio un sorbo a su copa.

—Así es, por desgracia —respondí con pesar—. Había muchas personas a las que quería que saludáramos.

—Entiendo —dijo.

—¿Dónde te has metido últimamente? —pregunté; entrelacé un brazo con el suyo y la conduje hacia una zona menos abarrotada del salón—. Apenas te he visto.

Suspiró con dramatismo.

–He estado muy ocupada con un cliente –comentó, con una sonrisa en los labios y en la voz–. Es un romano que vivirá en Venecia en un futuro próximo. En realidad, recibí una carta del mismísimo Niccolo Contarini en la que me lo recomendaba, por lo que accedí a atenderlo.

Me reí a carcajadas.

–¿Puede ser que el amante en cuestión sea Ottaviano Lotti?

–¡Sí! ¿Lo conoces?

–Nos presentaron –dije.

Le conté una versión resumida de mi asistencia a la velada de Lotti y del ataque de celos de Niccolo, además de nuestro encuentro con Bastiano y mi comentario de que, si Lotti llegase a acudir a mí, lo mandaría a Amalia.

–Tenía la intención de presentaros, pero se me olvidó.

«Y no me extraña –añadí para mis adentros–, teniendo en cuenta los asuntos que me han tenido ocupada desde entonces». Aparté esos pensamientos con decisión.

–Veo que Niccolo decidió ahorrarnos al pobre Lotti y a mí un paso –dije y me reí.

–Ya veo –expresó–. ¡Y pobre Bastiano! Ese Niccolo es terrible, ¿verdad?

Puse los ojos en blanco.

–Puede llegar a ser un poco exigente –admití–, pero me compensa hacerlo feliz.

Amalia asintió, comprensiva.

–Entiendo. Aunque lamento informarte de que Niccolo no te ha hecho ningún favor al alejar a Lotti de tu hogar.

Arqueé las cejas.

–¿Ah, no?

–Mmm. –Emitió un ruidito de placer, entre una risa y un suspiro, que no recordaba haberla escuchado hacer nunca–. Es muy atento en la alcoba. –Soltó una risita–. Muy atento. Y bastante generoso con el dinero.

–Generoso dentro y fuera del lecho –comenté–. Es el cliente perfecto.

–Sin duda. Oh, ya me está haciendo señas con la mano Pier'Antonio. –Suspiró con una pizca de fastidio–. Parece ser que debo coquetear con alguien y así ayudarlo a cerrar uno de sus acuerdos comerciales.

–En ese caso, tendrás que hacer mucho más que coquetear, teniendo en cuenta lo que te paga –dije.

Extendí las manos y le bajé un poco el corpiño para que le asomara un poco más el pecho por el escote.

–Mucho mejor. Ahora, ve.

Rio y se inclinó para besarme la mejilla.

–Estoy segura de que lo agradecerá. Nos vemos de nuevo antes de que acabe la noche.

–Eso espero –respondí.

La observé cuando se apresuró junto a su cliente, al que saludó con una sonrisa radiante, también al hombre con el que estaba hablando; un hombre al que estaba segura de que había visto por ahí en alguna ocasión, pero cuyo nombre desconocía. Pier'Antonio le dedicó una gran sonrisa a Amalia mientras ella decía algo.

–Ah, ahí estás –le dijo o, más bien, a sus pechos.

Ahogué una carcajada, les di la espalda y me deslicé entre la multitud en busca de Gasparo.

Más tarde, mientras servían las copas de después de la cena y la multitud se había empezado a dispersar, Malatesta dio conmigo.

–Ah, Valentina –exclamó cuando me acerqué a la mesa en la que se encontraban los últimos refrigerios, tras prometerle a Gasparo que le llevaría otra copa de vino.

Alcé la vista y vi a Malatesta acercándose. Incliné la cabeza en señal de respeto, pero solo porque estábamos en público.

—*Signore* —dije—, espero que estéis bien.

—Lo estoy, gracias —añadió; me miraba fijamente—. Nada me pone de mejor humor que los negocios exitosos.

Se me aceleró el corazón por el descaro de atreverse a hablarme de esos asuntos allí. Alcé la cabeza.

—Lo mismo digo —respondí.

—¿Y hay un motivo concreto por el que os encontréis de tan buen humor esta noche?

Por el Dios de las Sombras, ¿acaso los hombres a los que había enviado para deshacerse del cadáver de Secco no le habían dado todos los detalles? O tal vez disfrutaba de manera perversa al hablar, más o menos abiertamente, sobre la muerte.

—Sí —dije, con un tono monótono—. Siempre llevo a cabo mi trabajo de manera satisfactoria.

Le dediqué una sonrisa seductora ante los posibles espectadores, que interpretarían mis palabras de un modo muy distinto si las oían por casualidad.

Esbozó una sonrisa, que en su rostro era una expresión rígida, como si no la utilizara con frecuencia. Me di cuenta, al pensar en todos nuestros encuentros a lo largo de los años, que no recordaba haber visto una sonrisa en su cara antes.

Al menos no una de auténtica alegría.

—Me alegra oírlo —comentó y se aproximó más a mí—. Y no me cabe ninguna duda de que lo que decís es cierto.

—No debería. —Desvié la mirada y la fijé en la mesa de refrigerios, con la esperanza de que se diera cuenta de que daba la conversación por finalizada.

A pesar de ello, permaneció allí quieto y me vi obligada a volver a mirarlo.

Se acercó un poco más a mí.

–Quizá, Valentina –expresó en voz baja–, podrías mostrarme algún día lo… satisfactorio que es tu trabajo.

Acercó una mano a mi rostro para acariciarme la mejilla; tenía los dedos fríos.

Durante un instante, me quedé petrificada. No porque un hombre se insinuara, en absoluto; si solo ocurría una vez durante una fiesta a la que había asistido, era una noche atípica. Pero se trataba de Malatesta, de todos los hombres. Si había un hombre en Venecia que creía que era inmune a mis encantos, era él, el que siempre me recordaba la diferencia de nuestras posiciones sociales; él, que se comportaba como si tuviera que rebajarse para tratar conmigo.

Sin embargo, la codicia de los hombres, como bien sabía, no conocía tal sutileza ni escrupulosidad.

Por ello, en lo más profundo de mi estómago, que parecía que descendía hasta mis zapatos de seda y diamantes, no estaba del todo sorprendida. Recordé la última vez que lo había visto, cuando me encomendó la tarea de matar a Secco. Había hecho un comentario fuera de lugar… ¿Qué fue lo que dije? «¿Pasas mucho tiempo imaginándome desnuda?». Y recordé que había percibido el deseo que recorrió su mirada al decirlo, ese breve destello que contradecía la expresión de disgusto tras la que se escondía, como una máscara del Carnaval.

Debería de haberlo imaginado.

Por supuesto que podría habérmelo tomado como una broma y proteger su orgullo. Podría haberme escondido tras una falsa modestia o haber insistido en que no podía aceptar dicha oferta cuando había asistido como la acompañante de otro hombre. Pero eso no solucionaría nada a largo plazo, por lo que decidí ir al grano.

Me aparté de él y lo miré a los ojos.

–Ambrogio –dije con un tono inexpresivo–, creo que nos conocemos demasiado bien para eso, ¿no crees?

Se quedó perplejo, como si no se hubiera esperado esa respuesta en absoluto.

–Sin duda…

–Ya has visto mi parte fea y yo la tuya –añadí y me acerqué para coger la copa de vino que le había prometido a Alvise Gasparo de la mesa cubierta con un mantel–. Mantengamos esa parte alejada de la alcoba, ¿de acuerdo?

Tras ello, le di la espalda y me alejé.

Aunque no sin antes notar como un destello de confusión le recorrió el rostro, seguido de cerca por uno de ira.

Al día siguiente, me dispuse a encargarle vestidos nuevos a Ginevra. Me dirigía a la entrada por el canal de mi *palazzo* cuando Luca, mi gondolero, se topó conmigo cuando subía por las escaleras.

–*Madonna* Valentina –dijo en voz baja–, os ruego que esperéis aquí un momento, por favor.

–¿Por qué? ¿Qué sucede, Luca? –pregunté.

Luca nunca había sido un hombre de muchas palabras, pero ahora tartamudeaba y hablaba de forma inusitada.

–Hay… Quiero decir que… Créame, *madonna*, no queréis ver…

Se me revolvió el estómago de pavor.

–¿Ver el qué?

–En el agua, afuera, hay… He venido a buscaros primero para deciros que no salgáis y ahora debo avisar a las autoridades…

Lo empujé a un lado enseguida e hice caso omiso de sus reclamos. Salí corriendo por la entrada del canal y por el muelle hasta que vi con total claridad lo que había llevado a Luca a comportarse así.

Ahí, flotando boca abajo en el canal al final de mi muelle, al igual que la basura, se encontraba el cadáver de un hombre.

Luca apareció detrás de mí.

–*Madonna*, no quería que vieseis…

Tal vez tendría que haber fingido una especie de sensibilidad femenina, pero no me veía capaz de hacerlo en ese momento.

–Dale la vuelta –le ordené a Luca.

–*Madonna?*

–Hazlo, Luca.

Me lanzó una mirada de estupefacción, cogió el remo de la góndola y, con poca delicadeza, logró darle la vuelta al hombre.

No era Dioniso Secco; eso lo supe en cuanto vi el tamaño y la forma del cuerpo. Tenía la esperanza de no conocer al hombre, pero, por desgracia, no era así.

Era uno de los hombres que había venido a llevarse el cadáver de Secco, el hombre con la cicatriz que le atravesaba el rostro, la misma que seguía visible a pesar de que se le había empezado a hinchar el cuerpo. El hombre al que había reconocido porque ya había trabajado para Malatesta en otras ocasiones.

Y ahora estaba muerto y flotando delante de mi *palazzo* tras haber completado su última misión.

–Avisa a las autoridades –le dije a Luca; después me di la vuelta y volví al interior.

Que quienes se encargaban de mantener la paz de la ciudad hicieran lo que tuvieran que hacer con el cuerpo de ese hombre. Había captado el mensaje que se había pretendido transmitir.

Unos días después, se descubrió otro cadáver, uno de alguien mucho más destacado: el cuerpo de Dioniso Secco emergió en uno de los canales secundarios de Cannaregio, cerca de la judería. Lo identificaron bastante rápido y los rumores sobre lo que le había ocurrido comenzaron a extenderse por la ciudad. Sin heridas ni señales de violencia aparentes, existían dudas acerca de si había sido la víctima de un crimen o si tan solo se había caído borracho a un canal y se había ahogado. Esas cosas pasaban.

Durante los siguientes días, por suerte, no volví a saber nada más de Malatesta. Sin embargo, recibí la cantidad que había indicado como el doble de la tarifa anual de Secco, como me había prometido, y ni más ni menos que en oro.

A pesar de ello, el oro no evitaba que pasara las noches revolviéndome en el lecho; durante aquellas noches inusuales en las que dormía sola, en las que recordaba las últimas palabras de Secco una y otra vez, rememoraba la conversación en la que Malatesta me había ordenado matarlo, y le daba vueltas a cada palabra en busca de algo que se me hubiera podido escapar.

Algunas noches buscaba pruebas que confirmaran mis sospechas y que había sido Malatesta por su cuenta, no en nombre del Consejo de los Diez, quien me había encargado lo de Secco. Que apareciera flotando en la puerta de mi casa uno de los hombres que había sacado el cuerpo tenía que servir como prueba, ¿no? No me cabía ninguna duda de que su cómplice estaba muerto en otra parte de la ciudad. Otras noches trataba de convencerme de que Malatesta había dicho la verdad, que Secco había traicionado a Venecia, que había merecido morir y que, tal vez, la muerte de su esbirro no estaba relacionada, que tan solo era una extraña coincidencia. Durante las noches en las que conseguía convencerme de esto último, dormía mucho mejor. Pero eran pocas y estaban muy distanciadas.

No volví a saber nada durante ese mes ni el siguiente; ni de

Malatesta ni de ningún otro miembro de los Diez. Y eso me venía perfecto. Ya tenía bastantes emociones y aventuras al tener que atender a todos mis amantes y clientes, al gestionar sus intereses, sus celos y sus sentimientos. Me sentí aliviada de poder centrarme en todo eso durante un tiempo y, a medida que se aproximaba el verano, en organizar los dos meses que pasaría en la villa con Ginevra y –durante una parte de ese tiempo, al menos– con Bastiano.

Durante dos meses, huiría del apestoso calor y la humedad de Venecia en verano; dejaría atrás a Malatesta, al Consejo de los Diez y a sus conspiraciones y tramas sangrientas. Me olvidaría de todo eso aunque solo fuera durante un tiempo. Disfrutaría de la tranquilidad que había costado tanta sangre.

Intentaría olvidar. Miraría el rostro de mi hija y sabría que su vida nunca se vería empañada por el mal y la violencia que habían empañado la mía. Y, tal vez así, podría perdonarme a mí misma.

Capítulo 13

—¡Levanta, mamá! —exigió una vocecita alegre de manera imperiosa.

Miré hacia abajo desde donde me encontraba, junto a una de las ventanas de la villa, y me reí de la expresión de impaciencia de Ginevra, que tenía los brazos extendidos hacia mí.

—Claro que sí, *cara mia* —dije y me agaché para cogerla en brazos.

—¿Qué miras?

Señalé por la ventana hacia el río que serpenteaba entre el campo y pasaba por delante de la villa; la luz del atardecer teñía la escena de dorado.

—El agua. ¿Ves todos los colores que adquiere a medida que se pone el sol?

—¿Dónde va?

—Al final desemboca en el mar —le expliqué—. En el Adriático. —Suspiré—. Y dentro de unos días llevará a mamá de vuelta a Venecia.

—¿Por qué?

—Porque ahí es donde vivo, cielo —dije—. Hay cosas que debo hacer allí.

—¿Por qué?

—Para que pueda seguir ayudándote a crecer siendo fuerte y feliz —expresé.

—¿Por qué?

Las preguntas constantes de Ginevra no me molestaban;

una costumbre a la que Bastiano y yo nos habíamos acostumbrado últimamente. ¿Cómo iba a enervarme cuando podía pasar tan poco tiempo con mi hija? Me parecía un auténtico milagro que se acordara de mí; que, después de que preguntárselo una sola vez, recordara que era «mamá».

Le besé la coronilla e inhalé el olor a limpio de sus cabellos y su piel, pues estaba recién bañada.

–Porque eso es lo más importante del mundo –susurré.

Un ligero ruido hizo que alzara la vista. Vi a Bastiano apoyado en el marco de la puerta, contemplándonos.

–Sí –dijo en voz baja, a modo de respuesta–. Sí que lo es.

–¡Papá! –gritó Ginevra y se retorció para que la soltara.

La bajé y corrió por el suelo de piedra hasta Bastiano. Había llegado hacía una semana, esa era su segunda visita del verano y se quedaría hasta que yo tuviera que regresar a Venecia. Viajaría de vuelta conmigo cuando Sonia Abate y su marido vinieran para llevarse a Ginevra con ellos a la granja.

Había sido un verano magnífico, igual que el anterior o puede que incluso mejor. Ginevra ya hablaba, era capaz de crear frases completas y parecía encantada de pasar tiempo conmigo y con Bastiano, cuando estaba presente. Le había explicado que él era su papá y que Sonia y su marido –a quienes llamaba *zia* y *zio*– cuidaban de ella cuando papá y yo no podíamos. Tenía sentido en su mente de niña, que era lo único que me importaba en aquel instante. En los próximos años tendría que darle más explicaciones –muchas más–, pero me encargaría de ello llegado el momento. Por ahora, tan solo quería disfrutar de cada minuto que pasaba con mi hija.

–Tengo un regalo para ti, *figlia mia* –dijo Bastiano cuando Ginevra le rodeó la cintura con los brazos.

Sacó una mano de detrás de la espalda y le mostró una

muñeca preciosa, hecha con un tejido excelente y con un vestido de satén.

Ginevra gritó de alegría y aceptó la muñeca con entusiasmo; recorrió el pelo, el rostro, el vestido y las manos con sus deditos.

—¡Mira, mamá! —exclamó a la vez que me mostraba el regalo.

—Ya veo —dije con aprobación—. Es muy bonita.

Ginevra se dejó caer al instante sobre la alfombra que había en uno de los extremos de la habitación para empezar a analizar su nuevo juguete en profundidad mientras murmuraba para sí misma —o para la muñeca— como solía hacer. Ginevra había tenido esos momentos de introspección incluso cuando era más pequeña, en los que le gustaba que estuviéramos cerca, pero que no le prestáramos demasiada atención. Yo también había sido así de niña y se me hacía extraño ver un rasgo mío en mi hija.

—¿Dónde la has comprado? —pregunté cuando Bastiano me acompañó junto a la ventana y ambos sonreíamos al observar a Ginevra.

—En Venecia —respondió—. Pedí que me la hicieran y la traje. Me pareció un buen momento para dársela.

—¿Por qué ahora?

Se encogió de hombros.

—No lo sé. Me pareció oportuno.

Asentí, pues no necesitaba más explicaciones.

Me acercó a su cadera y me besó en la cabeza. Seguíamos sin apartar la vista de nuestra hija.

—Tal vez deberíamos traerla con nosotros a Venecia —dijo en voz baja.

Me aparté de él.

—Ni hablar.

—¿Por qué no?

—Ya hemos hablado de esto demasiadas veces, Bastiano. Venecia no es un lugar seguro para ella.

—¿Crees que no podemos protegerla?

—Creo que es un milagro que podamos protegernos a nosotros mismos la mayoría de los días.

—Valentina. —Bastiano apoyó las manos en mis hombros y me obligó a mirarlo a la cara; tenía una expresión seria—. ¿De verdad crees que los Diez no podrían encontrarla si les conviniera?

—Si Ginevra no estuviera en la habitación ahora mismo, te daría una bofetada —espeté con los dientes apretados—. ¿Cómo se te ocurre decir tal cosa? ¿Cómo puedes pensarlo?

Apartó las manos.

—Reconozco que es una verdad desagradable, pero sigue siendo cierto.

No quería seguir pensando en ello, así que lo ignoré.

—Y, aunque la trajéramos a Venecia con nosotros, ¿dónde viviría, eh? Está claro que en mi *palazzo*, donde me acuesto con un hombre distinto cada noche de la semana, no. ¿Acaso la acogerían tus padres en el seno de la familia Bragadin?

Bastiano guardó silencio.

—No les he hablado de ello —dijo al fin—. Saben que Ginevra existe y nada más. Pero…

—¿Pero qué? ¿Te presentarás allí dentro de unos días acompañado de tu hija ilegítima y la recibirán con los brazos abiertos? Creo que no.

—Tal vez…

—¿Y si no es así? Entonces habremos alejado a Ginevra del único hogar que ha conocido para nada. —Respiré hondo y alcé las manos como si fuera a poner fin a la conversación con ellas—. No. De momento se queda en la campiña con los Abate.

Bastiano permaneció en silencio durante un largo rato.

–Tienes razón –expresó por fin–. No me gusta que sea así, pero tienes razón.

–A mí tampoco, pero así son las cosas. –Suspiré profundamente y volví a mirar a Ginevra, ajena a nuestra discusión mientras charlaba con su nueva muñeca–. Así es el mundo en el que vivimos, Bastiano. Y ni tú ni yo podemos hacer nada para cambiarlo, por mucho que queramos.

–Ojalá pudiéramos –dijo en voz baja Bastiano, que también volvió a centrarse en Ginevra–. Ojalá.

No me sentía capaz de refutar sus bobadas románticas como siempre hacía; no en ese momento, no ese día. No dije nada.

Devolver a Ginevra a la familia Abate unos días después fue más doloroso de lo que lo recordaba. Debido a años de mano dura –y a mi propia sospecha de que había derramado todas mis lágrimas durante mi juventud–, no lloré cuando Ginevra gritó con tristeza:

–¡Adiós, mamá!

–Adiós, Ginevra –grité de vuelta, con la voz entrecortada–. Pórtate bien con *zia* Sonia y te veré pronto. Te quiero.

Y, entonces, se fue; el carro de los Abate se alejó, traqueteándose, por el camino de la villa.

De vuelta en Venecia, el barco de los Bragadin me dejó en la entrada por el canal de mi *palazzo*. Mis criadas, tras haberlas informado por escrito con antelación de mi llegada, se apresuraron a descargar mis baúles mientras Bastiano me ayudaba a bajar del barco para adentrarme en la tarde fría y gris.

Me volví hacia él.

–Quédate esta noche –le susurré.

Se le descompuso el rostro ligeramente.

—No puedo. Tengo que… ocuparme de algunos asuntos.

—¿Ya? Pero ¿cómo es posible? —Un miedo aterrador se apoderó de mis adentros—. No te habrá enviado algún miembro de los Diez una carta a la villa, ¿verdad?

—No. —Bastiano miró de forma somera a nuestro alrededor, como para asegurarse de que las criadas estaban demasiado lejos para oírnos—. No tiene nada que ver con los Diez. Es un asunto relacionado con mi padre.

—¿Qué asunto?

—No te lo puedo contar.

Me aparté y lo miré detenidamente. Era la segunda vez que mencionaba un asunto con su padre y que no había explicado en detalle a qué se refería. Bastiano se encargaba de supervisar la mayoría de los intereses comerciales de la familia Bragadin y, por lo general, no le costaba hablar de esos temas. Pero ¿de qué se trataba eso? ¿Y por qué de pronto parecía como si Bastiano y Malatesta tuvieran planes secretos que yo no podía saber?

Venecia, sin duda, era una ciudad de secretos. Solo que estaba acostumbrada a estar al tanto de muchos de ellos.

—No sabía que el comercio de la seda se hubiera vuelto tan misterioso —dije al fin con un tono de crispación en la voz.

Suspiró.

—Valentina. Esperaba que comprendieras que si hay algo que no te cuento es para protegerte.

Me hirvió la sangre al oír esas palabras. De nuevo un hombre que creía que necesitaba que me protegieran; que se ponía en peligro, pero que quería protegerme.

—¿Corres algún tipo de peligro, Bastiano? —susurré.

—No me preguntes eso.

—De acuerdo —espeté—. Nos vemos en otro momento, entonces.

Me aparté de él.

–Valentina.

Me cogió de la mano y me atrajo hacia él hasta atrapar mi boca en un beso apasionado y casi cruel; ahí mismo en el muelle, a la vista de todos. Hizo que me temblaran las rodillas bajo la falda de mi vestido de viaje. Cuando nos separamos, tenía una sonrisa burlona en el rostro.

Puse los ojos en blanco y lo aparté de un empujón.

–Eres insoportable –dije mientras me dirigía hacia el *palazzo*.

–¡Por eso me amas! –me gritó.

No me volví hasta que llegué a la puerta, pero para entonces Bastiano ya se había montado en el barco y no lo veía.

Lo amaba. Así era.

Capítulo 14

Incluso cuando retomé la rutina de atender a mis clientes, la actitud evasiva que había mostrado Bastiano últimamente me inquietaba. Sabía que no debía pensar en ello. Esa no era la primera vez –ni mucho menos la última– en la que Bastiano estaba envuelto en algo que podría matarlo si las cosas no salían bien.

A pesar de ello, había algo de esa situación que me preocupaba. ¿De verdad se trataba solo de un asunto con su padre? No conocía al patriarca de los Bragadin demasiado bien; mis únicos encuentros con él habían sido cuando Bastiano nos había presentado una vez en un salón, donde me recibió con bastante frialdad, y cuando coincidimos en otra velada, en la que me ignoró por completo.

Pero, teniendo en cuenta todo lo que me había contado Bastiano sobre su padre a lo largo de los años, no parecía el tipo de hombre que se metía en asuntos turbios. Era un hombre conservador, tanto en los negocios como en la política. Así que ¿qué podía estar haciendo Bastiano para ese hombre que requería tanto secretismo? A menos que el mayor de los Bragadin no estuviera involucrado en absoluto y tan solo fuera una mentira. Sin embargo, no creía que fuera capaz de mentirme con tanto descaro.

Tal vez, podría creer sus palabras sin más, pero eso no apaciguó mis preocupaciones, pues me llevó a preguntarme lo siguiente: ¿lo que Bastiano estuviera haciendo podría ponerlo en contra del Consejo de los Diez?

La situación me tenía en vilo, más de lo que lo había estado en años, desde que empecé a trabajar para el Consejo de los Diez. De pronto me di cuenta de que, si retrocedía al origen de ese sentimiento, había comenzado la noche en la que maté a Dioniso Secco, cuando declaró que era inocente y pronunció el nombre de Malatesta. Ese sentimiento se había ido intensificando desde entonces tanto por la esquivez de Bastiano como por el descubrimiento del cadáver de uno de los esbirros de Malatesta, que apareció flotando fuera de mi *palazzo*.

Algo sucedía en Venecia; eso lo tenía claro. Había algo que no era lo que parecía, que no era como me lo habían pintado. Había demasiados elementos en mi vida que no encajaban, y no me importaba. Ni lo más mínimo. Aunque, en tales circunstancias, resultaba bastante complicado disfrutar de una vida hedonista con vestimentas preciosas, comida deliciosa, vino exquisito y buen sexo.

Por lo que una noche hice algo de lo que no me enorgullezco.

Bastiano llegó a mi *palazzo* para pasar la noche juntos, como habíamos acordado, aunque no se encontraba de muy buen humor. Me besó un tanto distraído y dejó su capa y una faltriquera de piel curtida en el respaldo de una de las sillas del comedor. Nos serví un poco de vino a los dos. Sin embargo, mientras esperábamos a que Lauretta y Bettina nos trajeran la cena, no paraba de ponerse de pie, de recorrer la habitación y de pasarse los dedos por el pelo con movimientos tensos y bruscos.

Lo observé desde mi asiento en la cabecera de la mesa, por encima de mi copa de vino.

—¿Qué ocurre, Bastiano? —pregunté por fin.

Negó con la cabeza, sin mirarme.

—Nada.

—Es evidente que pasa algo —dije y ahora era yo la que se había enfadado.

¿Acaso creía que no me daba cuenta de que se había puesto nervioso?

—Nada importante.

—Entonces, ¿por qué te preocupa?

Suspiró y al fin dejó de pasear. Me miró.

—No es nada —dijo—. Es solo que... hay unos asuntos que no están saliendo como quería.

Esperé a que me diera más detalles, pero no lo hizo.

—Entiendo —comenté—. Pues, si eso es todo, no dejemos que nos estropee la noche.

Volvió a suspirar y se sentó en la silla junto a mí.

—Tienes razón, *amore mio*. —Se inclinó hacia delante y me besó con ternura—. No pasamos suficiente tiempo juntos, por lo que no voy a arruinar el tiempo que sí pasamos con estas... estas sandeces.

Ya no mencionó nada más al respecto y su humor mejoró, aunque pareció costarle bastante esfuerzo. Disfrutamos de una cena agradable, que completamos con un postre y vino dulce. Al terminar, nos trasladamos a mis aposentos, en los que hicimos el amor.

Poco después, Bastiano se quedó dormido, pero yo no pude. Permanecí despierta, con la mirada clavada en el dosel de terciopelo que había sobre el lecho, mientras luchaba conmigo misma.

Me di cuenta de que Bastiano se había traído la faltriquera de piel a la alcoba, en lugar de dejarla en la silla del comedor en la que la había dejado en un principio junto con la capa. ¿Por qué? No recordaba que lo hubiera hecho en ninguna otra ocasión. ¿Por qué la faltriquera y no la capa? ¿Y por qué no dejar ambas cosas donde las había puesto al llegar hasta que se marchara por la mañana? ¿Qué contenía esa faltriquera que no quería perder de vista?

Lo cierto es que solo me debatí con mi conciencia durante unos minutos antes de salir de la cama con sigilo y atravesar la habitación hasta llegar a la faltriquera.

Sabía que estaba traicionando la confianza de Bastiano. Si él husmeara así entre mis cosas, me costaría mucho perdonarlo. Pero no podía evitarlo. Estaba segura de que se había metido en algo peligroso y no podía seguir viviendo sin saber de qué se trataba.

Eché un último vistazo por encima de mi hombro desnudo para asegurarme de que Bastiano seguía dormido. Levanté la solapa de la faltriquera e introduje la mano hasta sacar un montón de papeles.

Despacio y con cuidado, los hojeé intentando no hacer ruido. La primera página estaba escrita con una especie de código. No sabía mucho sobre códigos ni sobre cómo descifrarlos a pesar de tener tiempo para sentarme y probar con ese. Las misivas encriptadas eran el modo en el que el Consejo de los Diez se comunicaba con los diplomáticos y otras personas en el extranjero. Tenían salas repletas de creadores y descifradores de códigos en el Palacio Ducal, que desarrollaban códigos nuevos e intentaban descifrar los códigos de las naciones rivales. Al recibir todas las órdenes de los Diez en persona, nunca existió la necesidad de proporcionarme ningún tipo de explicación o instrucciones para descifrar mensajes encriptados.

Aparté esa página; lo único que pude distinguir es que no la había escrito Bastiano. Podría haberla escrito cualquiera y tratar de cualquier cuestión. De los Diez o de otra persona.

La siguiente página estaba en blanco, salvo por la dirección que habían garabateado en ella. Una casa en Giudecca, por lo visto. Aparté esa página también, con cuidado de mantenerlas en orden para que pudiera colocarlas de nuevo en su sitio.

Volví a comprobar si Bastiano seguía durmiendo profundamente –así era– y pasé a las siguientes páginas.

Las siguientes dos páginas también estaban escritas en clave. Me imaginaba que con el mismo código que la primera, pero ni siquiera estaba segura de eso. Otra página más en clave, pero esa la había escrito Bastiano. Me di unos golpecitos en el labio mientras pensaba. Qué curioso.

No era posible que se tratara de… espionaje. Seguro que Bastiano Bragadin, de entre todas las personas, no estaba conspirando con algún agente extranjero o con varios de ellos contra Venecia. No. Imposible. Él, mejor que nadie, sabía lo que les sucedía a quienes traicionaban al Estado de Venecia, sabía que sus planes nefarios casi nunca funcionaban.

La siguiente página, al fin, estaba en italiano. Era breve y estaba escrita con mala letra, como si quien la hubiera escrito no hubiera tenido demasiado tiempo para ello:

El contacto de los 10 no sabía nada de D.S.
Dice que no lo ordenaron.
Demuestra la traición solo si está por escrito.
FC

Empecé a pensar en todas las personas que conocía con las iniciales «FC». ¿Felicita Cavazza? Me detuve un instante. La había visto intercambiando información de manera clandestina con aquel hombre en la residencia de Ottaviano Lotti. Sin duda podría estar envuelta en una conspiración. Pero descarté esa posibilidad, pues la caligrafía de la nota era indudablemente propia de un hombre.

Solté un grito ahogado y me tapé la boca con la mano al comprender el significado del resto de la misiva. Me había distraído tanto pensando en quién podía ser FC que se me había escapado lo más obvio.

El 10 correspondía sin ninguna duda al Consejo de los Diez y DS era Dioniso Secco.

«No lo ordenaron ellos».

Quienquiera que fuera ese misterioso FC con el que Bastiano se escribía, tenía un contacto en el Consejo de los Diez y esa persona afirmaba que los Diez no habían encargado el asesinato de Dioniso Secco. Eso era justo lo que temía y sospechaba.

«Demuestra la traición».

Pero ¿la traición de quién? En cuanto me surgió la pregunta, comprendí que la respuesta era muy obvia.

Ambrogio Malatesta. El hombre que me había ordenado en persona que matara a Secco y quien, ahora lo sabía con certeza, había estado operando fuera del ámbito de los Diez.

«Solo si está por escrito».

Ese era el problema, entonces. Malatesta me lo había encargado en persona, como siempre. Nunca nos comunicábamos por escrito. Y conocía a Malatesta lo suficiente como para saber que nunca pondría sobre papel algo así; algo que sobrepasaba los límites de su autoridad, algo que hacía por sus propios fines perversos fueran los que fueran. Era demasiado inteligente para eso. Debía serlo.

Al matar a Secco, me había involucrado en lo que fuera que estaba tramando.

Oí a Bastiano moverse detrás de mí y me apresuré a guardar todos los papeles en la faltriquera; casi me olvidé de ponerlos en el orden correcto. Me levanté y me volví hacia el lecho. Por suerte, él seguía durmiendo.

El corazón me latía deprisa. Regresé al lecho y me deslicé a su lado. Ya no tenía ninguna esperanza de conciliar el sueño.

Así que Bastiano estaba investigando a Malatesta. ¿Había empezado a hacer preguntas a raíz de mi misión de asesinar a Secco? No creo que supiera, cuando le hablé del encargo por primera vez, que los Diez no lo habían autorizado; no me habría dejado llevarlo a cabo si lo hubiese sabido. Por lo que debió empezar a sospechar después de eso. Sobre todo porque Secco había sido un objetivo insólito para los Diez: fue extraordinariamente rico, muy poderoso e influyente; además de que tenía amigos igual de poderosos e influyentes. Puede que no fuera como el padre de Bastiano o Niccolo Contarini y otros miembros de las familias venecianas más antiguas y patricias, pero su presencia política y social era –había sido– extraordinaria. Yo ya me lo había preguntado y seguro que Bastiano también.

¿Fue eso lo que había provocado… lo que fuera en lo que estaba envuelto? Pero, en tal caso, ¿por qué no me lo había contado? Al fin y al cabo, yo maté a Secco. Ya estaba metida hasta el cuello. Aunque nunca compartí mis dudas ni preocupaciones –ni las últimas palabras de Secco– con Bastiano, ni le había contado que uno de los hombres que retiró el cadáver de Secco había aparecido muerto. Sin duda, Bastiano quería protegerme, al igual que yo quería protegerlo a él; seguro que no quería decir que había hecho algo malo hasta que se hubiera cerciorado. Hasta que tuviera pruebas acerca de qué estaba haciendo Malatesta y por qué.

¿O tal vez eso era lo que estaba investigando para su padre? ¿Acaso el patriarca Bragadin estaba en el punto de mira de Malatesta, por motivos políticos o de otro tipo?

Todo era posible. Y lo más probable es que yo nunca lo supiese.

Podría preguntarle a Bastiano; confesar lo que había hecho, que había traicionado su confianza y su intimidad, y exigir que me contara qué estaba tramando. Aunque había bastantes posibilidades de que, después de haber husmeado, estuviera aún menos dispuesto a decírmelo y confiara menos en mí desde entonces.

«No», decidí a regañadientes. No podía preguntárselo aunque ahora estuviera aún más preocupada por él en lugar de más tranquila.

¡Ojalá no hubiera abierto esa faltriquera! Ojalá no supiera nada de eso. No podía hacer nada para ayudarlo ni conseguir más información.

Ese era el castigo de quienes se meten donde no les llaman.

Debí quedarme dormida en algún momento, pues me desperté por la mañana con el crepitar del fuego en la chimenea que había frente al lecho. Abrí los ojos, somnolienta, y me incorporé. Vi que Bastiano, que se había puesto los calzones y una camisa holgada, estaba agachado junto a la chimenea y arrojaba algo a las llamas. Unos papeles.

–¿Un fuego, Bastiano? –pregunté con la voz ronca por el cansancio.

Dio un pequeño respingo, sobresaltado, y se giró hacia mí.

–¿Tanto frío hace?

–Mmm… Tenía un poco de frío cuando me desperté y pensé que podría calentar la alcoba dijo.

Me di cuenta de que tenía la faltriquera en el suelo y comprendí que había quemado al menos algunos de los papeles que contenía. Tal vez quiso hacerlo la noche anterior, pero se distrajo con la comida, el vino y los placeres primitivos. Le examiné el rostro con atención. ¿Sabía que había visto los documentos? ¿Se había dado cuenta de alguna manera? Pero no me miraba de manera acusadora, ni con enfado ni incertidumbre. Tenía el rostro tranquilo y una expresión impasible.

La noche anterior me rendí ante la idea de no averiguar nada más acerca de sus andanzas. Quería saber más, pero a la vez no. Como que un niño que aprende que no debe tocar la cocina una vez que se ha quemado, acepté que, fuera lo que fuera lo que Bastiano estuviera haciendo, sería mejor que no lo supiera.

–Hay formas mucho mejores de calentarse que esa –dije y extendí las manos hacia él–. Ven aquí.

Capítulo 15

Hice todo lo posible por no pensar en los enredos de Bastiano durante las siguientes semanas. Atendí a mis clientes, pasé tiempo con Amalia, me carteé con Sonia Abate sobre Ginevra, encargué vestidos y zapatos nuevos para el invierno y pasé tiempo con Bastiano cuando podía.

Por suerte, no volví a saber nada de Malatesta. Puede que intentara no pensar en lo que había descubierto, pero no podía olvidarlo. ¿Qué haría la próxima vez que me pidiera que matara a un hombre que él consideraba que era una amenaza para la República? ¿Cómo podía estar segura de que era cierto y no solo fuera para cumplir los objetivos personales de Malatesta?

Ya decidiría qué hacer cuando llegara el momento. Ahora no había otra opción. Cada día que pasaba y que no sabía nada de él ni de ningún otro miembro del Consejo de los Diez era un alivio.

Aparté la confabulación de mi mente y me convencí, temporalmente, de que tan solo era una cortesana de éxito y muy solicitada. Estuvo a punto de funcionar. Al menos lo hizo durante un tiempo, hasta que una noche de la segunda semana de octubre, Bastiano volvió a presentarse por sorpresa en el *palazzo*.

Esta vez, por desgracia, estaba con un cliente. Alvise Gasparo dormía en mi lecho cuando oí un golpeteo en la puerta. Me levanté al instante y me puse una bata de terciopelo para protegerme del frío. Todas mis criadas sabían que no debían interrumpirme cuando estaba con un cliente, por lo que debía tratarse de algo urgente si una de ellas se atrevía a hacerlo de todos modos.

Entreabrí la puerta y me encontré a Marta mirándome.

–Lamento molestaros, *madonna* –susurró–, pero no sabía qué hacer. Dice que necesita veros ahora mismo.

Salí al pasillo y cerré la puerta tras de mí, con la esperanza de que Gasparo no se despertara.

–¿Quién es, Marta? –pregunté.

–Bastiano Bragadin. Está abajo… y bastante fuera de sí. Dice que debe veros ahora mismo. Le he dicho que estáis con un cliente, pero no he conseguido disuadirlo.

El miedo se apoderó de mi corazón. Bastiano nunca haría algo así, salvo en el peor de los casos.

–Acompáñalo a la sala de estar de arriba –dije mientras me dirigía hacia las escaleras–. Después vuelve aquí y espera fuera de la puerta. Si Gasparo se despierta y sale a buscarme, dile que hay un asunto doméstico del que debo ocuparme… Un pequeño incendio en la cocina. No lo sé; piensa en algo.

–Sí, *madonna* –respondió Marta y se apresuró a cumplir mis órdenes.

Cuando llegué a la sala de estar, paseé furiosa de un lado a otro y sentía que una mano de hierro me oprimía el pecho.

–Valentina, gracias a Dios.

Me giré y vi a Bastiano junto a ella, ataviado con ropajes oscuros y una capa pesada. Cerró la puerta en cuanto entró.

–Bastiano, ¿qué ocurre? –pregunté–. ¿Le ha pasado algo a Ginevra? ¿Has oído algo de…?

–No –me interrumpió y casi me desplomo del alivio–. No, por lo que sé Ginevra está bien. No, necesitaba verte porque… –Se pasó una mano por el pelo–. No tengo mucho tiempo.

—Por el amor de Dios y de todos los santos, Bastiano, ¡dime qué está pasando de una vez!

—Me voy —dijo—. Me voy de Venecia.

—¿Y qué? —respondí un tanto enojada—. Siempre estás viajando por asuntos de tu padre. Pero nunca has montado tal alboroto como al venir aquí cuando estoy…

—No —espetó—. No me voy por negocios. Debo desaparecer. Las palabras se abalanzaron sobre nosotros como una espada en llamas.

—¿Vas a… qué? —logré articular.

—Debo desaparecer —repitió— y no sé cuándo podré volver.

—Pero ¿por qué?

—Es mejor que no lo sepas. Créeme, Valentina. Te lo digo de corazón. Lo único que debes saber es que lo que he estado investigando me ha convertido en el objetivo de alguien que tiene mucho poder. Por lo que debo desaparecer durante un tiempo, con la esperanza de que pueda seguir luchando.

—Bastiano —susurré—, no querrás decir…

Negó con la cabeza.

—No puedo decir nada más; por tu bien, mi amor. Pero quería que supieras lo que ha pasado y a dónde voy. Solo tú lo sabrás, pero no debes ponerte en contacto conmigo. Hazlo solo si estás en peligro o si le ocurriese algo a Ginevra.

—Claro —dije—. Claro…

—No hay tiempo —añadió—. Me voy a Verona. Es probable que pueda seguir haciendo lo que necesito hacer desde allí. Esto es para ti. —Me entregó un trozo de pergamino en el que había una dirección—. Memorízala y luego quémalo de inmediato.

—¿Verona? —pregunté al coger el papel—. ¿No deberías irte más lejos? ¿O abandonar la República? Seguro que…

Bastiano ya estaba sacudiendo la cabeza.

–Eso es lo que esta persona espera que haga, o eso creo –dijo–. Que huya al extranjero; a Constantinopla, por ejemplo. Y estoy seguro de que quiere que lo haga, pues así podría acusarme de ser un traidor. Quizá no se imagine que vaya a estar tan cerca. Además, hay algunas personas aquí con las que debo seguir en contacto.

–Bastiano, que…

Atravesó la habitación para llegar hasta mí y me cogió las manos.

–Debo irme, Valentina. Lo siento. –Unió sus labios con los míos en un beso desesperado y desgarrador–. Te quiero.

Y, entonces, se fue.

Permanecí ahí, sola, en medio de la sala y temblorosa.

«Te quiero».

Miré el trozo de papel que tenía entre las manos y repetí la dirección varias veces para mis adentros hasta conseguir recordarla con la misma claridad que mi nombre. Después, me encaminé con pesadez a la planta de abajo, hasta la cocina, y arrojé el papel al fuego de la chimenea.

Dediqué unos instantes a reponerme, inhalando y exhalando hondo, y aparté las lágrimas que se habían empezado a acumular en mis ojos. Debía regresar al lecho con Alvise Gasparo; si estaba despierto, fingiría ser una cortesana encantadora y despreocupada, como si no pasara nada. Como si el hombre al que amaba no estuviera en grave peligro. Como si no me acabara de despedir de ese hombre a sabiendas de que tal vez no lo volvería a ver jamás.

Al menos no tendría que preguntarme por qué, cuál había sido el motivo por el que Bastiano había tomado aquella decisión tan drástica.

Ambrogio Malatesta. ¿Quién si no?

PARTE DOS

EL TRATO DEL DIOS DE LAS SOMBRAS

NOVIEMBRE DE 1538

Capítulo 16

Me resultaba imposible no pensar en la marcha repentina de Bastiano. No sabía nada de él –ni esperaba hacerlo–, por lo que desconocía qué le había sucedido cuando abandonó mi hogar aquella noche. ¿Lo habían capturado o asesinado durante el camino? ¿Había llegado sano y salvo a Verona y había sido descubierto una vez allí? ¿Había logrado salir de Venecia? ¿Se había refugiado en su escondite, cuya dirección tenía grabada en mi memoria? No lo sabía, y tampoco existía ningún modo de saber cuál sería el destino de Bastiano. O bien lo acabarían asesinando quienes lo buscaban –Malatesta, sin ninguna duda– y me enteraría de ello con el tiempo a través de algún conocido, o bien se presentaría en Venecia algún día, cuando ya hubiera pasado el peligro.

Podrían pasar semanas, meses o incluso años. Tal vez no volvería a verlo jamás.

Aun así, tenía una vida, clientes a los que atender, fiestas a las que acudir y dinero que enviar a los Abate para mantener a Ginevra. Por lo que cumplí con todo eso y seguí adelante, como siempre, aunque en esta ocasión mi habitual coraza corría, como nunca antes, el riesgo de derrumbarse.

El día empezó como cualquier otro: me levanté, acompañé a Bettina al mercado para comprar lo necesario para la cena que tenía esa noche con el senador Querini y pasé el resto del día revisando y respondiendo la correspondencia.

Sin embargo, Lauretta interrumpió la última tarea al llamar a la puerta del despacho. Suspiré y dije:

—Adelante. —Dejé la pluma en la mesa.

—Os pido disculpas, *madonna* —expresó la criada al entrar—, pero ese noble ha venido a veros, el más mayor. Siempre olvido su nombre…

—¿Querini? —pregunté—. No esperaba que llegara hasta dentro de unas horas. Ni siquiera he empezado a prepararme. Dile que se vaya.

—No, ese no—añadió a la vez que me lanzaba una mirada expresiva—. ¡Malatesta! Eso es.

Se me revolvió el estómago y, durante un instante, creí estar a punto de vomitar.

Lauretta me miraba con curiosidad. Nunca había tenido que explicarle ni desmentirle a mi personal la historia que conocían las personas de mi entorno: que Ambrogio Malatesta era uno de mis amantes, por lo que les había hecho creer lo mismo que a todos los demás. A pesar de ello, siempre supieron que algo no encajaba en esa historia. Nunca iba a ninguna parte con Malatesta y, cuando acudía a mí, nunca insistía en que me ataviaran con mis mejores galas. Tampoco se le preparaba nada para comer. Además, nunca entrábamos en la alcoba ni pasábamos la noche juntos. Así que no sabía qué pensaban mis criadas, pero no estaba dispuesta a desengañarlas de sus ideas.

Suspiré y me puse en pie.

Sabía que llegaría el día en que tendría otra misión para mí; sabía que no podría evitarlo para siempre. Si me negaba a atenderlo, sospecharía de mí y tan solo confirmaría que sabía algo que no debía. Le recibiría.

—De acuerdo —dije a regañadientes—. Acompáñalo a la sala de visitas.

—Ya está ahí, *madonna*.

Cómo no… Volví a suspirar y salí del despacho. Aproveché los escasos segundos que tardaba en llegar a la sala de visitas, al otro lado del pasillo, para prepararme mentalmente tal y como siempre hacía cuando tenía que tratar con Malatesta.

Lo vi igual que siempre, aunque un poco más canoso y demacrado. Por lo visto, velar por los intereses y la seguridad de la República –al tiempo que se ocupaba de sus propias actividades ilícitas– no era un oficio tranquilo.

–*Signor* Malatesta –exclamé a la vez que me senté en una silla junto a la suya–. ¿A qué se debe esta sorpresa? –Decidí no utilizar la palabra «placer»–. No he sabido nada de ti en meses y de pronto te presentas en mi hogar sin invitación una vez más. Qué descaro.

Frunció un poco el ceño. Aparte de todo lo demás, no me había olvidado de nuestro último encuentro, no me había olvidado de lo que me había propuesto. Y, aunque estaba segura de que él tampoco, no lo demostró.

–Valentina –dijo secamente–, veo que sigues tan poco hospitalaria como siempre.

–Vaya, ¿debería haber pedido unos refrigerios? ¿Un poco de vino, tal vez? –pregunté con inocencia–. Sé muy bien que nunca aceptarías una copa que yo te ofreciera.

Frunció aún más el ceño y reprimí una sonrisa. Confiaba en mí lo suficiente para cumplir sus órdenes, pero no confiaba en mí del todo. Era bastante evidente que eso le fastidiaba, hasta cierto punto.

Decidió hacer caso omiso a mi réplica e ir directo al grano.

–Vengo por un asunto muy delicado y confidencial –comenzó.

–Como siempre –comenté–. De hecho, ese es el único motivo por el que los hombres acudís a mí. Sexo y muerte; sin duda dos asuntos muy delicados y confidenciales.

Me resultó demasiado fácil convertirme en la persona arrogante y desdeñosa que solía ser con Malatesta. Algo por lo que debía estar agradecida. Si me comportara de otra manera con él, se percataría de inmediato.

Mientras hablaba, el ceño fruncido de Malatesta se convirtió en una expresión de aburrimiento.

—¿Has terminado? —consultó.

En su voz se percibía una pizca de enfado que contradecía su expresión.

—No lo sé —dije pensativa—. Es una reflexión muy interesante que se me acaba de ocurrir. Puede que todavía tenga mucho más que decir al respecto.

—Basta. No tengo tiempo para estas sandeces. He venido porque tengo…, porque los Diez tienen una misión para ti.

Me di cuenta de su error, aunque no estaba segura de que significara algo.

—Ha pasado tanto tiempo que ya creía que habíais dejado de confiar en mis habilidades —expresé—. ¿O es que ahora pagáis a las rameras del Puente de las Tetas para que apuñalen a hombres? —Sacudí la cabeza—. Esas pobres mujeres harían cualquier cosa por mucho menos.

—¡Basta! —exclamó con brusquedad, haciendo que me quedara callada.

Nunca había visto a Malatesta tan inquieto, con el cuerpo tan rígido por la tensión. Parecía que un movimiento rápido podría hacerlo añicos como el cristal.

—Tenemos una misión para ti —volvió a decir—. Me temo que solo tú puedes llevarla a cabo.

—Como siempre, ¿no? Muy bien. ¿Quién es la víctima?

—El objetivo.

Puse los ojos en blanco.

—¿Y ahora quién es el que se niega a ir al grano? ¿Quién es el objetivo?

–Bastiano Bragadin.

La habitación me empezó a dar vueltas.

Era como si Malatesta reluciera ante mis ojos, como la luz que reflejan los canales en la parte inferior de un puente. Se me heló el cuerpo, como si me acabaran de lanzar a las frías aguas de la ciudad.

Tendría que habérmelo imaginado.

–Creo que no te he entendido bien –dije con debilidad.

–Sí que me has entendido. El objetivo es Bastiano Bragadin.

–¿Se trata de una broma de mal gusto? –espeté tras sosegarme.

Fue un descuido que no podía permitir que volviera a ocurrir.

A pesar de que no lograba recordar ninguna conversación con Malatesta en la que se hubiera mencionado a Bastiano, era consciente de que Bastiano era mi amante. Toda Venecia lo sabía, pero fingían no saberlo cuando les convenía.

–No –replicó–. Estoy hablando muy en serio, Valentina. ¿De verdad crees que he venido hasta aquí para perder el tiempo bromeando contigo? ¿Acaso crees que no tengo nada mejor que hacer que burlarme de ti para divertirme?

–No se me ocurre otra explicación para lo que acabas de decir –expresé con la voz entrecortada.

Por el Dios de las Sombras, ¿por qué me había apretado tanto el vestido Marta? ¿Y cómo no me había dado cuenta hasta ahora? De pronto me costaba respirar.

–No es una broma. El Consejo de los Diez ha recopilado pruebas que demuestran que Bastiano Bragadin ha traicionado al Estado de Venecia. Y, por lo tanto, debemos deshacernos de él.

Cerré los ojos y apreté los dientes. Se trataba de una pesadilla. Era la pesadilla.

—No puedes pedirme que lo haga —dije en voz baja—. No me lo puedes estar pidiendo, Ambrogio. Dime que no es cierto.

Se estremeció cuando utilicé su nombre de pila; un honor que nunca me había concedido de manera oficial.

—Lo estoy haciendo porque tienes que ser tú. ¿Quién si no?

Reí con aspereza.

—En efecto, ¿quién si no?

—Está conspirando contra el Estado, Valentina —repitió Malatesta—. Lo lleva haciendo un tiempo. Tenemos pruebas.

—¿Qué pruebas? —pregunté.

No me cabía ninguna duda de que Malatesta tuviera pruebas de que Bastiano estaba conspirando contra él. Eso era verdad. ¿Pero contra Venecia? No. Jamás.

—No importa lo que…

—Y un cuerno —estallé y me puse en pie.

—Cuidado con lo que dices —espetó Malatesta y empezó a decir algo más, pero lo interrumpí.

Tuvo suerte de que no lo degollara en ese instante y pusiera fin a esa situación de una vez.

—No esperarás que acepte —dije.

—¿Quieres saber cuáles son las pruebas? —preguntó Malatesta, que también se puso de pie—. Muy bien. No sé de qué servirá, pero de acuerdo. Bastiano Bragadin está envuelto en, o más bien lidera, una conspiración contra el Estado de Venecia. La cual incluye la venta de secretos del Arsenal y otros secretos militares al Imperio otomano.

Mentira. Todo era mentira.

—¿Y esperas que me lo crea? —respondí con incredulidad.

—¿Por qué no ibas a hacerlo? Viaja a Constantinopla varias veces al año. Eso sin duda indica que…

—¿Qué? ¿Que es un mercader veneciano? —dije—. Esta ciudad está repleta de marinos mercantes que viajan de Venecia a Constantinopla con frecuencia. ¿Y esperas que lo considere una prueba de la supuesta traición de Bastiano?

—Qué curioso… Nunca antes te había importado la validez de las pruebas —observó.

Quería gritar, y estuve a punto de hacerlo, pero no quería llamar la atención del servicio.

—Tu palabra me bastó durante un tiempo —espeté—, pero ya no. Me estás pidiendo que asesine a sangre fría al único hombre que… Claro que es diferente, desalmado bastardo. ¡Claro que lo es!

—No eres una asesina tan despiadada como aparentas, ¿verdad, Valentina?

—No soy un monstruo. No como tú.

—¿Seguro? —replicó—. Atraes a los hombres a tu lecho y luego los matas. Envenenas a hombres que pagan por tu compañía, a hombres con los que has yacido. Hasta ahora nunca te había importado de dónde procedían mis pruebas o si los hombres que te asignaba eran realmente culpables de lo que afirmaba que eran. Puede que te haya estado utilizando durante todo este tiempo para librarme de mis enemigos, por lo que a ti respecta.

—¿Es eso lo que piensas de mí? —pregunté horrorizada.

Horrorizada ante la idea; horrorizada de que me estuviera diciendo con tal descaro aquello de lo que ahora sabía que era culpable. Al menos en el caso de Dioniso Secco.

—¿De una mujer que no solo vende su cuerpo, sino que también asesina por dinero? Por supuesto. ¿Acaso debería tener una visión más favorable de quién eres y a qué te dedicas, querida?

Di un paso atrás, como si sus palabras me hubieran golpeado. Durante un instante vi quién era, con total claridad, a través de los ojos de Malatesta. Era una ramera en todos los sentidos. Vendía mi cuerpo, mis habilidades como asesina y, por ende, mi alma. Una mujer que hacía tales cosas no tenía ningún escrúpulo. Así que ¿por qué no pedirle que matara al hombre al que amaba? Pues dicha mujer no conocía el amor, al menos no de verdad.

Él me veía como el monstruo que siempre había afirmado, aunque solo fuera para mis adentros, que no era.

—Te equivocas —dije a la vez que trataba de mantener la voz tranquila, de evitar que viera que, en el fondo, siempre había temido que las cosas que estaba diciendo fueran ciertas—. Te equivocas conmigo. Hago lo que hago para sobrevivir, para proteger a los demás.

Señaló la sala en la que nos encontrábamos.

—¿Esto es lo que necesitas para sobrevivir? ¿El *palazzo*, los ropajes elegantes, el mobiliario costoso? ¿En esto consiste proteger a los demás?

—Te equivocas —susurré—. No soy quien… No soy lo que te imaginas.

Se rio con sarcasmo.

—Sigue intentando convencerte de ello, Valentina, si eso te ayuda a conciliar el sueño por las noches.

—Me necesitas —estallé—. Me desprecias, crees que soy un monstruo, pero, sin personas como yo, ¿quién acataría tus órdenes?

—No seas tan engreída. Hay miles de personas como tú que harían lo mismo por la cantidad adecuada. De hecho, la mayoría haría lo que fuera por dinero.

—Pues que una de ellas se encargue de tus fechorías —dije—, porque yo no voy a seguir haciéndolo. No pienso hacerlo.

—Pero tienes que ser tú —declaró Malatesta—. ¿Crees que soy un necio? Sé que Bastiano Bragadin ha huido de Venecia y sé que sabes dónde está.

Parecía que el suelo se inclinaba bajo mis pies, pero conseguí mantener el equilibrio de alguna forma.

—No sé de qué estás hablando —respondí, con una voz que me pareció débil incluso a mí.

—Basta de mentiras, Valentina —expresó—. Seamos sinceros por una vez, ¿de acuerdo? Sé que Bastiano ha huido, que ha huido de la justicia que sabía que lo esperaba. También sé, porque lo conozco y te conozco a ti, que, si hay una persona en esta ciudad a la que le ha contado a dónde iba, esa eres tú. Solo tú puedes llegar hasta él. Por lo que tienes que ser tú.

—No sé nada al respecto —repetí—. Hace mucho que no veo a Bastiano, eso es cierto. Y no sé dónde está.

—En ese caso puedes hacerle llegar un mensaje. Puedes convencerlo para que vuelva a la ciudad para finalizar esta labor. Él volvería por ti.

—¡No pienso hacerlo! —grité—. Aunque supiera dónde está Bastiano o cómo ponerme en contacto con él. ¡No lo haré! Has debido perder la cabeza, Malatesta, para pedirme tal cosa y esperar que acate tus órdenes. Tal vez creas que no hay nada que no haría, ningún pecado que no cometería, pero te equivocas. Nunca le haría daño a Bastiano. ¡Nunca!

Suspiró como si estuviera muy decepcionado.

—Me imaginaba que dirías eso. Esperaba equivocarme y que no tuviéramos que llegar a esto.

—¿Llegar a qué? No puedes obligarme a hacerlo. Tendrás que enviar a otro de tus esbirros a por Bastiano y cruzar los dedos para que no haya logrado avisarlo antes. —Mi voz se volvió más segura mientras hablaba—. Me acabas de mostrar tus cartas, Malatesta. ¿Cómo podías pensar que esto me parecería bien?

—Tienes una hija, ¿verdad?

La réplica cortante que tenía preparada para lo que esperaba que dijera se me atascó en la garganta. Pensé que se me había parado el corazón.

–Yo… ¿Qué?

–Sí. Creo que se llama Ginevra. Bastiano Bragadin es su padre. Como sabrás, es algo que conoce la mayor parte de la sociedad veneciana.

–No metas a Ginevra en esto –gruñí– o que Dios me…

Suspiró y sacudió la cabeza con lástima.

–Ojalá pudiera, Valentina. De verdad. El Consejo de los Diez no suele dedicarse a amenazar a los niños. Es algo realmente desagradable. –Arrugó la nariz como si le resultara repugnante.

La habitación me volvió a dar vueltas; las sombras de una pesadilla que amenazaba con asfixiarme. «Despierta, Valentina. ¡Despierta!».

–No… No lo harías –susurré–. No te atreverías.

–No dudaría en hacerlo por el bien y la seguridad del Estado de Venecia.

–Querrás decir por el bien y la seguridad de tu cargo –espeté.

Se encogió de hombros.

–Lo mismo es.

–¿Por qué, maldito…?

Malatesta alzó una mano fina y aristocrática.

–Ahórrate las amenazas inútiles –dijo–. Veo que voy a tener que explicártelo, ya que no parecen agradarte los detalles. O matas a Bastiano Bragadin o será tu hija la que pague las consecuencias. ¿Lo entiendes ahora, Valentina?

–Tú eres el monstruo –musité–, no yo. Tú.

–Ahórratelo.

–Primero tendrás que encontrarla –dije–. No está en Venecia. No está con Bastiano ni conmigo. Tu amenaza no tiene fundamento.

–¿Ah, sí? –preguntó–. Entonces supongo que los nombres de Vito y Sonia Abate no significan nada para ti.

Esta vez sí que me desplomé en una silla.

—Ah —añadió, sin quitarme los ojos de encima—, eso creía. ¿De verdad pensabas que los Diez no lo sabían? Lo sabemos todo, querida. Nos enteramos de todo.

—Eres un monstruo —dije a través de mis pulmones oprimidos—. Desgraciado infame, solo tú amenazarías a una niña inocente…

Atravesó la habitación para llegar hasta mí, apoyó las manos en los reposabrazos de la silla en la que estaba sentada y me atrapó.

—Hago lo que debo —masculló, con la cara a unos centímetros de la mía—. Hago lo que debo para proteger a la República y a sus habitantes. Tú tan solo eres la herramienta que utilizo para lograrlo. Será mejor que no se te olvide.

Hice un movimiento rápido para golpearle en la cara, pero me apresó la muñeca y me detuvo. Me agarraba con fuerza y sentía que los huesos de mi muñeca se aplastaban unos contra otros. Pero no haría ni una mueca de dolor.

—Te has quedado sin opciones, Valentina —susurró.

Maldita sea, ¿acababa de ver un destello de deseo en sus ojos? Como si se hubiera excitado al intentar golpearlo.

—Y tú, tus amenazas y tu habitual estilo de violencia no me asustáis.

Me soltó, se irguió y se alisó la túnica de senador como si tan solo hubiéramos tenido una conversación agradable mientras tomábamos una copa de vino.

—No soy el monstruo que consideras que soy —dijo con su voz de siempre: cortés, refinada, segura de sí misma y un tanto aburrida—. Dispondrás de un tiempo para aclimatarte a la misión que te aguarda. Además, me imagino que no será fácil contactar con Bragadin y convencerlo de que vuelva a la ciudad o lo que sea que debas hacer.

Me hundí en la silla y cerré los ojos. No pude detener la

lágrima que se me escapó bajo el párpado; solo esperaba que no la hubiera visto.

–¿Cuánto tiempo?

–Digamos que hasta finales de mes –confirmó–. Debes completar la tarea antes de finales de noviembre. O se producirán esas consecuencias tan desagradables de las que hemos hablado.

–Que el diablo se encargue de ti, Malatesta –espeté–. Si no te rajo el cuello antes.

Se encogió de hombros.

–Como ya he dicho –se dirigió hacia la puerta para marcharse–, no está tan mal, de verdad –dijo después de pensárselo–. Míralo de este modo, Valentina. Al menos podrás ofrecerle un final sin dolor. Bueno, lo menos doloroso posible. Imagino que tienes tus métodos. Si enviase a otra persona, no mostraría la misma piedad.

–Arderás en el infierno, Malatesta.

Volvió a encogerse de hombros y se dio la vuelta para irse. Al llegar a la puerta, se giró de nuevo y repitió:

–Finales de noviembre, Valentina. No me decepciones.

Y, entonces, se fue. Tras su marcha, solté un grito de rabia y desolación.

Interludio

—Estás muy callada.

Alcé la vista y vi que Fernando Cortés me estaba mirando desde el otro lado de la hoguera.

—Supongo que sí.

No respondió, tan solo siguió observándome mientras chupaba la carne de los huesos de un conejo que había cazado y luego había asado en el fuego para nosotros.

Su examen silencioso hizo que me retorciera.

—¿Y cuál es el problema? —repliqué—. Vos tampoco sois demasiado locuaz.

—No sé qué significa.

—¿El qué?

—Locuaz.

Suspiré, exasperada.

—Se refiere a alguien que habla mucho.

Asintió con la cabeza.

—Pues es cierto. No lo soy. Nunca lo he sido.

—Entonces, ¿por qué os metéis conmigo por ello?

Se encogió de hombros.

—Pensé que tal vez te gustaría hablar de ello. Creía que ya lo habrías hecho.

Sentí una punzada de pánico en la nuca.

—¿Hablar de qué?

—De lo que te ha ocurrido. De aquello de lo que huyes.

Aparté la mirada de él y la fijé en los pedazos de carne grasienta que tenía delante. De pronto, perdí el poco apetito que tenía.

—Estoy segura de que ya sabéis de qué huyo. O, al menos, os lo imagináis. Estuvisteis ahí, ¿me equivoco? —Esto último lo dije con un tono acusatorio; no pude evitarlo.

Cortés era español y fueron, sobre todo, las tropas del emperador español del Sacro Imperio Romano Germánico las que saquearon Roma. Eso es lo que sabía hasta el momento, además del porqué: el papa, que en su día fue un aliado del emperador y de España contra los franceses, decidió jurar su lealtad a Francia cuando le pareció oportuno. El emperador, indignado, había invadido la península itálica y, cuando sus tropas se dieron cuenta de que no tenía dinero para pagarlos, saquearon Roma para conseguir todos los bienes que pudieran. Si alguien osaba interponerse en su camino, lo mataban y, si no se interponía, también.

Si los rumores que habíamos oído de las personas con las que nos cruzábamos por el camino eran ciertos, los afortunados fueron aquellos a quienes asesinaron sin más; como mi familia, como Massimo.

No era consciente de todo eso mientras sucedía, mientras las tropas imperiales emprendían su camino mortal hacia Roma. Mi padre siempre decía que la política no era apta para jovencitas, por lo que siempre viví sin saber lo que ocurría en el mundo más allá de nuestra villa de las afueras de Roma. Toda mi vida había terminado en un torbellino de sangre y fuego, y no entendía por qué.

Así que cuando conocí a Cortés, su italiano con acento español me dejó muy claro quién —y qué— era. A pesar de ello, se alejaba de Roma en la misma dirección que yo, por lo que decidí arriesgarme. Pero ahora lo observaba con detenimiento y me preguntaba si tal vez me había equivocado.

Asintió.

–Estuve ahí –reconoció–. Y lo que vi me horrorizó. Al principio, lo de arrebatarles los bienes a los mercaderes acaudalados y a los sacerdotes arrogantes parecía una buena idea. Pasamos muchos meses caminando y luchando sin recibir una paga. –Se encogió de hombros–. Sin duda, la Iglesia diría que no está bien, pero así es la guerra. –Le dio otro bocado a la carne de conejo y masticó con aire pensativo–. Aunque lo que vi… Cómo se masacraba a inocentes, cómo se torturaba por diversión, las violaciones… –Me miró con reparo y tosió–. Me asqueaba. Por lo que decidí desertar.

–Los podríais haber detenido –espeté y me horroricé al ver que se me llenaban los ojos de lágrimas.

No había llorado ni una sola vez durante esos días de viaje, no había derramado ni una sola lágrima desde que había descubierto los cuerpos masacrados de mis seres queridos. ¿Por qué iba a llorar ahora?

–Podríais haber evitado que los demás soldados cometieran tales atrocidades.

Esbozó una sonrisa tensa y ladeada.

–¿Cómo iba un hombre a detener a toda una legión de soldados?

–Al menos podríais haberlo intentado. –Una lágrima se deslizó por mi mejilla sucia y la sequé enseguida.

–También me habrían matado a mí por interrumpir su diversión, y no quería morir por ello. –Se encogió de hombros y arrojó unos huesos a la hoguera–. Nunca dije que fuera tan noble.

Bajé la mirada; las lágrimas convertían la tierra que tenía ante mí en una especie de riachuelo de lodo.

Bebió un trago de la bota de vino que había trocado en un pueblo por el que habíamos pasado.

–Ahora tú.

–¿Ahora yo qué? –pregunté a la vez que la ira espantaba mis lágrimas.

–Ya te he contado lo que me pasó a mí. Lo que hice. Ahora te toca a ti.

–No… –Volví a apartar la mirada–. No puedo.

–Sí que puedes.

–¡No quiero! –grité–. ¡No quiero hablar de ello jamás!

Me observó entre las llamas durante un instante con una mirada tan intensa que me vi obligada a mirarlo.

–Es peor si te lo guardas –dijo–. Quizá prefieras no hablar de ello. No te culpo. Pero deberías hacerlo.

Pasamos unos minutos en silencio, lo único que se oía era el crepitar del fuego. Después respiré hondo y me estremecí.

–Me había quedado dormida en las caballerizas. Junto a Massimo, mi prometido… después de que…, bueno. –Me sonrojé.

–Me lo imagino. Yo también fui joven. Prosigue.

–Nos despertamos –continué– y oímos gritos y alaridos. Algo se estaba quemando en el exterior. Y Massimo… –Se me volvieron a llenar los ojos de lágrimas–. Me pidió que le prometiera que me quedaría ahí hasta que volviera a por mí. Él salió y yo hice lo que me pidió. Hasta que amaneció, que fue cuando… cuando al fin salí.

Le conté el resto de la historia con la menor cantidad de palabras posible. Lo reviví todo según lo contaba, volví a sentir que caminaba por nuestra villa, volví a ver el cuerpo mutilado de Massimo y volví a encontrar los cuerpos de nuestros criados y de mis padres, todos masacrados. Le dije que me desmayé y que me desperté en el pasillo ensangrentado de la planta superior en el que me había desplomado, a saber cuánto tiempo después. Le conté que me corté el cabello que me llegaba por la cintura y que después me cubrí la cabeza y me vestí como un hombre. También le expliqué que me fui, que empecé a dirigirme hacia el norte para alejarme de Roma, pero que no iba a ningún lugar en concreto, tan solo quería irme lo más lejos posible, tan solo quería dejar atrás aquella escena espantosa.

Al final del relato estaba llorando con tal intensidad que me dolía la cabeza y sentía que iba a vomitar; con tal intensidad que apenas podía respirar. Por fin afloraba todo el dolor que había arrastrado y guardado en mi interior.

Cortés rodeó la hoguera, se sentó junto a mí y me acarició la espalda con torpeza. Cuando me arrojé a sus brazos, sin saber muy bien qué hacía, se limitó a abrazarme y a dejar que sacara a gritos bajo el cielo nocturno todo el sufrimiento y la ira que sentía.

Capítulo 17

No sé cuánto tiempo permanecí en la sala de visitas. Rompí un juego de copas de cristal y volqué las sillas y la mesa auxiliar por pura rabia, lo cual hizo que se agrietara la superficie de mármol. Notaba el rastro que habían dejado las lágrimas en mi cara aunque no recordaba haber derramado ninguna. Eran lágrimas de rabia y, por ende, no me pesaban tanto en el alma como las lágrimas de pena.

Aunque esas brotarían más tarde.

¿Cómo había llegado a ese momento? ¿Cómo? ¿Cómo había permitido que eso ocurriera? ¿Cómo había podido pensar que podría conservar a mis clientes, a mi amante y a mi hija y asesinar en nombre del Consejo de los Diez de Venecia sin que en algún momento tuviera que pagar por ello?

No, no era del todo cierto; siempre supe que tendría consecuencias. Siempre supe que llegaría el día en que tuviera que pagar por los actos que había cometido a petición de los Diez de alguna manera aunque creyera que eran por un bien mayor. ¿Acaso no era ese el motivo por el que había mantenido alejada a mi hija? Para que nunca formara parte de esas deudas de sangre, lealtad y pecado.

Y había fracasado. A pesar de todo lo que había hecho, estaba en peligro y no había logrado proteger a la única persona a la que merecía la pena proteger.

Fui una ingenua por pensar que la distancia la mantendría a salvo, al igual que fui una ingenua por pensar que al acumular dinero y amantes influyentes evitaría tener que rendir cuentas. Pero había llegado el momento y no veía escapatoria. La única salida era hacer lo impensable.

No me quedó más remedio que suponer que la amenaza de Malatesta a Ginevra no era una argucia. Ambrogio Malatesta no alardeaba, no cuando se trataba de algo importante. Malatesta profirió esa amenaza para asegurarse de que acataría sus órdenes y no dudaría en cumplirla si me negaba; que me encargara asesinar a un hombre que le había sido leal durante años demostraba su insensibilidad. Conocía a Malatesta. Y deseaba no tener que conocerlo tanto como deseaba no haberlo conocido nunca. Tanto como deseaba que el viejo Fernando Cortés me hubiera dejado en Florencia cuando pasamos por allí tantos años antes. Como deseaba no haber aceptado nunca su oferta de traerme a Venecia, adonde él se dirigía en aquel momento. Ojalá me hubiese quedado en aquella ciudad de fango, suciedad y ladrillos abrigada por las colinas de la Toscana y no haber venido nunca a esta ciudad flotante, que colgaba precariamente de un hilo de mentiras, engaños y sangre. En ese instante me di cuenta de la situación tan desesperada en la que me encontraba: anhelaba de algún modo mi pasado desestructurado y aquellos días en los que lo había perdido todo.

No pensaba que la vida –o las Parcas, la Fortuna, Dios o quienquiera– pudiera ser tan despiadada. Había sido una ingenua por pensar que, al perderlo todo una vez, ya no podría volver a pasar por semejante desdicha nunca más.

Ay, cómo se reían de mí esas deidades.

Un golpe en la puerta me sacó de mi ensimismamiento iracundo y angustioso. Marta la abrió y asomó la cabeza.

–*Madonna* Valentina, ¿estáis…? *Madonna!* –gritó al ver el estado en el que se encontraba la sala–. ¿Qué ha pasado? ¿Estáis bien?

Solté una risa falsa.

–No. No, Marta. No estoy bien. En absoluto.

Marta entró en la sala con cautela.

–¿Qué… qué ha pasado? ¿Ha sido Malatesta? ¿Se ha puesto violento con vos?

Volví a reír, la misma risa vacía y apagada.

–¿Se ha puesto violento conmigo? Sí, más o menos. Aunque no del modo que imaginas.

Marta vaciló, me miraba atónita. Suspiré.

–No estoy herida, Marta –dije con desgana; más allá de los cardenales que me habían provocado los dedos de Malatesta en la muñeca–. Déjame. Por favor.

–Pero, *madonna*…, disculpadme, pero el senador Querini llegará en menos de dos horas. Debéis prepararos.

–¡Al diablo el senador Querini! –espeté y me di cuenta de la ironía, aunque no la compartí, de que ese era el motivo por el que acudía a mí–. No lo atenderé esta noche.

–Pero, *madonna*, ya está organizado…

–¡No lo recibiré esta noche! –dije casi gritando–. Envíale un mensaje para avisarle de que estoy indispuesta. Dile lo que quieras, pero no pienso atenderlo. Ni a él ni a nadie. Esta noche no. ¿Ha quedado claro, Marta?

–Sí, *madonna*. ¿Pero qué…?

–Bien. Y ahora vete.

Se escabulló a toda prisa, cerró la puerta tras de sí y me dejó sumida en la ira, la desesperación y el caos de la sala de visitas. Pobre muchacha. No se merecía que la tratara así. Nada de eso era culpa suya. En el futuro, tal vez me disculparía. Pero en ese momento solo sentía rabia.

Malatesta, sin duda, me tenía acorralada. Y de qué manera tan cruel. A pesar de todo lo que había dicho Malatesta sobre que tenía que ser yo, que era la única que sabía dónde estaba Bastiano y que podía llegar hasta él, el único motivo por el que lo hacía era por pura crueldad. Lo hacía para demostrarme que estaba a su merced, además de para castigarnos a Bastiano y a mí. Malatesta seguramente contaba con otros espías y asesinos, amparados por el Consejo de los Diez, que podrían localizar a Bastiano si fuera necesario.

Pero él prefería torturarme.

Recordé el destello de deseo en los ojos de Malatesta al intentar propinarle una bofetada, como si le excitara que me pusiera violenta con él. Y puede que así fuera. Recordé la sensación de sus fríos dedos en mi mejilla durante la velada de Flora, cómo bajó la voz para adoptar un tono más íntimo, cómo se acercó a mí y lo que me propuso. La rabia en su mirada cuando lo rechacé. Cuando yo, una cortesana que estaba disponible para cualquier hombre en Venecia que tuviera dinero para pagarme, había rechazado a Ambrogio Malatesta, un destacado noble y miembro del Consejo de los Diez. Recordé, también, la sensación de que sus ojos se clavaban en mi espalda mientras me alejaba.

Esa era su forma de vengarse. Ese era el motivo por el que había hecho que fuera imposible que me negara. Nadie rechazaba a un hombre tan poderoso como Ambrogio Malatesta; una lección que ya debería haber aprendido.

Y no había escapatoria.

Me surgieron varias preguntas. ¿Todos los miembros del Consejo de los Diez habían autorizado el asesinato? Sabía que Bastiano no era un traidor, pero había estado investigando a Malatesta. Existía la posibilidad de que Malatesta hubiera conseguido ciertas pruebas. ¿Las había tergiversado para que pareciera que Bastiano de verdad formaba parte de una conspiración contra el Estado de Venecia? ¿Acaso también se estaba aprovechando del Consejo de los Diez?

Quería pensar que no, que el resto de los miembros de los Diez se darían cuenta de semejante traición y que al menos se opondrían a autorizar el asesinato de uno de los hijos de la familia Bragadin. Pero –y me volvió a dar un vuelco el corazón por la angustia– ¿cómo podía estar segura de ello? ¿Cómo podía estar lo bastante segura como para jugar con la vida de Ginevra?

No tenía pruebas que demostraran lo que sabía de Malatesta, ni sabía cómo conseguirlas. Se me revolvió el estómago de un modo espantoso al darme cuenta de que, aunque me atreviera a compartir mis sospechas con otro miembro del Consejo de los Diez o del Senado, lo más probable es que solo empeorara la situación, pues yo también estaba involucrada. Malatesta me había utilizado para matar a Dioniso Secco, por lo que parecería que yo era su cómplice y que me volvía en su contra por algún motivo.

Podía huir o por lo menos intentarlo, aunque Malatesta me acabaría encontrando. Y nada me aseguraba que pudiera llegar a Ginevra antes que los secuaces de Malatesta. Dios santo, quizá ya tenía a alguien vigilándola, listo para atacar si intentaba escabullirme de la situación infernal en la que me encontraba.

Pero…, si existía una oportunidad, ¿no debería aprovecharla?

Decidí que no. Y esa decisión hizo que cayera de rodillas al suelo.

No. No cuando la vida de mi hija estaba en juego. Ninguna oportunidad lo merecía. Además, sabía que Bastiano se sacrificaría para salvar a nuestra hija si fuera necesario.

Ese pensamiento fue el que liberó las lágrimas de pena.

Capítulo 18

Cuando me desperté a la mañana siguiente, me permití el lujo de pensar durante unos instantes que todo lo que había sucedido el día anterior había sido un sueño perverso. Algo tan malo no podía haber sido real. Y ahora quedaría relegado al reino de las pesadillas al que pertenecía.

A pesar de ello, la realidad de la situación no tardó en hacerse patente y me retumbó en los oídos como un demonio que había venido a presagiar la muerte. Una muerte que debía provocar dentro de poco.

Me incorporé en la cama y me acerqué las rodillas al pecho. Era real. Demasiado real.

Tenía dos opciones: matar a mi amante o dejar que asesinaran a mi hija. Y lo más probable es que me mataran a mí también, pues dejaría de resultarle útil a Malatesta si no era capaz de acatar sus órdenes. Eran dos opciones inconcebibles entre las que no podía elegir.

«Finales de noviembre, Valentina. No me decepciones».

Bueno, había una opción bastante evidente. Si hubiese estado más espabilada el día anterior, cuando vino Malatesta, podría haberlo llevado a cabo en aquel momento y habría puesto fin a esa situación. Pero me perdoné, porque había recibido información devastadora. Era normal que no estuviera tan avispada como de costumbre. Pero, ahora que ya me había recuperado del susto, había hallado la solución. Antes de que pudiera arrepentirme, llamé a Marta y le pedí que me ataviara con un vestido sencillo.

Había infinidad de motivos por los que era una pésima idea. Asesinar a un noble de una antigua familia, y que además formaba parte del Consejo de los Diez, haría temblar los cimientos de la República. A mí me ejecutarían; si me descubrían, claro. Lo cierto es que creía que con mis excelentes habilidades, que había perfeccionado tras hacer el trabajo sucio de Malatesta y de los Diez durante tantos años, podría evitar que me descubrieran, aunque lo difícil sería burlar a sus criados. Porque lo más probable es que un miembro de los Diez tuviera muchos enemigos. Por lo que si Bastiano conseguía pruebas concluyentes de las conjuras de Malatesta y las sacaba a la luz, quizá habría menos interés por encontrar y condenar a su asesino.

Aunque en el fondo no importaba. Si lograba proteger a Bastiano y a Ginevra, lo que me ocurriera a mí sería de menor importancia.

Cuando ya estaba vestida y me había recogido el pelo en una trenza sencilla, despaché a Marta y me acerqué a un pequeño cofre que tenía en el tocador y que siempre cerraba con llave. Este contenía varios puñales y cuchillos, trozos de cuerda, el anillo con el compartimento secreto y algunos frascos de veneno. Guardé un puñal en uno de los bolsillos que había cosido en el forro de la capa y me metí otro en la bota.

Sabía dónde vivía Malatesta; me había asegurado de ello cuando había empezado a trabajar para él. El *palazzo* de su familia se encontraba en una zona más alejada del Gran Canal y su tamaño era inferior al de familias como los Bragadin o los Contarini, pero aun así era bastante grande. Debido a su ubicación, tenía un muelle y una entrada en el mismo canal, pero no tenía pensado entrar por la puerta principal. Tendría que hacerlo por la de atrás.

Salí del *palazzo* a pie y recorrí las calles de Venecia hasta el Puente de Rialto para cruzar al otro lado. Había ido caminando hasta la residencia de Malatesta en una ocasión, pero había sido hacía mucho tiempo, por lo que tuve que volver sobre mis pasos y fijarme en la fachada trasera de los edificios hasta volver a encontrarla. Por suerte, al ser de día, las calles estaban repletas de gente, de modo que no tenía que ser tan sigilosa. Todo el mundo estaba centrado en sus asuntos y lo que yo hiciera no importaba.

Me detuve a una calle del *palazzo* de Malatesta, en un punto en el que podía ver la puerta trasera. No se veía ni oía nada, nadie entraba ni salía. Me había imaginado que habría más movimiento por parte del servicio, como solía ocurrir en los grandes *palazzi* de la ciudad. Aunque Malatesta, que yo supiera, vivía solo y no recibía muchas visitas, por lo que era probable que sus criados no tuvieran demasiado trabajo.

Si conseguía entrar debía tener en cuenta la posibilidad de que Maltesta estuviera o no dentro. Aún era temprano, pero tal vez ya habría salido a encargarse de sus asuntos, ya fueran los del Gobierno o los suyos propios. Pero eso no me preocupaba demasiado. Si no estaba, me quedaría esperando al acecho.

Quería acabar con ello de una vez por todas.

De pronto salió una mujer de mediana edad. Supuse que era el ama de llaves. Salió sin cerrar la puerta y se adentró en el laberinto de calles.

Había llegado el momento. Con suerte nadie habría cerrado la puerta por dentro después de que la mujer saliera. Cuando desapareció, me encaminé hacia la puerta. Acababa de tocar el pomo cuando una voz detrás de mí me preguntó:

—¿Qué estás haciendo?

Me estremecí por dentro. Adiós a la confianza en mis propias habilidades, pero podía echarle la culpa a la impaciencia por terminar esa misión. Aunque no todo estaba perdido y ningún asesino actuaba sin tener un plan B. Me giré y vi a la mujer que acababa de salir del *palazzo*; tal vez había olvidado de algo. «Eres idiota, Valentina, ¡idiota!», me regañé. Tendría que haber esperado un poco más.

Sonreí a la mujer.

—Esta es la residencia de Ambrogio Malatesta, ¿verdad?

—¿Quién quiere saberlo?

—Traigo un mensaje de parte de uno de sus colaboradores —dije, confiando en el hecho de que el trabajo de Malatesta para los Diez implicaba recibir mensajes de distintas personas.

Debía estar en lo cierto, pues a la mujer no pareció extrañarle lo más mínimo.

—Ahora mismo no está —respondió—. Puedes dejarme el mensaje a mí.

—Me temo que no puedo. Tengo órdenes de entregárselo directamente al *signore* y a nadie más. —Me encogí de hombros—. Tendré que volver en otro momento. ¿Esta noche, tal vez?

—Tampoco habrá vuelto para entonces. Será mejor que lo busques en el Palacio Ducal. Se quedará ahí durante un tiempo, o eso dijo.

Quise gritar por la frustración, pero no podía creer que esa mujer fuera capaz de cometer tal indiscreción al darme tanta información sobre el paradero de su señor.

Nadie podía colarse en el Palacio Ducal, ni siquiera yo. Ese era el motivo por el que Malatesta había decidido instalarse ahí tras asignarme la última misión. Sabía que iría a por él incluso antes que yo misma, por lo que se había escondido en un lugar que estaba fuera de mi alcance.

Logré esbozar otra sonrisa.

—De acuerdo. En tal caso me dirigiré al Palacio Ducal.

Me di la vuelta y me fui.

A una distancia prudente, dejé salir una retahíla de maldiciones de entre mis labios. Tendría que haber imaginado que no iba a ser tan fácil.

Cuando llegó la mañana siguiente, estaba tumbada en el lecho, con la mirada fija en el techo mientras sopesaba mis opciones. ¿Había alguna forma de engañar a Malatesta para que saliera del Palacio Ducal? Supongo que podía intentarlo, pero sin duda sospecharía de cualquier mensaje en el que le pidiera que saliese. Si se había atrincherado ahí dentro para protegerse, no volvería a salir con tanta facilidad.

¿Qué opciones me quedaban, en ese caso?

Respiré hondo, un tanto temblorosa, y me incorporé. Tenía que haber una solución, una que no lograba ver. Después de todo lo que había pasado, de todo lo que había vivido, de todo lo que había aprendido y de todas las formas en las que había fortalecido mi corazón y agudizado tanto mi mente como mis instintos, no podía ser que Ambrogio Malatesta me tuviera tan acorralada para acatar esa orden atroz.

Lo medité al levantarme y llamé a Marta para que viniera a vestirme, sin apenas mediar palabra con ella. Marta permaneció en silencio, justo lo que necesitaba: silencio para poder averiguar cómo derrotar a Malatesta. Pues no era invencible. Al fin y al cabo, tan solo era un hombre aunque fuera uno poderoso. Y todo hombre tenía alguna debilidad, incluso los miembros del Consejo de los Diez. Nadie lo sabía mejor que una cortesana.

Iba a coger unos pendientes que tenía en el tocador cuando se me ocurrió una idea y me quedé paralizada a medio camino, mi mano se detuvo sobre los pendientes de perlas como si se hubiera parado en el tiempo. De hecho, durante un instante, sentí que el mundo había dejado de girar a mi alrededor.

—*Madonna?* —peguntó Marta al darse cuenta de que había interrumpido el movimiento—. ¿Estáis bien?

—Sí —susurré, sin apenas oír mi repuesta—. Sí, Marta. Estoy bien.

Tras esas palabras cogí los pendientes y me los puse, sin ser consciente de lo que hacía.

¿Quién conocía mejor que las cortesanas las debilidades —y los secretos, los cotilleos y las manías— de los hombres? Nadie. Nadie en Venecia, y me atrevería a decir que nadie en el mundo. Por eso le resultaba tan útil a Malatesta y a los Diez. Ese era el motivo por el que las cortesanas eran las espías idóneas. Estaba convencida de que no era la única que ejercía esa labor, tal y como había podido comprobar en la velada de Lotti al observar a Felicita Cavazza y Anzolo Balbi.

Los miembros del Consejo de los Diez eran los custodios de los secretos, sí, pero no podían encargarse de todo ellos solos. Contrataban a personas para que hicieran su trabajo, que solía ser sucio y sangriento. Debido a ello, había muchas personas en Venecia que sabían, que debían saber, los mismos secretos que los Diez. Tanto si era porque esas personas también estaban implicadas o porque yacían con los hombres que lo estaban, sabía que la mayoría de ellas eran cortesanas.

Bastiano había estado investigando los movimientos de Malatesta antes de huir y había estado colaborando con otras personas. Los documentos que encontré en su faltriquera lo demostraban. Existían más personas que sabían lo mismo que Bastiano o que al menos lo sospechaban. Por lo que, si lograba encontrar pruebas, pruebas de que Malatesta estaba abusando de su autoridad en beneficio propio, pruebas de que el traidor era, en realidad, él, entonces podría utilizarlas para tenderle una trampa.

Y, si había algo sobre Ambrogio Malatesta que debía saber, algo que pudiera condenarlo, que pudiera arrebatarle el poder, que pudiera utilizar para defenderme contra lo que intentaba hacerme a mí y a mis seres queridos, serían mis compañeras cortesanas y las mujeres de Venecia las que lo sabrían.

Esbocé una amplia sonrisa al ver mi reflejo en el espejo de cristal de Murano mientras Marta me introducía la última horquilla en el cabello.

–¿Os encontráis mejor, *madonna*? –me preguntó al ver mi expresión.

–Lo cierto es que sí, Marta –dije y sonreí aún más–. Mucho mejor.

El destino quiso que acompañara a Agosto Zorzi a una velada organizada por una cortesana esa misma noche. Zorzi era uno de mis clientes más recientes, uno al que había empezado a atender ese mismo año y que, hasta entonces, me había parecido siempre muy agradable. Rondaba los cuarenta años, era encantador, divertido y extremadamente apuesto. Nos hicimos amigos enseguida y era muy activo en la alcoba. Me alegraba de haber aceptado, de manera impulsiva, su primera invitación hacía unos meses.

A ese evento sin duda acudirían bastantes cortesanas. Por lo que había llegado el momento de averiguar todo lo que pudiera acerca de Ambrogio Malatesta.

Agosto me recogió en su góndola y hablamos tranquilamente de camino a la fiesta. Lo cierto es que me costaba concentrarme –incluso en el hombre apuesto que estaba sentado a mi lado–, puesto que no solo me rondaba por la cabeza el ultimátium de Malatesta, sino también saber que, a diferencia de lo que solía ocurrir cuando salía con mis clientes favoritos, esa no sería una noche de ocio y diversión para mí. A pesar de ello, una cortesana –además de asesina, dicho sea de paso– era ante todo una actriz. Y si había sobrevivido y progresado durante tanto tiempo era por haber sido una gran intérprete. Me aseguré de que Agosto no sospechara de que pasaba algo mientras pensaba en quién acudiría esa noche, a quién abordaría y cómo.

Al llegar al *palazzo*, que pertenecía a una cortesana llamada Stella Molino, dimos una vuelta por la sala y saludamos a los amigos y conocidos de Agosto. Tal y como me había imaginado, había acudido una gran multitud, entre la que se encontraban muchos de los hombres más influyentes de Venecia; varios de ellos acompañados por compañeras.

Por suerte, también asistieron varias mujeres con las que tenía amistad; entre ellas, Amalia, que acompañaba a uno de los hijos del senador Tron. Me guiñó un ojo desde el otro lado de la sala cuando nuestras miradas se cruzaron y le devolví el gesto. Tal vez Amalia sabía algo sobre Malatesta, pues todo lo que yo desconocía acerca de la clase alta de Venecia lo solía saber ella. No quería involucrarla, pero seguro que una pregunta espontánea en algún momento no le haría daño a nadie. Decidí que hablaría con ella la próxima vez que viniera a visitarme o cuando la visitara yo a ella. Pero primero trataría de ver qué podía averiguar esa noche.

Cuando nos adentramos en la sala, tuve la sensación de que me vigilaban varios ojos, más que de costumbre. Me acordé del hombre que nos había seguido a Bettina y a mí en el mercado, el hombre que sabía que trabajaba para Malatesta. ¿Acaso había alguien vigilándome siempre? ¿O tan solo estaba paranoica, teniendo en cuenta el objetivo de esa noche?

No importaba. Destacaría y deslumbraría, tal y como se

esperaba de mí, y sería la discreción en persona a la hora de hacer preguntas.

Durante nuestra primera vuelta por la sala, a Agosto y a mí nos saludó una pareja que ambos conocíamos: un noble y miembro del Gran Consejo llamado Angelo Collari, que era amigo de Agosto, y la cortesana que lo acompañaba, Margarita Di Mazi, una mujer con la que tenía amistad. Al igual que la mayoría de compañeras, Margarita era asombrosamente bella, tenía una figura exuberante, unos labios carnosos y una cascada de rizos castaños.

–Me alegro de verte, Agosto –dijo Angelo.

–Lo mismo digo, Angelo.

–Quería preguntarte por tu inversión en la industria de la sal…

Margarita puso los ojos en blanco con sutileza. Sonreí y nos acercamos un poco más mientras dejamos que los hombres hablaran de sus negocios. Ese tipo de conversaciones no solían importarme. Al fin y al cabo era información, y esta, fuera del tipo que fuera, siempre podía resultar útil; tanto para mí a la hora de abrirme paso entre las altas esferas de la sociedad veneciana como para alguno de mis clientes. Sin embargo, las inversiones en la industria de la sal no eran el tipo de información que me interesaba esa noche.

–Estás radiante, Margarita –comenté–. ¿Es un vestido nuevo?

Se miró despreocupadamente.

–Lo es –respondió–. Hay una costurera nueva junto al Puente de Rialto. Es magnífica. Te daré su dirección.

–Te lo agradezco –dije–. También me preguntaba si tienes algún cotilleo para mí.

Se le iluminó la mirada.

–Para ti, Valentina, siempre.

–¿Sabes algo de Ambrogio Malatesta?

Se mostró un tanto sorprendida, pero lo pensó unos instantes.

—Mmm, creo que no —añadió—. Eso, si estoy pensando en el hombre correcto. ¿En los cincuenta, alto, delgado y con el pelo encanecido?

—Sí —confirmé.

—Forma parte del Consejo de los Diez, eso lo sé —dijo mientras consultaba sus prodigiosos conocimientos de la sociedad veneciana—. Y antes de ello fue senador, claro... Se quedó viudo hace unos años y nunca se volvió a casar.

—Sí, eso es —comenté.

La esposa de Malatesta falleció mucho antes de que yo lo conociera. Sin duda era mejor morir que contraer matrimonio con Ambrogio Malatesta.

En los labios de Margarita se dibujó una sonrisa.

—Pero ¿por qué me lo preguntas a mí? —consultó—. Por lo que tengo entendido tú lo conoces mucho mejor que yo. —Me guiñó un ojo.

Sonreí con la esperanza de que no se diera cuenta de que era una sonrisa forzada.

—Los rumores están en lo cierto, como siempre. Pero, aun así, me pregunto si sabes algo de él desde... —Suspiré y sacudí la cabeza—. Se ha estado comportando de una forma un tanto extraña últimamente y ojalá supiera por qué.

—Bueno, si está en el Consejo de los Diez, entonces estoy segura de que tiene motivos de sobra para comportarse de esa forma —dijo Margarita.

—Sí, es cierto —respondí y le conté el motivo que me había inventado para explicar por qué preguntaba por Malatesta—. Te parecerá una nimiedad, pero es mi cliente desde hace muchos años, como sabes, y de pronto... ha desaparecido. O, en todo caso, en lo que a mí respecta. Solía... visitarme con frecuencia. —Todo eso era verdad en cierto modo; me encogí de hombros–. Tan solo me parece curioso, por lo que me pregunto qué debo pensar de su comportamiento; creo que podría tratar de averiguar si hay algún rumor sobre él.

Margarita esbozó una sonrisa y desplegó su abanico de encaje.

–Debo admitir que me sorprende que estés tan preocupada por su ausencia. Siempre me pareció antipático.

Reí.

–Como te he dicho, es una nimiedad, nada más. Si me ha dejado por otra cortesana, me gustaría saber quién es para que pueda eclipsarla.

–Mmm. –Margarita me observó durante unos segundos, como si no me creyera del todo–. *Allora*, ahora que lo dices, creo recordar que una vez oí un rumor que decía que prefería compañía masculina. Creo que empezó porque nunca se volvió a desposar después de la muerte de su esposa aunque habría podido encontrar una buena pretendienta y nunca se le ve en público con una de las nuestras. Si es uno de tus clientes, eso pone fin a ese rumor. A menos, supongo, que sea uno de esos hombres que busca placer donde sea. –Frunció el ceño–. Aunque, por lo poco que he visto de él, no parece el tipo de persona a la que le agrade nada.

–Sí, no creo que eso sea cierto –dije.

Maldita sea. No había nada en esa conversación que me resultara útil.

–Siempre le puedes preguntar a Aretino si sientes curiosidad –añadió Margarita–. Él podrá confirmar si ese rumor en concreto es cierto y es probable que sepa algo interesante sobre ese hombre. Siempre sabe algo. –Echó un vistazo a su alrededor–. Me consta que está aquí esta noche, aunque no sé dónde se ha metido.

Hice una mueca. Pietro Aretino era un autor y escritor satírico que solía acudir a muchas de las tertulias literarias y veladas de Venecia. Un hombre que no ocultaba el hecho de que prefería yacer con otros hombres y que además había escrito varios poemas en los que atacaba el oficio de las cortesanas. Su lengua –y pluma– viperina y su capacidad de difundir rumores hacían que muchos desconfiaran de él aunque trataran de agradarle. A pesar de que me gustaban aquellos escritos en los que criticaba con audacia a los ricos y poderosos, siempre había intentado mantenerme alejada de él. Al fin y al cabo, había muchas cosas sobre mí que no quería que descubriera.

–Creo que no hay rumor en el mundo por el que merezca la pena venderle el alma a ese hombre –dije.

Margarita soltó una carcajada.

–En eso estoy de acuerdo contigo.

–Valentina –dijo una voz a mi lado y cuando me giré vi que Agosto me estaba sonriendo–. ¿Retomamos nuestra vuelta por la sala?

–Por supuesto –respondí con una sonrisa cálida y saludé a Margarita con la cabeza–. Me alegro de verte, Margarita. Y gracias por la charla.

–Es un placer, querida.

Margarita no me había contado nada útil, pero estaba segura, al examinar a los deslumbrantes asistentes, de que alguien lo haría. Tan solo tenía que asegurarme de preguntar a la persona adecuada.

Agosto y yo seguimos desplazándonos entre la multitud y saludando a quienes conocía, que eran unas cuantas personas. Por desgracia, parecía que Amalia siempre estaba en el otro extremo de la sala.

Tras otra ronda por la sala, Agosto me atrajo hacia un grupo de hombres que empezaron a hablar de inmediato sobre sus negocios. Junto a mí, en el grupo se encontraba ni más ni menos que Felicita Cavazza, que esbozó una sonrisa al verme.

—Mi querida Valentina —exclamó con afecto y se inclinó para darme un beso en la mejilla—. Qué alegría verte.

—Lo mismo digo —respondí—. ¿Estás disfrutando esta noche?

—Acabamos de llegar —dijo y señaló hacia el hombre que estaba a su lado, un noble cuyo apellido era Boscolon—. Y creo que tú también, ¿verdad?

—Sí, hace poco —añadí e incliné la cabeza hacia Agosto.

—En tal caso creo que ambas necesitamos un refrigerio —comentó y se dirigió hacia su cliente de esa noche—: Tommaso, ¿me disculpas un momento?

Él le hizo un gesto con la mano sin apenas prestarle atención de lo sumido que estaba en la conversación. Agosto hizo lo mismo, aunque me estrechó la cintura con afecto al apartarme.

Felicita y yo nos abrimos paso entre la multitud en busca de una mesa con algo para beber.

—Me alegro de haberte encontrado —le dije, preparada para volver a empezar mientras ambas cogíamos una copa de vino; la aparté un poco de la mesa con sutileza—. Necesito que me cuentes algún cotilleo.

Se le dibujó una sonrisa en sus preciosos labios, teñidos de rosa con la cantidad exacta de carmín.

—¿Y quién no en Venecia? —preguntó y se acercó la copa a los labios—. ¿Sobre alguien en concreto?

—Sí —respondí en voz baja, aunque no tan baja como para que alguien pensara que sucedía algo—. Ambrogio Malatesta. ¿Lo conoces?

Se le ensombreció el rostro durante un instante, pero fue tan breve que creí habérmelo imaginado.

—Sí —dijo con cierta cautela en la voz—. Es curioso.

Me despertó el interés.

—¿Lo qué?

—¿Por qué todo el mundo está tan interesado en ese hombre de repente?

Le di un sorbo al vino para evitar que notara mi sorpresa, aunque se me aceleró el corazón bajo el delicado encaje de Burano del corpiño.

—¿A quién te refieres con «todo el mundo»? —pregunté, con la esperanza de que no fuera más que un interés pasajero.

Miró a nuestro alrededor y bajó un poco la voz.

—El senador Gritti es uno de mis amantes —comentó y asentí una vez, pues ya lo sabía—. Hace más o menos una semana me preguntó qué sabía acerca de Malatesta. Por lo visto...

Pero mientras Felicita hablaba, nuestra anfitriona apareció en la sala e invitó a todos los asistentes a sentarse para disfrutar de un recital de poesía que estaba a punto de comenzar. Sentí que la frustración aumentaba rápidamente en mi interior.

Felicita asintió con la cabeza una vez, como si acabara de decidir algo.

—De todos modos, será mejor que hablemos de esto en privado. ¿Puedo visitarte mañana?

Apenas podía respirar por la emoción.

—Sí, por supuesto —dije a la vez que intentaba mantener un tono de voz neutro.

—*Bene*. Sigues viviendo por San Marcos, ¿verdad? ¿Entre la *piazza* y el Rialto?

—Sí.

—*Bene* —volvió a decir—. Te veré mañana entonces... ¿A mediodía tal vez?

–*Perfetto* –respondí–. Le pediré a mi cocinera que nos prepare un almuerzo ligero.

–Fantástico. –Sonrió y alzó su copa hacia mí–. Hasta mañana.

Después volvió a adentrarse entre la multitud.

Hice lo mismo, aunque Agosto había cambiado de lugar y estaba hablando con otra persona. Seguí interpretando el papel de la cortesana perfecta, de la amante perfecta, durante el resto de la noche: bromeé, me reí de las ocurrencias de Agosto, participé en conversaciones sobre política e incluso recité algunos poemas cuando me lo pidieron. A pesar de ello, mi corazón se encontraba en otra parte y, de hecho, apenas pensaba en lo que hacía y decía. Me retumbaba la cabeza al preguntarme qué querría contarme Felicita, y si sería suficiente.

Capítulo 19

Felicita llegó puntual el día siguiente y Lauretta la acompañó hasta la sala de estar, en la que la estaba esperando con un vino blanco fresco, fuentes con quesos, embutidos, pan blanco y algunos pastelillos. Felicita se mostró amable con Lauretta cuando la invitó a pasar y le quitó la capa. Después, se acomodó en el diván a la altura de mi silla.

—Gracias, Lauretta —dije cuando se situó junto a la puerta—. Puedes retirarte.

Me miró sorprendida durante unos segundos. Normalmente, cuando recibía a alguna amiga, Lauretta permanecía cerca en caso de que necesitáramos algo. Pero inclinó la cabeza y se marchó, después de cerrar la puerta tras de sí.

Felicita se volvió hacia mí con una sonrisa.

—*Grazie, amica mia* —dijo—. Estoy segura de que tus criadas son muy discretas, pero creo que es mejor que nadie escuche esta conversación.

—Imagino que tan discretas como las de cualquier cortesana —comenté.

Y mucho más discretas que las de Malatesta. Cuando aquel día regresé de mi visita al *palazzo*, me encargué a consciencia de recordarles a todas que, si alguna vez se presentaba alguien preguntando por mí cuando yo no estaba, no debían revelar jamás dónde me encontraba. Pagaba bien; sabía que pagaba más que muchas de las familias nobiliarias y por eso estaba todo lo segura que podía de que serían leales.

–Y, sí, teniendo en cuenta que querías hablar conmigo en privado anoche, pensé que lo mejor sería que no hubiera nadie escuchando. –Me reí un tanto inquieta–. Aunque debo admitir que estoy un poco nerviosa por lo que vaya a averiguar tras mi pregunta espontánea.

Felicita suspiró.

–Puede que lo que te vaya a contar sea una nimiedad –dijo–. O puede que sea… interesante. Bastante interesante. Por eso no nos convenía que nos escucharan anoche.

Esperaba que Felicita me preguntara por qué quería saberlo, por qué preguntaba por Ambrogio Malatesta, pero, por suerte, no lo hizo. En lugar de ello, se lanzó a hablar.

–Pues, como te había comentado y como ya sabías, el senador Gritti es uno de mis amantes –comenzó–. Me pidió que le contara todo lo que sabía acerca de Ambrogio Malatesta y me insinuó que, si averiguaba algo más, le sería muy útil.

–¿En qué sentido? –pregunté.

Bajó la voz, supongo que por costumbre, ya que estábamos a puerta cerrada en mi hogar.

–Por lo visto –dijo–, desde que comenzó su mandato en el Consejo de los Diez, Malatesta se ha vuelto muy poderoso e influyente.

–¿Y eso es tan extraño cuando un hombre forma parte de los Diez? –consulté.

–No –respondió Felicita–, pero en el caso de Malatesta se trata de una influencia poco habitual. Superior a la que tienen la mayoría de los miembros del Gobierno.

–¿Malatesta? –pregunté con incredulidad . No es que sea… una persona encantadora.

Decidí dejarlo ahí.

–No –reconoció–, aunque no lo conozco demasiado bien. Pero parece ser que entre las altas esferas del poder es un apasionado, un gran orador, muy convincente y extremadamente inteligente. Gracias a ello, muchos hombres lo respetan y lo siguen allá donde vaya.

Supongo que eso era lo que se requería. Malatesta era lo bastante astuto y despiadado como para sacar el máximo partido a esos dones. Eso, tal vez, era lo que lo diferenciaba de otros hombres que también eran convincentes, inteligentes y todo lo demás.

—Y según Gritti —prosiguió Felicita—, la influencia de Malatesta ha aumentado hasta alcanzar un nivel que incomoda incluso al mismísimo dux.

Esas palabras hicieron que me irguiera.

—No me digas.

—Sí.

Qué interesante. Muy interesante. Pero ¿cómo podía utilizar esa información?

Aunque Felicita no había terminado. No, todo lo contrario. Solo acababa de empezar.

—Al principio, no averigüé demasiado sobre Malatesta —continuó—, pero entonces Gritti me contó algo más. Por lo visto, Malatesta está pensando en presentar una ley para abolir la duración máxima de los mandatos en el Consejo de los Diez.

Ahogué un grito. Eso… eso sí que era sorprendente. En el Gobierno de Venecia se habían establecido límites respecto a la duración de los mandatos, salvo en el caso del dux, y los más estrictos eran los del Consejo de los Diez: un miembro solo podía servir durante un año y, después de eso, nunca más. Todo se había diseñado de esa manera para evitar que un solo hombre se volviera demasiado poderoso, demasiado ilustre. No había nada que los venecianos odiaran más en la política que el culto a la personalidad; ese odio era parecido al que sentían por cosas como la peste o la inquietud económica.

–Sí, lo sé –prosiguió Felicita–. Al parecer, seguiría siendo necesario elegir a los miembros del Consejo cada año, pero se podría elegir a los mismos hombres tantas veces como quisieran presentar su candidatura.

–Pero ¿quién apoyaría tal cosa?

Felicita vaciló, aunque solo durante un instante.

–Por lo visto, Malatesta está intentando conseguir pruebas de un gran complot por parte de los turcos para derrocar a la República –dijo–. Todos los miembros de los Diez participan en ello, por supuesto, pero él es el que lo descubrió. No sé cómo. El motivo por el que defiende esta ley es porque quiere que le permitan seguir en el Consejo para continuar con la investigación y averiguar quién puede estar implicado, tanto dentro como fuera de Venecia. Y, por lo tanto, en el futuro, si se descubren tales conspiraciones, los hombres de los Diez tendrían la posibilidad de investigarlas y que las acciones que se tomen sean más eficaces.

«Viaja a Constantinopla varias veces al año», había dicho Malatesta de Bastiano. Entonces, ¿de verdad creía que Bastiano estaba envuelto en el complot turco?

Si es que existía tal complot.

Sin duda era creíble. El Imperio otomano era el principal enemigo de Venecia, además de su socio comercial más importante. Cabía suponer que los turcos siempre estaban tramando algo en detrimento de Venecia.

Pero… ¿un derrocamiento? Por lo que sabía –y sabía muchas cosas– no era probable que fueran capaces de tal cosa. El Imperio otomano era inmenso, por lo que mantenerlo les dejaba con pocos recursos para una invasión, sobre todo de un Estado tan próspero y bien defendido como Venecia.

Aunque habría muchas personas, tanto dentro como fuera del Gobierno, que se lo creerían. El odio y el miedo a los turcos era algo bastante habitual en Venecia. No se necesitaría demasiado para convencer a las personas adecuadas de que se avecinaba un intento de golpe de Estado, sobre todo si quien compartía la información era un miembro del Consejo de los Diez. Asustaría a la gente y cuando la gente está asustada es capaz de hacer todo tipo de cosas horribles, como abolir uno de los preceptos más sagrados de su Gobierno y crear a un tirano durante el proceso.

Estaba dando muchas cosas por sentado. Tal vez demasiadas. Pero también recordé las últimas palabras de Dioniso Secco: «Malatesta… Él quería… Yo no iba a… Pensó que estaría de acuerdo…».

¿Acaso Malatesta había intentado involucrar a Secco –al Secco acaudalado y poderoso– en alguna de sus conspiraciones? ¿Me había obligado a matar a Secco solo porque se había negado?

No lo sabía. Tal vez nunca lo sabría. Pero la pesadumbre que sentía en mi interior me hacía creer que así era, que eso era lo que no había encajado desde el principio con el asesinato de Secco. No tenía nada ver con el vidrio de Murano, sino con el poder político de Malatesta.

Cada vez lo veía más claro. Bastiano –o sus colaboradores– había descubierto el complot de Malatesta, por lo que necesitaba deshacerse de él antes de que Bastiano pudiera entregarle las pruebas al resto de los miembros del Consejo de los Diez. De esa forma, Malatesta solucionaría dos problemas a la vez: eliminar al entrometido de Bastiano Bragadin y controlarme por completo.

Felicita me observaba en silencio mientras pensaba en todo esto.

–Veo que te he contado lo que querías saber –comentó.

–Sí –dije–. Aunque… no estaba del todo segura de qué quería saber. Pero sí. Eso era.

–Gritti me ha pedido que averigüe quiénes son los miembros que apoyan la propuesta de Malatesta, quiénes votarían a favor –añadió Felicita–. Y hay hombres de familias antiguas y poderosas que la apoyan. Más de los que me habría imaginado.

–¿Quiénes? –pregunté.

–Cornaro, Tron, Corner, Gradenigo, Morosini, Querini –enumeró a algunas de las familias venecianas más influyentes.

Me sobresalté –aunque no me sorprendió del todo– al oír el nombre de mi amante más odiado.

–Hay otros que todavía no han dicho nada al respecto, como Loredan. Que se sepa. Gritti está en contra, por supuesto –añadió, como para dejarlo claro–. Por eso me está utilizando para obtener información con la que podría echar por tierra los esfuerzos de Malatesta.

–¿Se han opuesto otros hombres influyentes?

–Según los rumores que ha oído Gritti, el dux está en contra –dijo Felicita–. Aunque eso no importaría si el Senado votara a favor, claro. Bembo se opone y Barberini también. Foscari ha expresado su rechazo, pero Gritti teme que lo persuadan. Bragadin parece que también se opone, pero prefiere guardarse su opinión. –Arqueó una ceja–. Aunque tú sabrás qué opina Bragadin mejor que yo.

Otra prueba más de que el padre de Bastiano iba en contra de Malatesta. Aunque le respondí con tranquilidad:

–¿El senador? No. No nos conocemos demasiado.

–Ah. Entonces solo al hijo. El tercero, ¿verdad?

–Sí. Bastiano.

–Sí. Creo que a él lo conoces muy bien. –Me guiñó un ojo.

Me reí, pero los pensamientos se agolpaban en mi cabeza a medida que las piezas encajaban. La conspiración de Malatesta era lo que Bastiano había estado investigando para su padre. El senador Bragadin estaba en contra de la propuesta y sospechaba que había algo más detrás. Le había encomendado a su hijo que averiguara algo más y ahora Bastiano había huido. Todo encajaba.

Qué bien informada estaba Felicita. Durante un instante volví a pensar en las iniciales de la carta que había encontrado en la faltriquera de Bastiano. Tal vez «FC» sí que se refería a Felicita. Aunque estaba claro que trabajaba para el senador Gritti, ¿tendría algún motivo para estar en contacto con Bastiano? No sabía que se conocían. Además, no podía librarme de la certeza casi absoluta de que un hombre había escrito aquella carta.

—Y también está Dioniso Secco —dijo Felicita.

Levanté la cabeza de golpe.

—¿Qué le pasa? —pregunté.

—Era uno de tus clientes, ¿no? —consultó—. Seguro que te has enterado de lo que le ha pasado.

—Por supuesto —respondí mientras la culpa me reconcomía por dentro—. Qué horror. Pero ¿qué tiene que ver? Oí que pudo tratarse de un accidente.

Me sentí aún más culpable al mentirle a Felicita de manera tan descarada. Pero ¿acaso tenía otra opción?

—Tal vez —dijo reacia—. Pero su muerte inquietó sobremanera al senador Gritti. Secco se había opuesto abiertamente a la propuesta de Malatesta y justo entonces apareció muerto.

Solté una risa forzada, que me pareció demasiado aguda y estridente hasta a mí.

—¿No estarás sugiriendo que…?

Felicita se encogió de hombros.

—No estoy sugiriendo nada. Tan solo digo que el senador Gritti cree que hay algo sospechoso acerca de la muerte de Secco. Interprétalo como quieras.

Podría interpretarlo mejor de lo que Felicita jamás se imaginara. Secco había muerto por los propios fines de Malatesta y me había utilizado a mí para lograrlo. Bastiano y sus colaboradores, quienesquiera que fueran, habían descubierto la verdad. Aunque, cuando encontré los documentos de Bastiano, no tenían pruebas concluyentes al respecto.

Puede que fuera una idea absurda, teniendo en cuenta que a Secco lo había asesinado yo, pero pensé que, si lograba destruir a Malatesta antes de que él me destruyera a mí, podría vengar la muerte de Secco.

–¿Y qué papel desempeña Anzolo Balbi en todo esto? –pregunté en voz alta sin pensarlo dos veces.

Felicita me miró fijamente y noté cómo se le agolpaban los pensamientos: preguntándose cuánto sabía y cómo podía saberlo. Después, como la luz del amanecer, recordó la velada en el *palazzo* de Ottaviano Lotti y que la había pillado intercambiando susurros con Balbi en un rincón.

–Ah –dijo–. Ah, sí.

No pude evitar sonreír.

–Eres buena, Felicita, pero tal vez deberías ser un poco más discreta. Créeme, sé de lo que hablo.

Se mostró un tanto sorprendida por lo que acababa de admitir, pero agradeció mi consejo con una breve inclinación de la cabeza.

–Tienes razón –expresó–. Pero Balbi… –Apartó la mirada–. Eso es… otro tema y no tiene nada que ver con lo que nos concierne.

–Entiendo –respondí y dejé el asunto.

Me sentía igual que la noche en que la pillé con Balbi: enfadada y apenada al ver que los hombres acaudalados de Venecia se aprovechaban de las cortesanas de esa manera, sobrepasando los límites de nuestro oficio. Nos veían como herramientas y nada más, ya lo había dicho Malatesta.

Sin embargo, me di cuenta al pensar en todo lo que había

averiguado ese día de que, al hacerlo, nos daban mucho más poder del que imaginaban. Nos entregaban sus secretos y eran tan necios que creían que no los aprovecharíamos.

–Debo darte las gracias, Felicita –dije–. De corazón. Me has contado todo lo que quería saber y más.

–Es un placer –respondió–. Tú me has dado comida y vino. –Y con un semblante serio añadió–: Aunque yo no te he contado nada.

–Por supuesto, no te preocupes.

Empezamos a hablar sobre otros temas, asuntos más banales y triviales. Y a pesar de que disfrutaba de la compañía de Felicita –contaba unas historias hilarantes–, deseaba estar a solas para poder pensar en todo lo que había averiguado y en cómo utilizarlo.

Cuando, casi una hora después, Felicita se levantó para marcharse, la cogí del brazo para detenerla antes de llamar a Lauretta.

–Felicita –dije–, hay algo más que me gustaría preguntarte.

Me observó con cierto recelo.

–¿De qué se trata?

–No me has preguntado por el motivo de mi repentino interés por Malatesta –expresé–. ¿Por qué? ¿Por qué me cuentas todo esto cuando ni siquiera sabes cuáles son mis intenciones?

Me miró con incredulidad, como si no lograra comprender por qué se lo preguntaba. Después se encogió de hombros.

–Tus motivos no son asunto mío e imagino que son buenos –dijo–. Te considero mi amiga, Valentina, y estaré encantada de ayudarte siempre que pueda. –Dudó durante un instante y luego añadió–: Y si le deseas el mal a Malatesta, entonces supongo que también tienes un buen motivo para ello. Con todo lo que sé sobre ese hombre ahora, no me sorprendería que se lo desearas. Y eso también es asunto tuyo. –Sonrió, pero era una sonrisa irregular–. A fin de cuentas, las cortesanas nos tenemos que cuidar entre nosotras. Nadie lo hará si no.

Puede que el Consejo de los Diez y el Senado gobernaran en Venecia y en su rincón de Europa. Sin embargo, a su vez había un consejo de mujeres tras ellos, en la sombra, que tenían las piezas del mosaico del poder, pero que simplemente no solían tener la oportunidad de unirlas.

Pero ahora lo haríamos. Porque teníamos un motivo para hacerlo. Yo lo haría ahora.

Me sorprendió que se me llenaran los ojos de lágrimas, pero las reprimí enseguida.

–Gracias, Felicita –dije a la vez que le cogí la mano y se la apreté–. De verdad. Y si puedo devolverte el favor alguna vez, no dudes en pedírmelo.

–Oh, no lo haré –declaró, había recuperado su personalidad alegre y divertida y esbozó una sonrisa–. Por supuesto, cuenta con ello.

Capítulo 20

Al día siguiente, mientras seguía procesando toda la información que me había dado Felicita Cavazza, Amalia pasó a visitarme. Irrumpió en mi sala de estar, ataviada con un vestido de día rosa pálido que nunca le había visto y luciendo un precioso collar de perlas rosadas a conjunto, y se había trenzado y recogido sus cabellos negros.

—Amalia —dije; me puse en pie y le di un beso en cada mejilla para saludarla—. Brillas como un día de primavera en esta tarde de otoño.

Se rio.

—Viniendo de ti es todo un cumplido —comentó—. Veo que estás de muy buen humor.

No lo estaba, pero tenía que fingir que sí.

—De tan buen humor como siempre —dije con dulzura, mientras llamaba a Lauretta para que nos trajera unos refrigerios—. Sobre todo ahora que estás aquí. Siento que ha pasado demasiado tiempo.

—Siempre pasa demasiado tiempo —asintió a la vez que tomaba asiento y se acomodaba las faldas a su alrededor—. Mis clientes también se sienten como si fuera primavera. —Enarcó las cejas—. He tenido la agenda llena, más de lo habitual.

—No creía que se te pudiera llenar más —comenté y nos serví un poco de vino.

—Ni yo, pero así es —dijo con un suspiro—. El que más ocupada me tiene es Ottaviano Lotti.

–¿Ah, sí? –pregunté–. ¿Y sus atenciones te siguen agradando?

Le brillaron los ojos.

–Mucho. Hace algo con la lengua que jamás me habría imaginado…

Me explicó en detalle lo que el aparentemente maravilloso Lotti hacía con la lengua y lo que esta le hacía ella. Reí como si fuera una de esas conversaciones que manteníamos cualquier otro día, cuando comparábamos a nuestros amantes y compartíamos consejos y trucos del oficio. Como si la vida del hombre al que amaba y la de mi hija no estuvieran en juego.

Cuando dejamos el tema de Ottaviano Lotti, la conversación derivó hacia unos rumores que Amalia había escuchado en una velada hacía unas noches, acerca de cómo cierto noble se había vuelto loco y le había pedido matrimonio a su amante cortesana. La mujer en cuestión, una a la que ambas conocíamos y que se llamaba Simona Poselina, lo rechazó sin más, aunque al parecer el noble había vuelto al *palazzo* de Simona varias veces después para convencerla de que aceptara.

–Simona le dijo que gana más dinero en su oficio actual del que dispondría jamás si fuera su esposa –me contó Amalia y se echó a reír–. ¿Te lo puedes creer?

–Bien por ella –dije, distraída un momento por la historia que no había oído hasta ese momento–. Seguro que es cierto.

–Pues claro que es cierto. Simona está muy codiciada últimamente.

–Supongo que sí –comenté tras echar la vista atrás–. Asiste a las mismas veladas que yo desde hace unos meses.

–Exacto. Y la familia de él nunca la aceptaría. Se pasaría la vida de casada sin oír una palabra amable por parte de sus familiares. ¿Por qué renunciar a todo lo que tiene a cambio de una vida triste y con menos dinero? —Amalia negó con la cabeza al pensarlo—. Es una mujer muy inteligente.

—Y hábil, por lo visto —dije—. Tal vez deberíamos preguntarle cuáles son sus trucos para que los hombres patricios le pidan la mano.

—Ninguna de las dos necesitamos su ayuda —espetó Amalia—. Además, como hemos podido comprobar, los nobles que piden matrimonio dan más disgustos que alegrías. Prefiero ganar mi propio dinero. Al fin y al cabo, ¿qué es una esposa sino una ramera que viste de manera recatada y que no posee ningún bien?

En eso tenía razón, a juzgar por los matrimonios de la alta burguesía veneciana que había visto.

Se produjo una pausa en la conversación y, antes de que me arrepintiera, decidí sacar el tema que me obsesionaba.

—Hablando de rumores —dije con la mayor naturalidad posible—. Me pregunto si tienes información sobre cierto hombre.

—¡Oh! ¿De quién? —preguntó Amalia, quien se inclinó hacia delante—. ¿Un cliente nuevo?

—No —respondí—. Solo siento curiosidad por algo que he oído por casualidad hace poco... y, bueno, ¿qué sabes sobre Ambrogio Malatesta?

Amalia se quedó paralizada durante unos segundos, pero aun así lo percibí. Otra persona no se habría dado cuenta, pero yo sí.

—¿Ambrogio Malatesta? —preguntó con un tono de fingida naturalidad, como el mío hace un momento—. ¿Por qué lo preguntas?

—Ah, Niccolo me contó algo interesante que había oído sobre él y me preguntaba si era cierto —añadí con indiferencia—. Eso es todo.

–Mmm –dijo mientras se recostaba para ganar algo de tiempo–. Sé lo mismo que los demás, supongo: que es muy ambicioso, que es un miembro del Consejo de los Diez, que es bastante reservado y que no se lo ve demasiado en público. Y que es viudo.

Se me cayó el alma a los pies al darme cuenta de que no podía decirme nada más sobre ese hombre; no porque no supiera nada más, sino porque, por algún motivo, no quería compartirlo. También me fijé en que no señaló, como había hecho Margarita, que Malatesta supuestamente era uno de mis amantes y que, por lo tanto, ¿no debería saber yo más sobre él que ella? Nunca había hablado sobre Malatesta con Amalia, por motivos evidentes, y, aun así, parecía que sabía que, en realidad, no era mi amante. ¿Qué conclusiones sacaba de ello? No lo sé, pero lo registré de todos modos.

–Sabemos lo mismo, entonces –comenté y fingí un suspiro–. En fin…

–¿Por qué lo preguntas? –volvió a decir–. ¿De qué se ha enterado Niccolo?

–Oh, nada fascinante –respondí y agité una mano–. Tan solo era un poco de intriga política; algo que pensé que podría ayudar a Agosto Zorzi. No tiene importancia.

Alargué la mano para coger un trozo de queso de una de las fuentes más pequeñas que había en la mesa, preparada para cambiar de tema como si de verdad no tuviera ninguna importancia.

De pronto, Amalia extendió la mano y me agarró de la muñeca. La miré sorprendida y descubrí que esos ojos marrones tan amables y cálidos se habían vuelto más oscuros.

–Ambrogio Malatesta es un hombre peligroso, Valentina –dijo en voz baja sin apartar su mirada de la mía–. Sea lo que sea lo que estás tramando o intentando averiguar sobre él, por el motivo que sea, olvídalo.

Aparté la mano.

—No sé qué te estarás imaginando, Amalia —expresé con un tono despreocupado que disimulaba mi malestar—. Solo quería enterarme de algún cotilleo político, nada más.

—Olvídalo —repitió—. No vale la pena enfrentarse a él; ni por Agosto, ni por Niccolo, ni por nadie. Sea lo que sea no merece la pena. Mejor… olvídate, Valentina.

—Hay algo que no me estás contando.

Apartó la mirada.

—Quizá —dijo—. Pero es algo que no puedo repetir.

—Amalia, dímelo.

Volvió a mirarme.

—Mantente alejada de Ambrogio Malatesta, Valentina. Te lo ruego.

Un escalofrío me recorrió el cuerpo ante la seguridad con la que pronunció esas palabras, ante el miedo que se ocultaba tras ellas.

—De acuerdo —mentí—. Lo haré.

Capítulo 21

Esa noche di muchas vueltas en el lecho, pues el sueño huía de mí. Por suerte estaba sola, aunque mi cuerpo y mi corazón, traicioneros, anhelaban tener a Bastiano a mi lado para que me arropara con sus brazos y me tranquilizara.

En más de una ocasión pensé en arriesgarme y escribirle, contarle lo que Malatesta me había pedido y el plazo que me había dado para llevarlo a cabo. Así, podríamos unir nuestras mentes brillantes y hallar una solución, encontrar la manera de resolver ese problema.

Pero siempre llegaba a la conclusión de que no podía hacer tal cosa. Todavía no. Tal vez nunca. Bastiano intentaría hacer algo valiente e insensato y no podía arriesgarme a que Malatesta descubriera que le había contado a Bastiano su misión. Estaría condenando a Ginevra si lo hacía.

Todo lo que había hecho, todo lo que había sacrificado para tratar de proteger a mi hija, no había servido de nada. Estaba en peligro por culpa de mi trabajo para los Diez, tal y como siempre había temido que ocurriera. Pero ya no había vuelta atrás. Lo único que podía hacer era buscar una salida de esa maraña de conspiraciones en la que Malatesta me había atrapado; una maraña tan laberíntica como los oscuros y serpenteantes canales de Venecia.

Por otro lado, tampoco podía correr el riesgo de hacerle llegar un mensaje a Bastiano y desvelar su paradero a Malatesta. Lo más probable era que Malatesta tuviera a sus secuaces vigilándome; quizá hasta tuviera la esperanza de que intentara contactar con Bastiano o de que fuera hasta él, revelando así su escondite y permitiendo que Malatesta enviara a otro asesino tras él. De esa forma no tendría que aguardar para comprobar si yo era capaz de matar a mi amante.

Pero esperaba no tener que tomar esas medidas. Felicita Cavazza me había dado bastante información, más de la que me hubiera imaginado. Lo único que quedaba por hacer era averiguar cómo podía utilizarla a mi favor; algo que todavía no tenía muy claro.

Todo el mundo sabía que Malatesta era ambicioso, pero intentar modificar un elemento tan antiguo y arraigado del Gobierno de Venecia como es la duración de los mandatos del Consejo de los Diez era apuntar muy alto, más alto de lo que jamás pensé que fuera capaz.

Pese a todo, era algo que algunos de los hombres más influyentes estaban considerando. Se rumoreaba que Zuan Gradenigo, el patriarca de otra familia veneciana muy antigua y poderosa, era uno de los miembros de los Tre Capi ese mes, los tres dirigentes del Consejo de los Diez. Los miembros de los Diez se turnaban para ocupar el puesto de uno de los dirigentes durante un mes y, en ese tiempo, tenían prohibido abandonar el Palacio Ducal por temor a que se vieran comprometidos por intereses opuestos durante su mandato. Ese era el poder de los Capi. Por lo que, si Gradenigo estaba a favor, junto con los patriarcas del resto de las familias influyentes que Felicita había mencionado, entonces lo más probable era que se aprobara.

Estaba aterrada.

También estaba el tema de Dioniso Secco, claro. Había muerto por enfrentarse a Malatesta, o eso pensaba el senador Gritti.

Y tenía razón.

Las últimas palabras de Secco, que nunca me abandonarían, volvieron a mí de golpe: «Malatesta… Él quería… Yo no iba a… Pensó que estaría de acuerdo…».

Como le había indicado a Malatesta cuando me asignó la misión, Dioniso Secco había sido un hombre muy reputado con amigos influyentes. ¿Y si Malatesta le había pedido a Secco que no solo apoyara su proyecto de ley, sino que también convenciera a sus aliados políticos de que hicieran lo mismo?

Y cuando Secco se negó, Malatesta me envió tras él: había decidido que ese hombre debía morir por negarse y por poder echar por tierra todos sus planes. Al final, mientras Secco yacía moribundo por el veneno, supo que Malatesta estaba detrás.

Eso lo explicaba todo. Además de que confirmaba que Malatesta me había utilizado como si fuera una máquina de matar sin sentimientos para librarse de sus rivales políticos. Y yo le había seguido el juego y me había tragado la historia que me había contado sobre que Secco pretendía revelar los secretos del vidrio a los franceses.

De hecho, había matado a un hombre inocente, uno que tal vez solo quería proteger a la República de Venecia, no perjudicarla.

Cerré los ojos y dejé que la culpa me consumiera. Me había dejado llevar de tal manera por la necesidad de proteger a quienes lo necesitaban que había permitido que esa necesidad se volviera perversa, que se utilizara contra quienes pretendían ayudar y no perjudicar. Apenas le había preguntado nada a Malatesta; puede que lo hubiese cuestionado en algún momento, pero rápidamente la duda se había disipado.

¿Era de extrañar, en tal caso, que Malatesta pensara que

era una asesina despiadada, un monstruo que, llegado el momento, no se negaría a matar a su amante?

Puede. Pero ya no. Ya no era el títere de Ambrogio Malatesta.

¿Y el senador Gritti? ¿Qué ocurriría si le contara lo que sabía? Estaba claro que iba en contra de Malatesta. Si le proporcionaba las piezas que le faltaban, tal vez podría acusarlo de traición y de lo que considerara oportuno. Podría dejar que el Estado que tanto había intentado proteger ahora me protegiera a mí y a mis seres queridos.

Sin embargo, yo también estaba implicada en la conspiración de Malatesta, pues había matado a Secco. No podía confesar que él me había dado la orden de asesinarlo sin admitir que yo le había administrado el veneno. ¿Y qué sería de mí entonces? ¿Acaso Gritti y el Consejo de los Diez lo pasarían por alto sin condenarme por asesinato? ¿Serviría de algo que en aquel momento pensara que estaba acatando las órdenes de los Diez?

Lo cierto es que no lo sabía, y tampoco quería averiguarlo.

Y, aunque los Diez no me condenaran, Malatesta me había dejado muy claro –al abandonar el cuerpo de su secuaz en la puerta de mi hogar– lo que les hacía a quienes sabían demasiado y dejaban de serle de utilidad. En cualquier momento podría decidir que mi conexión con Bastiano ya no era tan práctica y acabaría conmigo y con Ginevra. No podía arriesgarme.

A pesar de ello, Malatesta debía tener otros enemigos además de mí. Enemigos entre las más altas esferas del poder. Enemigos que podrían ayudarme, facilitarme los planes, ya fuera de manera consciente o inconsciente.

«La influencia de Malatesta ha aumentado hasta alcanzar un nivel que incomoda incluso al mismísimo dux», había dicho Felicita.

«Ambrogio Malatesta es un hombre peligroso, Valentina. No vale la pena enfrentarse a él», había dicho Amalia.

Logré quedarme dormida en algún momento mientras estas palabras y cavilaciones carcomían mi mente, como una rata con un mendrugo de pan.

Cuando me desperté, tuve una idea.

Capítulo 22

Estaba sentada en el escritorio de mi despacho y ante mí tenía una hoja llena de letras puntiagudas y afiladas. Hice todo lo posible por camuflar mi caligrafía. Ojalá Marta o Lauretta me hubiesen ayudado copiando la carta, pero para ello tendrían que leer el contenido y no podía permitirlo. Nadie podía saber lo que estaba tramando, lo que estaba a punto de hacer.

Dejaría la carta en una boca de león. Las bocas de león eran bajorrelieves con la forma del león de San Marcos, el gran símbolo de Venecia, y estaban ubicadas en varios puntos de la ciudad, incluyendo el patio del Palacio Ducal. La boca de león estaba abierta y conducía a una caja cerrada con llave en la que podían dejarse cartas que después recogía uno de los criados de los Diez. Si alguien se había enterado de algún acto ilícito o de algún complot contra el Estado o alguno de sus representantes, podía introducir una carta en la boca de león para denunciar a las personas que estaban implicadas y así tendría la certeza de que se investigaría el asunto. El Consejo de los Diez recibía y leía las cartas que se introducían en la boca de león y tomaba las acciones que fueran necesarias.

Era una forma bastante ingeniosa de permitir y animar a los ciudadanos de Venecia a que se controlaran y vigilaran entre ellos. De hecho, en algunas ocasiones, se habían evitado situaciones peligrosas gracias a ellas. También me había parecido siempre una buena forma de vengarse de alguien contra quien se tenía cierto rencor; aunque seguramente muchas de las cartas que se enviaban resultaban ser nimiedades. Pero ahora, por primera vez en mi vida, y con suerte la última, lo utilizaría.

Repasé mis palabras; intenté hacerlo con objetividad y traté de decidir si sonaban del todo convincentes. No solo las vidas de Bastiano y Ginevra dependían de que esa carta fuera lo más convincente posible, sino la mía también.

Estimados señores del Consejo de los Diez:

Soy ciudadano de la República de Venecia y, por ende, siento que es mi deber comunicaros un acto de traición que he descubierto recientemente. Lamento informaros de que el autor de dicho acto es uno que ha prometido servir a la Serenísima y anteponer sus intereses a los suyos propios. Pero, por desgracia, no ha cumplido con esta obligación sagrada.

He descubierto que Ambrogio Malatesta, uno de los actuales miembros del Consejo de los Diez, se ha rendido ante uno de los intereses propios más bajos de la humanidad y está tratando de socavar la autoridad de Su Serenidad, del dux, y de vuestro Consejo. Hace tan solo unos meses, autorizó el asesinato de Dioniso Secco sin el consentimiento de ninguna otra entidad.

He averiguado que cometió tal acto para intentar cubrir su propia traición y engaño. Ambrogio Malatesta desea ver crecer su poder a costa de otros miembros del Consejo y del mismísimo dux, convirtiéndose así en el principal líder de Venecia y alterando la arquitectura del Estado. Se ha inventado una conspiración acerca del Imperio otomano para poder incrementar su influencia y presionar tanto a los miembros del Gran Consejo como del Senado para que acepten ampliar la duración de los mandatos de los miem-

bros del Consejo de los Diez. Incluyéndose a sí mismo, por supuesto.

Me estaba arriesgando. No estaba segura de que no hubiera una conspiración turca. Tal vez sí que la había. Pero eso no cambiaba el hecho de que, real o no, Malatesta estaba intentando utilizar el miedo de Venecia y de sus ciudadanos a nuestro principal rival para tratar de hacerse con el poder. Era un plan diabólico.

Para lograrlo, también ha ordenado que se asesine al hijo de una antigua familia nobiliaria de Venecia que ha averiguado información sobre su conspiración. Obviamente Malatesta quiere que esto salga a la luz, por lo que ha abusado de su autoridad para intentar deshacerse de un hombre al que ve como una amenaza para su cargo y su ascenso político.

Si a Ambrogio Malatesta se le permite continuar libremente, me temo, por lo que sé acerca de él y de sus actos, que no se detendrá ante nada para librarse de quienes se enfrenten a él, incluidos vosotros, sus compañeros del Consejo.

Os ruego, estimados señores, que investiguéis las alegaciones que os he presentado y que detengáis los abusos de poder sangrientos de Malatesta. No se puede permitir que continúe sin control y que ponga en peligro a mis compatriotas y a Venecia.

No firmé la carta con mi nombre, sino con «Un ciudadano de Venecia». También me estaba arriesgando así. Se comentaba que los Diez no se tomaban tan en serio las cartas de denuncia cuando no estaban firmadas. Aunque esperaba que la índole de las acusaciones y del hombre al que estaba acusando por lo menos les haría reflexionar y los obligaría a hacer algunas preguntas.

Tan solo necesitaba conseguir que dudaran de Malatesta, lo cual, teniendo en cuenta que ya había quienes estaban en contra de él en el Gobierno, no sería demasiado difícil.

Leí la carta una vez más. No se me ocurría nada más que añadir ni una forma mejor de decirlo. Contenía bastante información como para que al menos el resto de los miembros de los Diez investigaran; para que miraran a su compañero con ojos menos favorables. Algunas cartas anónimas habían levantado sospechas con mucha menos información, si todo lo que había oído durante estos años era cierto. Sabía a ciencia cierta que había matado a más de un hombre cuyo nombre había llegado a oídos de los Diez por primera vez en una simple carta que alguien había introducido en una boca de león.

Doblé la carta con cuidado y la sellé con un poco de cera. Tendría que esperar hasta que anocheciera. Ya había cancelado la cita con mi cliente de esa noche, un miembro del Gran Consejo que no era demasiado importante ni generoso, tanto dentro como fuera del lecho.

¿Era un plan un poco descabellado? Sí. ¿Estaba desesperada? Sí. ¿Era una auténtica insensatez? También.

Pero tenía que intentarlo. Tenía que jugármela, aunque todo lo que quería pendiera de un hilo, y esperar que ganara.

Poco antes de medianoche, Luca amarró la góndola a uno de los muelles de la plaza de San Marcos. Abrí las cortinas del *felze* y eché un vistazo a mi alrededor, pero no vi a nadie. Luca me tendió la mano y me bajé de la góndola.

—Espera aquí —le dije en voz baja—. Vuelvo enseguida.

Asintió con la cabeza, sin decir nada.

Recorrí el tramo de adoquines entre los muelles y el Palacio Ducal, la enorme fachada de piedra rosa y crema me hacía sentir diminuta; sus arcos góticos y cantería tenían un aspecto amenazador, como dientes afilados en la oscuridad.

El corazón me latía con fuerza al atravesar la entrada y dirigirme al patio mientras miraba furtivamente a mi alrededor bajo la caperuza de mi capa. «Rápido y en silencio, Valentina –me dije a mí misma–. Nadie sabrá que has estado aquí».

No sabía por qué estaba tan nerviosa. Había degollado a un hombre en medio de una multitud, pero esto era otra cosa…

Cuando dejara la carta, perdería el control de la situación; más de lo que ya lo había perdido. Si eso no funcionaba, no sabía qué haría. No era algo que me preocupara, no cuando gran parte de mi vida había estado marcada por circunstancias que no estaban en mis manos. Pero no tenía elección.

Tenía que intentarlo.

Me oculté entre las sombras de la columnata que rodeaba el patio, a sabiendas de que habría guardias vigilándome, de que no podría ir más allá de ese patio aunque lo intentara. Miré hacia las escaleras que presidían el espacio. El dux traidor, Marino Falier, que había intentado derrocar al Gran Consejo y al Senado, fue ejecutado a los pies de esas escaleras hacía varios cientos de años. Dejé que una sonrisa se me formara en los labios mientras imaginaba un destino parecido para Ambrogio Malatesta.

Era una imagen agradable, aunque no tan agradable como la idea de matarlo con mis propias manos.

En la pared encontré lo que estaba buscando. Me di cuenta, al contemplar el grotesco león tallado con las fauces abiertas, que nunca había visto esa boca de león. A pesar de ello, era un objeto legendario en Venecia que todo el mundo conocía.

Me detuve ante él y saqué la carta de uno de los bolsillos de la capa. La sujeté con fuerza entre los dedos mientras pensaba en lo que estaba haciendo y todos los posibles desenlaces –y todo lo que podría salir mal– una última vez.

Después introduje la carta en la boca de león, que la engulló y la llevó a algún lugar oculto. Con suerte llegaría a manos de una persona que podría y estaría dispuesta a ayudarme; que ayudaría a Bastiano, a Ginevra y a Venecia.

Me di la vuelta y me marché a toda prisa por donde había venido. Exhalé, por fin, cuando llegué al muelle y Luca me ayudó a subir a la góndola.

La suerte estaba echada. Lo único que podía hacer ahora era esperar y ver si había merecido la pena correr el riesgo.

Interludio

Florencia, junio de 1527

Fernando Cortés y yo nos subimos a nuestros caballos. Cortés había robado uno para mí por el camino y agradecí que mi padre hubiese insistido en que aprendiera a montar cuando era más pequeña. Contemplamos la ciudad de Florencia, que se extendía en el valle ante nosotros y que ardía bajo el sol abrasador del verano. Se veía preciosa entre las suaves colinas de color esmeralda de la Toscana; los tejados de tejas rojas rodeaban el inmenso Duomo, cuya cúpula se alzaba sobre todo lo demás.

La estructura era impresionante, eso era cierto, pero sabía que, una vez estuviera terminada, la Basílica de San Pedro en Roma la superaría algún día. Pero ¿la vería alguna vez? ¿Querría volver a Roma en algún momento?

Aparté esos pensamientos. De nada servía pensar en el lugar del que procedía. Lo único que importaba era el lugar al que me dirigía y justo de eso quería hablar Cortés en ese momento.

–Parece un lugar maravilloso –dijo–: Florencia. Seguro que hay un buen convento que estaría dispuesto a acogerte, y no está demasiado lejos de…

Dejó la frase a medias.

Arrugué la nariz. Cortés estaba empeñado en dejarme a cargo de un convento y tenía razón en que era el único sitio decente que me quedaba. Aunque eso no significaba que yo quisiera que me encerraran. Nunca podría volver a acudir a un festín, ni lucir joyas o vestidos bonitos, ni hacer el amor…

Tal vez, teniendo en cuenta todo lo que había perdido, la idea de perder todas esas cosas no debería haberme importado. Pero lo hizo. ¿Acaso no debería poder conservar cierta parte de mi vida anterior? ¿Por qué debería tener prohibido todo lo que antes me había gustado? Yo había sobrevivido, pero todos mis seres queridos habían fallecido. ¿Acaso no debía aprovechar mi vida por ellos y por mí?

—Preferiría seguir —dije, respondiendo a Cortés—. Hasta Venecia.

Me miró de soslayo.

—¿Estás segura? Tu viaje podría terminar aquí. Podrías empezar a pasar página.

—Mi viaje todavía no ha terminado —dije—. Y ya os he dicho que siempre había querido ir a Venecia.

Eso era verdad. Mi padre había visitado la ciudad por negocios en varias ocasiones y siempre le suplicaba que me llevara con él, pero siempre se negaba. Massimo me prometió que iríamos cuando estuviésemos casados, pero… al final la vería sin él.

—Una ciudad flotante… ¿A quién no le gustaría ver tal cosa?

—Si es lo que quieres —dijo Cortés.

—Lo es —añadí y alargué la mano para golpearle el hombro de manera amistosa—. Además, debéis seguir enseñándome a luchar. Si me quedo aquí, nunca aprenderé lo suficiente para venceros.

Esbozó una sonrisa.

—Sí, es cierto —comentó—. De acuerdo. Me quedan algunas monedas. Pasaremos la noche en una posada para que podamos dormir como es debido por una vez. –Arreó a su caballo.

No iba a protestar después de dormir durante tantas semanas en el frío y duro suelo. Mientras bajábamos por la colina hacia la ciudad, me di cuenta de que a Cortés no se le había borrado la sonrisa del rostro; algo poco habitual.

–Os alegráis de que sigamos juntos –dije un tanto incrédula, pero también bromeando–. Me echaríais de menos si nuestros caminos se separaran aquí, ¿verdad?

–Nunca he dicho tal cosa –gruñó.

Pero seguía sonriendo.

Capítulo 23

Los siguientes días y noches transcurrieron con normalidad. Como de costumbre, estaba ocupada con frecuencia y atendía a un cliente cada noche; incluso a Niccolo en una ocasión. Acudía a fiestas y deslumbraba a los asistentes con mi ingenio, mi don de palabra y los poemas que recitaba; hacía que les prepararan comidas exquisitas a mis amantes y yacía haciendo acopio de todos mis talentos e intentando disfrutar. A pesar de ello, durante cada conversación y cada vuelta por una sala, prestaba atención a cualquier rastro o indicio del rumor que esperaba oír: que Ambrogio Malatesta había perdido apoyos, que lo habían expulsado del Consejo de los Diez, que lo estaban investigando y habían registrado su *palazzo,* que había desaparecido. Incluso que había abandonado el Palacio Ducal hecho una furia. Cualquier cosa. Algo que me indicara que mi carta, mi jugada desesperada, había funcionado.

Pero no había novedades y no me atrevía a preguntarle a nadie acerca de él. Ya lo había hecho demasiadas veces y no me convenía llamar la atención de quienes estaban en el poder. Al menos, no más de lo que ya lo había hecho.

En el fondo sabía que así era como se desarrollarían las cosas. No sabría, hasta pasado un tiempo, si había surtido efecto; si es que alguna vez lo sabía con certeza. Si mi carta había logrado lo que quería, tendría que esperar a enterarme a través de los susurros de una sala abarrotada o de las indirectas durante una cena. Si Felicita se enteraba de algo, estaba segura de que me lo contaría. Pero quizá no sabía nada o no podía contármelo de manera discreta.

Sabía que la espera, el limbo, llegaría. Pero experimentarlo, tener que soportar la incertidumbre, era algo muy distinto. No podía vivir en el desconocimiento para siempre, no cuando la seguridad de mi hija estaba en juego. Seguí con mi vida; con los nervios a flor de piel, pero aparentando estar tranquila para que nadie se diera cuenta. No tenía elección.

Una semana después de meter la carta en la boca de león, me encontraba junto a mi coqueta, en paños menores, mientras Marta me hacía un recogido para salir esa noche.

Sin previo aviso, la puerta del tocador se abrió de par en par con tal fuerza que chocó contra la pared. Marta gritó y yo me puse en pie de un salto junto a la coqueta; mis ojos se posaron enseguida en una cómoda que había al otro lado de la habitación, en la que se encontraba el arma más cercana. ¿Podría llegar a ella antes de que el intruso se nos echara encima?

Y entonces vi a la persona que había irrumpido en la habitación con una expresión tan colérica como la de uno de los antiguos dioses del Olimpo: Ambrogio Malatesta. Había abandonado la protección del Palacio Ducal y se había adentrado en la guarida de la leona, por así decirlo.

Tenía que coger ese cuchillo.

–¡Cómo te atreves! –exclamó con rabia y la respiración agitada, como si hubiera venido corriendo hasta mi *palazzo* desde el rincón del infierno en el que habitaba.

Debía asegurarme de que mis criadas estaban a salvo. Detrás de él vi a Lauretta, que estaba encogida de miedo junto a la puerta.

–¡Lo siento, *madonna*! Me empujó y me tiró al suelo. No logro encontrar a Luca –murmuró.

–No te preocupes, Lauretta –dije–. Vete. –Miré a Marta–. Tú también.

Los ojos de Marta estaban aterrorizados, pero aun así me lanzó una mirada que decía: «No quiero dejaros sola».

–Vete –repetí y me rodeó, pasó junto a Malatesta y salió por la puerta con Lauretta.

Por suerte, Malatesta había ignorado por completo a ambas mujeres y tenía la mirada fija en mí mientras se acercaba.

–Cómo te atreves –volvió a decir–. Ramera embustera.

–¿Cómo me atrevo? –espeté y alcé la cabeza con un gesto desafiante mientras lo miraba a los ojos.

Aunque no era precisamente recatada, de pronto me di cuenta de lo finas y transparentes que eran las prendas íntimas que lucía en ese momento. Me arrepentí de no llevar la vestimenta adecuada para ese enfrentamiento, pero no había sido posible.

–Cómo te atreves tú a irrumpir en mi hogar y en mis aposentos privados sin permiso. Y cómo te atreves a ponerle las manos encima a una de mis criadas. –Alargué la mano y lo empujé, lo cual le pilló por sorpresa e hizo que se tambaleease hacia atrás a pesar de lo enfadado que estaba–. Como bien sabes, he matado a hombres por mucho menos.

–¡No te atrevas a sermonearme, zorra traidora!

En cualquier otra ocasión, con mucho menos en juego, habría hecho un comentario sarcástico sobre lo poco ingeniosos que eran los hombres a la hora de insultar a las mujeres. «Zorra» y «ramera» eran los únicos insultos que se les ocurrían. Como aceptaba con gusto ser ambas cosas, no me parecía ofensivo.

Malatesta me acercó algo a la cara.

–Sé lo que hiciste. ¿Acaso creías que nunca lo descubriría? ¿De verdad eres tan estúpida?

Reconocí el trozo de papel como si fuera un viejo pañuelo al que se le tiene aprecio: mi carta. La carta que había introducido en la boca de león.

La tenía él.

Por el Dios de las Sombras, pensaba que lo tenía todo previsto o, al menos, las consecuencias más probables. No sabía quién recogía las cartas de la boca de león, pero jamás me habría imaginado que fuera Malatesta. O, aunque no hubiera sido él, jamás me habría imaginado que una carta en la que se le denunciaba llegara a sus manos. Tan solo había una posibilidad remota de que la carta le hubiese llegado a él o, al menos, eso creí en su momento. Confiaba en que había muchos más miembros de los Diez que pudieran ver la carta antes que él.

Estaba claro que me había equivocado.

Sin embargo, me negaba a admitir que me había vencido. Necesitaba que siguiera hablando, necesitaba que bajara la guardia para que pudiera atravesar la habitación y llegar hasta la daga. Le arrebaté la carta de la mano y la leí, o fingí hacerlo. El corazón me latía con fuerza y estaba tan aterrorizada que no podía concentrarme en las palabras de aquella hoja; apenas podía verlas. Dejé que mis ojos la recorrieran como si estuviera leyendo y, tras unos segundos, volví a mirar a Malatesta.

—¿Qué es esto? —pregunté con frialdad.

Sujeté la carta entre el pulgar y el índice, como si fuera un trapo sucio, y se la devolví.

Me la arrebató de la mano con tal brusquedad que la esquina se rompió un poco.

—No finjas que no sabes nada, furcia mentirosa. La has escrito tú.

Ah, sí, «furcia», el tercer insulto de turno. ¿Cómo era posible que se me hubiese olvidado?

—No he escrito tal cosa —respondí con una voz que rebosaba desprecio, como si fuera una reina que acababa de recibir a un peticionario muy maleducado—. ¿Es este el motivo por el que has irrumpido en mi hogar y agredido a mi criada? ¿Para acusarme de escribir una tontería?

Malatesta soltó una carcajada.

—Qué buena actriz eres, Valentina, de verdad —espetó—. Podrías engañar a cualquier otro hombre. Ya veo cómo cautivas a todos esos pobres desgraciados que acuden a tu lecho.

—Y eso lo dices tú, que querías ser uno de esos pobres desgraciados —repliqué.

Sus ojos brillaban con rabia y durante un instante creí que iba a golpearme o, al menos, a intentarlo. En cierto modo, quería que lo hiciera, quería que la disputa llegara a las manos, pues sabía que lo vencería. Cómo lo disfrutaría. Pero continuó, sin apenas poder contener la rabia mientras hablaba en voz baja y tensa, entre dientes.

—Deja de fingir que no sabes nada sobre esta carta. La has escrito tú. No me ofendas.

—No tengo ni idea de lo que estás hablando, pero…

Malatesta golpeó la coqueta con la mano, lo cual hizo que varios frascos y utensilios para el cabello se tambalearan y volvieran a su sitio. Me estremecí ante el movimiento repentino; no pude evitarlo.

—Creíste que podías ser más lista que yo —se burló, acercándose a mí y pegando su rostro al mío; no me aparté, sino que lo miré fijamente—. Creíste que tú, una ramera que vende su cuerpo y su alma por dinero, podías engañar a un noble de la República de Venecia. A un miembro del Consejo de los Diez. Y, además, te atreviste a hacerlo. Te atreviste a intentar traicionarme, a destruirme. —Estrujó la hoja y la tiró al suelo—. Pero no lo lograste. Siempre estuviste condenada al fracaso. Estoy seguro de que hasta tú te das cuenta de ello.

Estaba harta de morderme la lengua, harta de fingir.

–Estoy segura de que hasta tú te das cuenta –bramé– de que no podías obligarme a matar al único hombre al que amo y que jamás volvería a obedecer tus órdenes sin rechistar. Deberías conocerme mejor, Malatesta. Estoy segura de que no fuiste tan necio y tan ciego como para pensar que agacharía la cabeza sin más.

–¿Y no es así como lo haces siempre, Valentina? Agachándote. –Se rio con sorna–. Aunque imagino que a veces también lo harás de rodillas, o por detrás…

–Arderás en el infierno, Malatesta –dije y lo empujé para intentar apartarme de él–. Sal de mi hogar.

–No –gruñó, acercándose a mí de nuevo.

Me golpeé con la silla de la coqueta, lo cual hizo que me tropezara y me cayera en ella. Intenté levantarme, ya que no quería estar en desventaja en esa disputa, pero Malatesta redujo la distancia con rapidez al colocar ambas manos en los reposabrazos de la silla y atraparme en ella.

Miré con ansia hacia la cómoda en la que estaba la daga y me fijé en la gruesa vena del cuello de Malatesta, que latía con rabia bajo su piel. Qué objetivo tan fácil…

–Podría hacer que te mataran por esto –masculló–. Podría arrastrarte hasta los calabozos bajo el Palacio Ducal, haría que te torturaran y ejecutaran, te destrozaría esa piel y ese rostro tan bonitos, te rompería ese cuerpo tan hermoso…

–¡Pues hazlo! –espeté.

–Podría matarte aquí mismo con mis propias manos y nadie lo sabría jamás –prosiguió.

Me removí un poco en el asiento, incómoda, aunque no tanto por lo que decía, sino por cómo lo decía. Como si estuviera compartiendo conmigo una vieja fantasía.

–Al menos nadie importante. Podría agarrarte del cuello y asfixiarte hasta morir. ¿Qué más da que muera una ramera si en la ciudad hay miles de ellas?

–¿Qué te lo impide? –lo reté–. ¿Tienes miedo de que consiga matarte yo primero? Podría hacerlo, ¿sabes? Podría hacerlo y a pesar de ello eres tan estúpido que no me tienes miedo.

Al estar tan cerca, noté el cambio en su respiración, cómo se agitaba y entrecortaba; noté cómo se le oscurecían los ojos y se clavaban en los míos. Agarró con más fuerza los reposabrazos de la silla, como si estuviera intentando contenerse. Me recorrió con la mirada, como si acabara de fijarse en el blusón tan fino que llevaba.

Se me revolvió el estómago y se me erizó la piel. Notaba su mirada sobre mí como si me estuviera tocando. Ese deseo frustrado estaba tan presente como todo lo demás.

Tragó saliva y su mirada volvió a encontrarse con la mía. No me moví, no aparté la mirada.

–Tócame –susurré– y te mataré.

Permaneció así durante unos instantes, parecía extasiado. De pronto, se le aclaró la mirada, como si se hubiera deshecho un hechizo.

–También podría –continuó, retomando la conversación anterior como si no hubiera pasado nada– hacer que mataran a tu hija ahora mismo. Hoy. ¿Y por qué no debería hacerlo si has demostrado que no estás dispuesta a colaborar?

Lo ataqué, clavándole las uñas en la cara. Malatesta gritó de dolor y se tambaleó. Aproveché la ocasión para atravesar corriendo la habitación hasta la cómoda. Abrí el cajón del medio y saqué la daga de donde estaba escondida mientras sonreía como una loca al sujetarla por el mango. Me di la vuelta y vi que Malatesta se dirigía de nuevo hacia mí; tres arañazos sangrientos le deformaban el rostro.

Alcé la daga y se paró en seco.

–Maldita zorra –dijo, se acercó la mano a la cara y frunció el ceño al ver que estaba sangrando.

En ese momento, se dio la vuelta y huyó. Corrí tras él hasta el pasillo y vi cómo empujaba a Marta, que acababa de subir, por las escaleras. La oí gritar de dolor cuando llegué a los escalones, justo en el momento en el que Malatesta desapareció de mi vista. Dudé durante un instante, pero no podía dejar a Marta ahí, ni siquiera por eso.

Maldije en voz alta y me apresuré a ayudarla.

Capítulo 24

—Marta –dije y solté el cuchillo mientras se incorporaba un tanto aturdida–. ¿Estás bien?

–Creo… creo que sí, *madonna*. Solo un poco magullada. –Hizo una mueca de dolor al moverse–. ¿Y vos? ¿Estáis herida?

–No te preocupes por mí –expresé, ayudándola a ponerse en pie–. Ven, deberías tumbarte.

Hice que Marta se tumbara en el salón y llamé a Bettina para que la ayudara. Parecía que estaba bien, más allá del dolor y algunos moratones; no se había golpeado la cabeza y eso era lo importante. Cuando se acomodó, llamé a Lauretta y le pedí que me ayudara a recoger el tocador.

Al terminar, le dije que se retirara y me dejé caer en la silla. Necesitaba estar a solas para pensar.

Recordé las palabras que había utilizado Malatesta cuando irrumpió en la habitación con la carta. «Zorra traidora… Te atreviste a intentar traicionarme, a destruirme…».

En ningún momento había desmentido lo que escribí en la carta. En ningún momento dijo que fuera falso ni lo negó. Puede que me hubiera involucrado en su complot, pero tampoco podía correr el riesgo de entregarme a los Diez. No podía garantizar que no creyeran lo que yo les contara, al igual que yo no podía confiar en que no se pusieran del lado de Malatesta.

Pero antes de que pudiera seguir pensando en ello, Bettina apareció por la puerta.

—¿Qué ocurre? —le pregunté—. ¿Marta está bien?

—Lo estará —dijo Bettina—. Hay algo de lo que me gustaría hablaros.

Suspiré, pues no estaba segura de si tenía energía para soportar esa conversación.

—¿De qué se trata? —pregunté cansada.

—Conozco a su criada —dijo en tono familiar—. Bueno, a una de ellas… La conozco bastante bien.

Sacudí la cabeza.

—¿La criada de quién?

Hizo un gesto con la cabeza hacia la puerta.

—La del hombre que ha irrumpido aquí y que se acaba de ir. Ambrogio Malatesta, ¿verdad?

Me senté más erguida.

—Sí —respondí—. Eso es.

Asintió con la cabeza.

—Sí. Se llama Tomasina. La criada que trabaja para él.

—¿Por qué me cuentas esto?

Bettina se encogió de hombros.

—Lo odia —prosiguió—. A su señor. Dice que es arisco y desagradable y que la pega si lo disgusta. Por lo visto, lo odian todos sus empleados.

—Qué interesante —dije, pues lo era—. No me sorprende demasiado. Pero, disculpa que insista, Bettina, ¿por qué me cuentas esto?

Tenía bastante claro por qué —de hecho, estaba bastante segura de ello—, pero quería que me lo dijera. Quería asegurarme de que nos entendíamos.

Bettina me miró fijamente.

—Os lo digo —explicó—, porque si queréis información que podría perjudicar a ese hombre Tomasina os la conseguirá.

—¿De verdad? —suspiré, incapaz de creer lo afortunada que era—. ¿Y cómo lo sabes?

Bettina volvió a encogerse de hombros.

–Lleva mucho tiempo esperando una oportunidad como esta. Confiad en mí.

Empecé a pensar en todas las posibilidades. ¿Qué necesitaba? O, más bien, ¿qué podría utilizar?

–¿Puede leer? –pregunté.

–Y escribir –dijo Bettina.

¿Malatesta había sido tan insensato como para dejar información sobre sus conspiraciones por escrito? Sin duda tendría que enviarle cartas a alguien; aunque estuvieran escritas en clave, serían un buen punto de partida. Pero ¿me quedaba tiempo? No importaba. Aceptaría lo que me ofrecieran. No tenía elección.

Pero… pero Tomasina sí tenía elección y quería que la tomara por ella misma.

–Si puede conseguirme alguna carta –comencé–, me vendría bien algo relacionado con los asuntos del Consejo de los Diez, sobre la conspiración turca, sobre ampliar la duración del mandato de los Diez.

Bettina me miró un tanto sorprendida al escuchar la última petición, pero asintió.

–Bettina –añadí–, pero solo si quiere y si no corre ningún riesgo. No quiero que se ponga en peligro.

Bettina le restó importancia con un gesto de la mano.

–Lo hará –dijo–. Lleva mucho tiempo esperando este momento. Si encuentra algo relevante, os lo traerá.

–¿Cómo puedes estar tan segura? –consulté, ya que no quería hacerme ilusiones.

Bettina esbozó una leve sonrisa.

–Tomasina es mi hija.

Interludio

En algún lugar del Véneto, julio de 1527

Me tropecé y me caí de culo en la tierra. En un abrir y cerrar de ojos, la daga de Fernando Cortés estaba en mi cuello.

—Y ahora estás muerta —dijo con su voz ronca—. Otra vez. —Envainó la daga con un movimiento fluido y me tendió la mano—. Levántate.

Fruncí el ceño antes de darle la mano a regañadientes y que me ayudara a ponerme en pie. Me limpié la parte de atrás de los pantalones, como si no estuvieran sucios tras tantas semanas de viaje. Estábamos llegando a Venecia; el río junto al que entrenábamos desembocaba en la laguna en la que se asentaba la ciudad flotante, o eso me había contado Cortés. Nos aproximábamos a la ciudad que siempre había querido visitar y al futuro que nunca quise. Pero ya me ocuparía de la sombra acechante del convento en otro momento.

—No sé cómo esperáis que os gane —me quejé—. Sois un soldado. Lleváis toda la vida haciendo esto. Da igual lo mucho que lo intente, siempre conseguís detenerme…

—Eso son excusas —me interrumpió Cortés—. Eres bastante rápida; puedes impedir un ataque y has aprendido muy bien a manejar la daga. Pero no debes olvidarte de que eres una mujer.

Le lancé una mirada de odio.

–Aunque me olvidara de ello, lo recordaría todos los meses, cada vez que empezara a sangrar –espeté–. Si ser del sexo débil me vuelve inútil a tus ojos, entonces no sé por qué os habéis molestado en intentar enseñarme.

–Eres una mujer –prosiguió, haciendo caso omiso de mis palabras–, por lo que cualquier hombre al que te enfrentes será más grande que tú y puede que más fuerte también. No puedes seguir tratando de iniciar una pelea, porque perderás.

Volví a fruncir el ceño; si seguía así, se me paralizaría la cara con una de esas expresiones desagradables, como siempre me había advertido mi madre. Pensar en ella resultaba demasiado doloroso, así que lo dejé estar.

–¿A qué os referís?

–Te lo digo siempre, niña. Es probable que no ganes ninguna competición de fuerza. Tienes que utilizar la fuerza de tu agresor en su contra. –Me señaló con la daga–. Como ahora. Detuviste mi golpe y luego intentaste empujarme. Ahí fue cuando te tiré al suelo. Pero –prosiguió– si utilizaras mi fuerza en mi contra, si la desviaras y la cambiaras de dirección… –Dejó la frase a medias y arqueó las cejas–. ¿Lo entiendes?

Fruncí el ceño mientras pensaba en lo que había dicho y repasaba nuestro último entrenamiento en mi mente. Asentí despacio.

–Creo que sí.

–Bien. Lo intentaremos de nuevo.

Se colocó a unos metros de mí, en la hierba cubierta de barro, en posición de combate. Yo hice lo mismo mientras le observaba con atención.

Volvió a correr hacia mí, esta vez para golpearme por encima de la cabeza. Lo bloqueé y, cuando sentí su peso sobre mí para intentar tirarme, me agaché y me aparté hacia un lado, lo cual hizo que se cayera de rodillas. Me acerqué por detrás y le situé el filo de la daga en el cuello.

–Y ahora el que estáis muerto sois vos –dije en voz baja, con un toque de orgullo en la voz.

Retiré la daga, Cortés se puso en pie y se volvió hacia mí. Al hacerlo, noté cierto respeto en su mirada y una oleada de calor me recorrió el pecho. Por algún motivo, quería impresionar a ese viejo soldado gruñón y rudo. Era importante para mí.

Sin embargo, cuando habló, tenía el mismo tono serio de siempre.

–Bien. Eso es a lo que me refería. Hazlo otra vez.

Capítulo 25

—Vamos —le insté a Luca en voz baja cuando Amalia se subió a la góndola y las cortinas del *felze* nos rodearon—. Y mantente en los canales secundarios.

—Sí, *madonna* —respondió Luca y apartó la góndola del muelle para alejarnos del Gran Canal.

No íbamos de paseo, como a veces solíamos hacer. Era pasada la medianoche, y Amalia se había mostrado un tanto disgustada y confundida por mi insistencia en que nos reuniéramos.

—El embajador español está durmiendo en mi lecho —me informó mientras Luca nos conducía por el laberinto de canales secundarios de San Marcos y hasta Cannaregio—. Me gustaría volver antes de que se despierte.

—Lo siento, *amica mia* —dije—. No habría insistido en que me acompañaras si no fuera importante.

—Y yo no habría venido si no supiera que debe tratarse de algo importante —añadió Amalia—. Y —señaló el *felze* cerrado y la oscuridad de la noche al otro lado— bastante delicado, teniendo en cuenta la hora que es.

—Lo es —respondí, aunque mi cerebro se acababa de dar cuenta de lo que había dicho unos segundos antes—. No sabía que el embajador español era uno de tus amantes.

—Así es. Desde hace unos meses.

—Deberías tener cuidado —la advertí—. Si se descubre que le pasa información a su rey que el dux y el Senado no quieren que llegue a manos de España, podrías verte implicada.

Amalia hizo un gesto de impaciencia con la mano.

–¿Crees que no lo sé? –dijo–. No te preocupes. La única información que se transmite es de él a mí y de mí a… –se interrumpió de repente–. No importa a quién.

Me recosté, desconcertada. ¿Amalia era una espía? ¿Estaba compartiendo secretos españoles con… alguien? Pero no tendría que haber estado tan sorprendida, pues ya me lo imaginaba. Amalia era astuta, inteligente y tan buena actriz como cualquier cortesana. Era la informadora perfecta.

Me preguntaba a quién debía informar. Pero moví la cabeza ligeramente para despejarla. No importaba. No había tiempo para eso en ese momento.

–¿De qué trata todo esto? –preguntó Amalia.

–Debo contarte algo –dije y bajé la voz para que Luca no pudiera oírnos.

Los gondoleros estaban obligados a no desvelar nunca lo que oyeran en las góndolas o por el contrario, en caso de verse mancillado el honor y la discreción de su puesto, serían los propios compañeros gondoleros quienes rajarían el cuello del hombre y lo arrojarían al canal. Pero, por el bien de Luca, era mejor que no supiera nada de lo que estaba a punto de contarle a Amalia. Ojalá no hubiera tenido que contarle nada tampoco a ella, pero necesitaba su ayuda.

–Hace… –Cerré los ojos y empecé de nuevo–. Hace poco me visitó uno de los miembros del Consejo de los Diez.

–¿Quién? –preguntó con brusquedad.

–Shhh –la hice callar–. Da igual quién. Lo único que debes saber es que se trata de alguien con quien he trabajado en el pasado y en cuyo nombre he… recopilado y transmitido información.

No era del todo mentira. Durante años, le había pasado

información a Malatesta y a otros miembros, además de llevar a cabo mis otras… obligaciones.

Pero, incluso ahora, no era capaz de contarle a Amalia la verdad. Sobre todo por su propio bien, pero también para no tener que enfrentarme a las críticas y el horror con los que estaba segura de que reaccionaría ante esa información. No podía soportar que me considerara un monstruo al igual que Malatesta. El monstruo que tal vez sí era.

Amalia permaneció en silencio mientras pensaba en lo que había dicho y me pregunté si descubriría la verdad: que Ambrogio Malatesta era el miembro de los Diez al que me refería. No le costaría demasiado llegar a esa conclusión, no después de que le preguntara hacía tan poco tiempo acerca de él. Pero no podía preocuparme por eso. Amalia era libre de hacer las suposiciones que quisiera y, siempre que yo no confirmara nada, ella estaría a salvo. O eso esperaba.

–Aunque esta vez –proseguí– no me ha pedido información. Me… me ha pedido que haga algo por él. Por los Diez.

Dios Santo, era mucho más difícil decirlo en voz alta de lo que pensaba.

–¿Qué te ha pedido que hagas? –susurró Amalia.

–Me… me ha pedido… –Tragué saliva, tenía la boca seca–. Me ha pedido que mate a Bastiano Bragadin.

Un silencio estremecedor se apoderó de la góndola. Lo único que se oía era el chapoteo del agua contra el barco y los edificios que se apiñaban a nuestro alrededor.

–Es una broma de muy mal gusto y en un momento nada oportuno –dijo Amalia con frialdad.

Podría haberme reído de sus palabras, que se parecían mucho a las que yo misma había pronunciado la primera vez que Malatesta me contó qué era lo que se esperaba de mí.

—Ojalá fuera una broma, Amalia. Dios mío, cómo desearía que lo fuera.

Más silencio.

—Yo también desearía que lo fuera —dijo Amalia en voz alta—, pero sé que no me has arrastrado hasta los canales en una noche de noviembre para gastarme una broma de mal gusto.

—No lo he hecho.

Amalia respiró hondo.

—Esto es real. Lo que me estás contando es cierto.

Las lágrimas brotaban de mis ojos; por algún motivo, al oír a Amalia decirlo, se volvió más real que nunca. Y ahora no podía escapar de ello. Me enjugué las lágrimas con decisión. Nunca había resuelto ningún problema llorando y no lo haría ahora.

—Sí. Lo es.

—¿Por qué te encomendaría un miembro de los Diez tal misión a ti? —preguntó Amalia con la seriedad de siempre, incluso ante semejante conmoción.

Era una de las cosas que me encantaban de ella, incluso ahora, cuando se acercaba a mi secreto más oscuro.

—Es cierto que estás muy unida a él, pero los Diez deben contar con asesinos profesionales para llevar a cabo tales acciones.

Permanecí en silencio demasiado tiempo tras sus palabras, un silencio que lo decía todo. Amalia se apresuró a decir:

—No importa. No quiero saberlo…, da igual. Pero, de todos modos…, ¿a qué viene esa crueldad de encargártelo a ti?

—La crueldad es lo que caracteriza a este hombre en concreto —respondí con rabia—. Y quiere… Bueno, hay otros motivos por los que lo hace que no importan. Pero Bastiano… Bastiano ha huido, da igual por qué. Soy la única persona que sabe dónde está.

–No lo sabía. Pero, ahora que lo dices, es cierto que hace tiempo que no lo veo –dijo–. Todo el mundo sabe que Bastiano y tú sois amantes. ¿En qué momento un miembro de los Diez creería que aceptarías hacer tal cosa?

–Ellos nunca esperaron que aceptara hacerlo, o más bien él –comenté con un tono sombrío–. Quieren obligarme. No me han dado elección. Por eso estoy tratando de encontrar la manera de librarme de ello.

–Virgen Santísima –exclamó Amalia–. ¿Cómo han conseguido obligarte a matar al hombre al que amas?

Me quedé callada.

–¿Valentina?

–¿Cómo si no? –pregunté con tristeza–. Al amenazar a la única vida por la que sacrificaría la de Bastiano.

No logré decir la última parte en voz alta. Ni siquiera a Amalia. Aun así, lo entendió. Una expresión de estupor y pavor se apoderó de su rostro.

–No –susurró–. No. ¿A… a Ginevra?

Asentí una vez. Se hundió en el asiento.

–No serían capaces –añadió–. Ni siquiera los Diez. No cuando se trata de una niña inocente. No podrían.

–No están de broma –dije–. Al menos no el hombre que me ha asignado la misión.

–Pero eso es ir demasiado lejos…

Mi risa sonó histérica.

–No conoces a este hombre, Amalia. Necesita que Bastiano Bragadin muera con urgencia y necesita, o más bien quiere, que sea yo la que lo mate. No tengo ninguna duda de que la amenaza respecto a Ginevra es cierta.

Amalia permaneció en silencio mientras pensaba en todo lo que le había contado.

–¿Qué plazo te ha dado? –preguntó en voz baja–. ¿Cuándo tendrías…, cuándo debería completarse esta tarea?

–A finales de mes.

Amalia maldijo entre dientes.

–En menos de dos semanas.

–Lo sé.

–¿Y qué piensas hacer?

–¡No lo sé! –Las palabras brotaron de mi interior en un grito de desesperación–. ¡Es una decisión imposible! Haría cualquier cosa por proteger a mi hija. Cualquier cosa. Pero esto… No puedo… no puedo matar a Bastiano. No-no podría…

Dejé la frase a medias. Respiré hondo y a duras penas logré impedir que rompiera a llorar.

Volvió a reinar el silencio, de modo que lo único que se oía era a Luca sumergir el remo en el agua mientras avanzaba con la góndola.

–¿Y qué dice Bastiano? –preguntó Amalia, rompiendo el silencio.

–No se lo he contado.

–¿Cómo? –dijo Amalia con voz entrecortada–. ¿Nada? ¿Ni siquiera cuando su vida y la de su hija están en juego?

–No puedo arriesgarme a ponerme en contacto con él –respondí–. No cuando podría llevar a alguien hasta él. Y si lo supiera…

Me detuve y me mordí el labio. No podía explicar mi miedo, ni siquiera a Amalia. Una pequeña parte de mí temía que, si Bastiano descubría la tarea mortal que me habían encomendado, se quitaría la vida para salvar a Ginevra y para que yo no tuviera que decidir. Y eso tampoco podría soportarlo.

–¿Qué puedo hacer por ti? –consultó Amalia con un tono amable pero a la vez tan firme como el acero–. Imagino que si me has contado todo esto es porque crees que puedo ayudarte. Haré todo lo que esté en mi mano.

Suspiré.

—No... No lo sé —dije—. Estoy desesperada, Amalia. De verdad.

—No me extraña —murmuró.

—Así que siento haberte molestado con todo esto —añadí—. Dios mío, no te tendría que haber contado nada.

—No —respondió de inmediato—. No digas eso. Estoy aquí para ayudarte. Ya lo sabes. ¿Qué necesitas que haga?

Volví a suspirar.

—No lo sé —repetí—. No sé si hay algo que puedas hacer, pero te-tenía que contárselo a alguien, a alguien en quien confiara. Le he dado tantas vueltas a este asunto que siento que estoy perdiendo el juicio y no logro encontrar una solución. Esperaba que tal vez tú pudieras ver algo que yo no haya visto. Que no consigo ver.

—Mmm. —Amalia se dio unos golpecitos en sus labios carnosos con el dedo mientras pensaba.

—Y no habrá... Señor, ¿no habrá alguien que ambas conozcamos que podría ayudar? ¿Alguien que pueda hacer algo?

—Tal vez Francesco podría ayudar —sugirió—. ¿La influencia de la Iglesia serviría de algo? Ahora que es el vicario general, Francesco es mucho más influyente que antes.

—No sé si el Consejo de los Diez hace demasiado caso a la Iglesia —dije—. Si creyera que Francesco o alguno de sus contactos en Roma fuesen útiles, ya lo habría intentado, créeme. Pero, si se descubre que le he pedido ayuda a Roma, lo más probable es que me tilden de traidora.

—¿Y qué pasa con el hombre que te ha ordenado que mates a Bastiano? —preguntó Amalia—. ¿Sabes algo sobre él que podrías utilizar en su contra?

Me reí con desprecio.

—Ya lo he intentado. Creo… Estoy segura de que él es el traidor. De que está trabajando para alcanzar sus propios fines y que el resto de los miembros de los Diez no sabe nada. Pero mi plan no… no ha funcionado. De hecho, todo ha salido bastante mal.

—Pero ¿sabes algo que él no quiere que sepas? —consultó Amalia, inclinándose hacia delante.

—Sí —dije—. Estoy bastante segura de ello. Pero…

—¡Pues utilízalo! Amenázalo con contarle a otros lo que sabes y…

—¡No tengo pruebas! —grité—. Tan solo confirmó lo que sospechaba y no puedo demostrarlo. No hay nada por escrito, ni nadie que le haya oído decirlo. Ya sabes cómo funciona el mundo, Amalia. Soy una mujer y una cortesana. Nadie me creerá. No, si no tengo pruebas.

—¿Quién es, Valentina? Si lo supiera, tal vez podría averiguar algo sobre él. Podría ayudarte mejor.

—No te lo puedo decir, Amalia. Correrías demasiado peligro.

—Valentina. —Bajó la voz—. Co-conozco a un hombre que está en el Consejo de los Diez. Tengo… una relación muy cercana con él. Si me dices lo que necesitas saber, tal vez podría averiguarlo por ti.

—No —dije enseguida—. No puedo permitir que le preguntes a ese hombre nada, Amalia. Es demasiado peligroso. No puedo… Dios mío, no podría seguir adelante si supiese que estás arriesgando tu vida por mí.

Alzó las manos.

—Entonces, ¿qué puedo hacer?

Sacudí la cabeza.

—Llévanos a casa, Luca —solicité en voz alta. A Amalia le dije—: Lo siento, *amica mia*. Como ya te he dicho, no tendría que haberte contado nada. Solo… si se te ocurre algo más, algo que podría ayudarme, cuéntamelo, por favor. Ya… –Agaché la cabeza y reprimí las lágrimas–. Ya no sé qué más hacer.

Amalia me abrazó, acercándome a ella, y me hundí en sus brazos.

–Ay, Valentina –dijo–. Lo siento mucho. Lamento que te encuentres en esta situación.

Me aparté y esbocé una leve sonrisa.

–Supongo que me lo he buscado –comenté–. He jugado con fuego y con hombres peligrosos durante demasiado tiempo.

La expresión de Amalia se endureció.

–No creo que eso sea cierto –expresó–. Creo que estos hombres influyentes y peligrosos piensan que pueden hacer lo que les plazca y que pueden utilizarnos a los demás para cumplir sus órdenes. Supongo que lo que hacemos o dejamos de hacer no importa demasiado.

–Sin duda tienes razón, pero ¿qué podemos hacer los demás para detenerlos?

Suspiró.

–Esa es la cuestión, ¿verdad? Pensaré en ello, Valentina. Haré todo lo posible por ayudarte. Tiene que haber una solución. –Me apretó la mano–. Y si al contármelo te has desahogado un poco, entonces me alegro.

Le apreté la mano de vuelta.

–Gracias, Amalia. Gracias.

–No te preocupes. Ya sabes que haría cualquier cosa por ti. –Cerró los ojos durante un instante–. Dios bendito, qué crueles son los hombres –murmuró–. ¿Acaso esa crueldad no tiene límites?

–Por lo que he podido comprobar –dije–, creo que no.

Lo que no le podía contar a Amalia, ni siquiera en ese momento, mientras la góndola cursaba por los oscuros canales de vuelta a nuestras residencias, era que no podía desprenderme de la creencia de que todo eso no era más que un castigo por mis propios pecados. Por todo el mal que había hecho.

Capítulo 26

Aunque desahogarme con Amalia había hecho que me sintiera un poco mejor y menos sola en mi infierno particular, en cierto modo estaba incluso un poco más angustiada tras hablar con ella. Tal vez una parte de mí pensaba que ella sabría algo, que tendría alguna idea que permitiría que me librara de esa situación tan horrible. Pero ¿qué podía hacer ella? Estaba segura de que pensaría en algo, que trataría de encontrar una forma para sacarme de este lío.

¿Acaso existía alguna?

Nos quedábamos sin tiempo. Tenía menos de dos semanas y, si Tomasina no lograba encontrar información detallada de la conspiración de Malatesta escrita de su puño y letra, no estaba segura de que nos quedara alguna oportunidad.

Faltaban menos de dos semanas para encontrar una solución imposible o cometer un acto imposible.

La noche después de hablar con Amalia, Francesco vino a visitarme. Pedí que nos prepararan la cena, como siempre, pero fingir que no pasaba nada me resultaba difícil incluso a mí. Traté de seguir el hilo de la conversación sobre la política eclesiástica y los rumores, pero no conseguía concentrarme, no lograba recordar los nombres de las personas de las que me hablaba, no era capaz de soltar una réplica ingeniosa. Sabía que Francesco se había dado cuenta de que algo había cambiado, de que no era yo misma, pero lo había dejado pasar. Al menos, hasta después de cenar.

Pasamos a la alcoba, cerré la puerta tras de mí y me volví hacia él para ver cómo quería proceder. Francesco solía tener muy claro lo que quería.

Sin embargo, se había parado junto al lecho y me observaba.

—¿Qué ocurre, Valentina? —preguntó.

—¿Qué ocurre? —dije animadamente—. Nada.

—Deberías respetar mi inteligencia un poco más —añadió Francesco y arqueó una ceja—. No eres tú misma esta noche. Al fin y al cabo, te conozco bastante bien.

Reí con sarcasmo, harta de fingir.

—Me conoces en el sentido bíblico —respondí—, pero soy mucho más que eso.

Me observó con atención.

—Claro que lo eres. Nunca lo he dudado.

—Pero para eso has venido. —Señalé hacia el lecho—. No perdamos más el tiempo.

—Valentina. —Esta vez atravesó la habitación para llegar hasta mí y me cogió la cara con ambas manos—. No solo vengo por tu cuerpo. —Esbozó una media sonrisa—. Aunque me encanta y disfruto con él, también disfruto de tu compañía. Me gusta hablar contigo. Me gusta escuchar tus opiniones sobre política y sobre lo que sucede en la República y en el mundo. Lo sabes, ¿verdad?

Suspiré.

—Sí, claro que lo sé.

¿En qué momento inicié esa conversación?

—Por lo que considero que te conozco bastante bien tras tantos años. —Me analizó el rostro—. Y creo que has permitido que te conozca. ¿Me equivoco?

—No —reconocí—. Más… más que la mayoría.

Apartó las manos.

—Entonces creo que no me equivoco —añadió con un tono

más dulce de lo que jamás le había oído– al decir que sé que hay algo que te preocupa.

No sabía si eran sus palabras o la manera tan tierna en la que las estaba pronunciando, pero me derrumbé. Me alejé de él y me tapé el rostro con las manos.

–Ay, Francesco –dije con la voz entrecortada mientras hacía un gran esfuerzo por no romper a llorar–. Si tan solo supieras. ¡Si tan solo supieras!

Me rodeó los hombros con un brazo y me atrajo hacia el lecho, donde hizo que me sentara en el borde del colchón antes de acomodarse a mi lado.

–¿Qué ocurre, Valentina? –preguntó con delicadeza.

Negué con la cabeza.

–No te lo puedo contar.

–Sabes que soy un sacerdote –expresó–. Y no estamos en un confesonario, pero… –Se encogió de hombros–. Creo que todo lo que me digas ahora puede considerarse una confesión.

Lo miré. Miré ese bello y conocido rostro como si fuera la primera vez que lo veía. Y me di cuenta de que, en cierto modo, tenía razón. Por primera vez en mucho tiempo, necesitaba un sacerdote. ¿Quién se lo hubiera imaginado?

Volví a apartar la mirada.

–Francesco, yo… –Cerré los ojos y cogí aire con dificultad, tratando de encontrar las palabras adecuadas–. Nunca me he considerado una mala persona.

–Yo tampoco creo que lo seas, si te sirve de algo.

–Pero no sabes todo lo que he hecho.

–¿Qué has hecho, Valentina?

–¿Qué no he hecho? –grité–. Y, a pesar de ello, ninguna de esas cosas me atormenta tanto como lo que… como lo que puede que haga. Lo que puede que tenga que hacer. Lo que estoy pensando en hacer. –Lo miré suplicante–. ¿Acaso pensar en cometer un acto atroz también es pecado?

–La Iglesia diría que sí –respondió Francesco con cierta reticencia–. Pero creo que lo que más le importa a Dios es la intención. ¿Tienes intención de hacer el mal, Valentina?

–¡No! –exclamé–. No. Tan solo me planteo este acto malvado, este acto impensable, para evitar que se cometa uno peor.

Esperé unos segundos, pues estaba segura de que Francesco empezaría a hacerme preguntas, de que me pediría que le aclarara a qué me refería. Pero, sorprendentemente, no me preguntó nada. Permaneció en silencio durante un rato.

Cuando por fin rompió el silencio, su tono era cariñoso y comprensivo.

–A veces debemos elegir el menor de dos males –dijo–. A veces, la naturaleza humana nos obliga a enfrentarnos a este tipo situaciones, ya sea a través de nuestras propias acciones o de las de los demás. Dios lo ve y lo entiende. Al menos eso es lo que siempre he creído.

Lo medité.

Francesco se inclinó hacia delante y me besó la frente.

–Arrodíllate –susurró.

Hice lo que me pidió y me puse de rodillas en el suelo ante él, aunque no por el motivo de siempre. La Valentina de hacía unas semanas habría soltado alguna ocurrencia. Pero no sabía dónde estaba esa mujer. Se había ido, tal vez la habían roto por completo.

Sin embargo, ante ese pensamiento, sentí que esa mujer resurgía en mi interior. «¡No!». No iba a permitir que Ambrogio Malatesta fuera el que acabara conmigo, no después de todo lo que había pasado. Me recompondría de alguna forma aunque las piezas nunca volvieran a encajar a la perfección. Encajaría todas las que pudiera, incluso si la Valentina que formaran fuera distinta, de nuevo, a la anterior.

Ya me había roto y recompuesto otras veces. Podía hacerlo de nuevo.

Francesco situó sus manos en mi cabeza.

–*Ego te absolvo a peccatis tuis in nomine Patris, et Filii, et Spiritus Sancti.* Amén.

Dejé que las palabras que ya conocía y que hacía mucho tiempo que no oía me envolvieran: «Yo te absuelvo de tus pecados en el nombre del Padre, del Hijo y del Espíritu Santo». Me di cuenta de que la antigua bendición no especificaba los pecados ni cuándo se cometieron. Sabía que la Iglesia no lo vería de la misma manera, pero, aun así, me reconfortó en ese momento.

–Amén –susurré y me santigüé.

–Ponte en pie –murmuró Francesco.

Así hice y él también.

–No hay ningún pecado del que Dios no te pueda absolver, Valentina.

Sonreí, un rastro de mi sonrisa alegre y descarada de siempre.

–Lo sé. Pero, Francesco… –Mi sonrisa se desvaneció al buscar su mirada–. ¿Qué ocurre si no logro perdonarme?

–Si Dios en su sabiduría cree que mereces el perdón, entonces así debe ser–dijo–. A veces nos cuesta acordarnos de ello, pero es cierto. Y no solo Dios cree que mereces el perdón, Valentina, yo también.

Volvió a besarme, esta vez en los labios, y se marchó.

Capítulo 27

Al día siguiente, me vestí y Marta me hizo un sencillo recogido trenzado. Después, visité a Amalia en su *palazzo*. Esa mañana, lo único que tenía claro era que necesitaba ver y hablar con mi amiga. Sobre qué, lo cierto es que no lo sabía; solo quería estar con ella y que me tranquilizara.

Una parte de mí también pensaba en pedirle que me absolviera. Francesco Valier, el nuevo vicario general, me había asegurado el perdón de Dios, independientemente del pecado. A pesar de ello, sentía que también necesitaba recibir el perdón de alguien a quien quería. Puede que fuera algo absurdo por mi parte, pero, por algún motivo, quería asegurarme de que, si llevaba eso a cabo, si cometía ese horrible e impensable acto por el mero hecho de salvarle la vida a mi hija, Amalia todavía podría mirarme a los ojos.

Y si no podía hacerlo –no la culparía si fuera el caso–, ¿me importaría o tan solo complicaría la misión que puede que tuviera que llevar a cabo? Intenté no pensar en ello.

«O tal vez –razoné, mientras buscaba con desesperación una idea brillante en la oscuridad de mi mente– Amalia habrá pensado en algo o en alguien que podría ayudarme. Tal vez».

Una de las criadas de Amalia me abrió la puerta.

—*Madonna* Riccardi –dijo sorprendida de que me presentara sin avisar–. No creo que la señora os pueda atender ahora mismo. Está…

Aparté a la joven y entré en el vestíbulo.

–Necesito verla –declaré–. Es bastante urgente.

–Está con un caballero.

Sus palabras hicieron que me parara en seco. Ya era bien entrada la mañana para que su cliente se hubiera marchado; había planeado mi visita conforme a ello. ¿Había un hombre al que también atendía durante el día? Eso sería poco habitual, pero no inaudito.

Aunque no importaba. No me iría hasta que pudiera hablar con ella. No me quedaba mucho tiempo. A Bastiano no le quedaba mucho tiempo.

–En ese caso, la esperaré –dije y subí las escaleras hasta el *piano nobile*, donde Amalia atendía a sus visitas; había organizado su *palazzo* de una manera muy parecida al mío.

–Por favor, *madonna* Riccardi, no sé si… –me gritó la criada mientras me perseguía por las escaleras.

–Dile a tu señora que estoy aquí, por favor –le dije por encima del hombro.

Sin embargo, cuando llegué arriba, me detuve en seco ante lo que me encontré.

Amalia salió del comedor con el cabello suelto y alborotado y envuelta en una bata de seda que cubría su figura exuberante. Estaba sonriendo, más feliz de lo que la había visto nunca, y miraba con ternura al hombre que había salido del comedor junto a ella.

Ambrogio Malatesta.

Durante un instante, no pude asimilar lo extraño de la situación, lo poco que encajaba Malatesta en el *palazzo* de mármol color crema, cortinas rosas y espejos con marcos dorados de Amalia. No podía ser verdad. No podía ser que ese hombre, que para mí representaba la encarnación del diablo, le estuviera sonriendo a mi mejor amiga. Tenía que tratarse de una especie de sueño extraño y disparatado.

Pero era él, en carne y hueso. Cuando mi mente y mi cuerpo por fin se coordinaron, fui consciente de cómo había reaccionado este último a su presencia. Tenía los puños cerrados a ambos lados y los dedos de mi mano derecha ansiaban coger la pequeña daga que tenía guardada en la bota, siempre a mano para cuando salía del *palazzo* sola.

A pesar de ello, durante ese instante de perplejidad, Malatesta alzó la mirada y me vio; debía de parecer una diosa vengadora de la antigüedad. Su porte cambió cuando se fijó en mí; de relajado y contento a tenso, serio y crispado.

Se irguió un poco al mirarme a los ojos.

—Valentina Riccardi —dijo con frialdad—. Qué sorpresa encontrarte aquí. Sobre todo cuando me has reprochado tantas veces que me presentara en tu hogar sin previo aviso.

No respondí, tan solo miré a Amalia y le pregunté con la mirada qué hacía ese hombre en su *palazzo*. Ante su expresión de sorpresa, resignación y ligero enfado, por fin me di cuenta de lo que hasta ahora no había comprendido, como una auténtica idiota.

Ambrogio Malatesta era el amante secreto de Amalia. El hombre con el que tenía una relación de verdad, el hombre al que amaba. Me había preguntado con frecuencia quién sería, había tratado de convencerla de que me lo contara en un par de ocasiones, pero ella insistía en que él no quería que nadie lo supiera. Siempre había supuesto que algún día me lo contaría. Pero esto no me lo esperaba.

Me maldije por dentro. Por el Dios de las Sombras, ¿acaso podían ir peor las cosas? ¿Era posible que esta pesadilla empeorara?

En ese instante, también con retraso, me invadió el miedo. ¿Qué le había contado Amalia a su amante? ¿Le había hablado de nuestra conversación en la góndola de hacía unas noches? ¿Era posible que le hubiera comentado que le había preguntado sobre él?

Pensaba que todo lo que le decía a Amalia se lo decía en confianza, al igual que ella a mí. Pero ¿cuántas veces le había repetido algo a Bastiano que ella me había mencionado de pasada, algún rumor al que no le había dado importancia? Ante todo, Bastiano era mi amante. Confiaba en él al cien por cien.

Al igual que Amalia probablemente confiaba en Malatesta.

Nunca me traicionaría adrede, pero podría haberlo hecho sin querer. Pues, al fin y al cabo, no le había dado el nombre del miembro del Consejo de los Diez que me había ordenado que matara a Bastiano.

De repente, recordé el momento hacía tan solo unos días en el que Malatesta había irrumpido en mi hogar, cuando me había arrojado la carta a la cara y me había vuelto a amenazar. Me acordé de cómo se había acercado a mí cuando me senté en la silla junto a la coqueta, de la excitación en sus ojos, de su respiración. Durante todo ese tiempo había sido el amante de mi querida amiga, el hombre al que ella amaba, mientras que él —supuse— también afirmaba amarla a ella. Una ola de repugnancia me recorrió el cuerpo y estuve a punto de vomitar. No pensaba que pudiera odiar a ese hombre más de lo que ya lo odiaba, pero ese recuerdo hizo que pareciera posible.

—Valentina puede venir cuando quiera, Gio —expresó Amalia, mirándolo con curiosidad. —Se giró hacia mí y noté su expresión un tanto fría—. Aunque prefiero que me lo comuniques antes para asegurarme de que te recibo como es debido.

Era evidente el reproche que se ocultaba tras sus palabras, pero no podía preocuparme por ello en ese momento.

—Lo… Lo siento, Amalia —dije—. Lamento haberte molestado. Será mejor que me vaya.

Me di media vuelta y comencé a bajar las escaleras.

—Espera, Valentina —gritó Amalia y al girarme vi que Malatesta y ella se habían acercado—. Ambrogio ya se iba. Ya que estás aquí, quédate, por favor.

Mi mirada se cruzó con la mirada fría y severa de Malatesta y el miedo se apoderó de mí. No le temía a él, sino a lo que significaba esa situación para mí, para Bastiano, para Ginevra y para Amalia. Para Amalia y para mí. Me daba miedo pensar en lo que Amalia le pudiera haber contado sobre mí y mis seres queridos, no solo desde que había empezado todo esto, sino durante todos esos años.

No. No podía quedarme. Nunca le tendría que haber contado nada a Amalia. Me maldije por ser tan necia, por necesitar una amiga, una confidente. ¿Cuándo aprendería? Todas las personas a las que había amado estaban muertas o me habían abandonado. Confiaba en muy pocas personas, e incluso esa pequeña cantidad había sido excesiva.

—No, gracias —le dije a Amalia sin apartar la mirada de Malatesta—. Me iré. Lamento la interrupción.

Me fijé en Amalia, que miraba a Malatesta con una expresión inquisitiva. Clavó sus ojos en mí, queriendo preguntarme algo, pero me di la vuelta antes de que se produjera una comunicación no verbal entre nosotras.

Bajé las escaleras hasta la entrada por el canal. Regresé a mi *palazzo* lo antes posible y subí a mis aposentos para pasear de un lado para otro, enfadarme y temer la llegada del día siguiente.

Sin pretenderlo, recordé aquella mañana en la que salí de las caballerizas de la villa de mi familia a las afueras de Roma y vi que mi mundo se había derrumbado, que habían asesinado a todas las personas a las que quería.

Esa había sido la última vez que me había sentido así de sola.

Interludio

Venecia, julio de 1527

Venecia, en pleno verano, olía a podrido, pues los canales tenían poca agua y la basura y los residuos que se arrojaban en ellos apestaban con el calor. Aunque no era peor que Roma en verano. Al menos en Venecia corría una brisa suave de la laguna, que portaba con ella el aroma a mar; un aroma que me resultaba embriagador.

Allí estaba, en una ciudad que no solo se encontraba junto al mar, sino que flotaba en él, como si estuviera suspendida por arte de magia. «¿Cómo es posible que no se la traguen las olas?», me pregunté. No lo sabía. Venecia era mucho más bonita de lo que me habían contado y, a pesar de toda la sangre, la oscuridad y las atrocidades que acababa de vivir, el lugar que se iba a convertir en mi nuevo hogar me había conquistado.

Sin embargo, tenía la sensación de que no iba a tener demasiadas ocasiones para verla y explorarla. Ni ahora ni nunca.

Fernando Cortés estaba a mi lado, delante de la puerta del convento, con la vista alzada hacia los altos muros de piedra.

—Aquí estarás a salvo —dijo, como ya había hecho varias veces en los últimos días.

Bufé.

—A salvo, sí —espeté—. Pero infeliz también.

—Ojalá hubiera otra opción —expresó—. Pero ¿a dónde vas a ir si no? No te queda familia ni tienes amigos que te puedan ayudar. ¿Qué otro sitio decente hay para una joven que está sola?

Bajé la mirada hacia los adoquines de la calle.

—¿Por qué no puedo quedarme con vos? —mascullé, avergonzada por pedirle algo más; algo tan importante.

Cortés suspiró.

—Ojalá pudieras —dijo y, bajo su rudeza habitual, noté la sinceridad en su voz—. Pero tendré que ofrecerme como guardaespaldas, espadachín a sueldo o algo parecido para conseguir dinero. Esa no es vida para una joven.

—¿Por qué no? —pregunté—. ¿Por qué habéis perdido el tiempo enseñándome a defenderme si luego me abandonáis en un convento?

Se encogió de hombros.

—Pensé que tal vez tendrías que ser capaz de seguir adelante tú sola si algo me pasaba por el camino. —Esbozó una sonrisa torcida—. Y tal vez aún tengas que defenderte de unas monjas aburridas y despiadadas.

Reí, aunque en realidad quería llorar.

Se volvió hacia mí y puso sus manos en mis hombros.

—Aquí estarás a salvo —volvió a decir—. Te mantendrán. Si hubiera alguna otra opción…

Me aparté de él.

—Lo sé. Lo sé.

Suspiró.

—Lo siento, pequeña. De verdad.

—Habéis hecho lo que habéis podido. Yo… —Me tragué el nudo que se me había formado en la garganta—. Nunca lo habría conseguido sin vos. Me… me salvasteis la vida.

—Es lo menos que puedo hacer —dijo con tosquedad—. Bueno, supongo que nuestros caminos se separan aquí.

Acto seguido, tocó la campana que había en la puerta del convento y, tras lanzarme una última mirada de arrepentimiento, se dio la vuelta y se alejó.

Las hermanas que me recibieron se escandalizaron con mi aspecto, con la ropa mugrienta que llevaba y con la forma tan descuidada en la que me había cortado el pelo. Aunque me dijeron que esto último no importaba, pues me raparían la cabeza por ser novicia. La madre superiora estaba ocupada ese día y podría reunirse conmigo a la mañana siguiente. ¿No tenía dote? Qué lástima, menuda lástima; sin dote, lo máximo a lo que podía aspirar era a ser una hermana lega.

No era tan ingenua como para no saber lo que significaba: sería poco más que una criada para las monjas que procedían de familias acaudaladas y tendría que limpiar para ellas y hacer las tareas serviles que me encomendaran.

Las hermanas me lavaron y me dieron un vestido sencillo y limpio, aunque demasiado grande para mí, y me ofrecieron pan fresco y queso. Me acompañaron hasta una pequeña celda en la que podía pasar la noche hasta que me asignaran un cuarto definitivo al día siguiente.

Hui mucho antes de que resonaran las campanas para los maitines.

Sabía que la intención de Fernando Cortés había sido buena al llevarme al convento. Asimismo, sabía que tenía razón al afirmar que no había ningún otro sitio decente para una joven de alta cuna como yo.

También sabía que no había sobrevivido al infierno, a los traumas y al sufrimiento por los que había pasado para encerrarme tras unos muros de piedra y condenarme a una muerte en vida.

Todas las personas a las que quería habían muerto. Pero yo seguía viva, y quería vivir. Elegí la vida. Elegí mi vida, fuera cual fuera.

Esa noche, deambulé por Venecia, tratando de recordar dónde estaba todo aunque sabía que estaría distinto por la mañana y que tenía el resto de mi vida para descubrir cada rincón de esa preciosa ciudad. Podía tomarme mi tiempo.

Pregunté a algunas de las personas con las que me encontré por el camino y enseguida me indicaron cómo llegar al tipo de establecimiento que buscaba, en San Marcos. Incluso al amanecer, el burdel estaba bien iluminado y se oían música y voces en su interior.

Llamé a la puerta y, cuando expliqué el motivo por el que acudía, me llevaron con la dueña del establecimiento. Le conté por qué había ido, que era de alta cuna y que había recibido una buena educación. La mujer –bella, de cabellos negros y de la edad de mi madre– me escuchaba con atención; sus ojos penetrantes absorbían cada detalle de mi apariencia mientras hablaba. Cuando terminé, solo me hizo una pregunta.

–¿Eres virgen?

Incluso entonces comprendí que esa pregunta tenía dos caras. La primera era práctica: si aún era virgen, podía venderle mi virginidad al cliente adecuado por un precio muy alto, un precio que nos beneficiaría en gran medida tanto a la dueña como a mí. Como descubriría más adelante, la virginidad se podía vender a ese precio tan elevado tanto si una joven seguía siendo virgen como si no, siempre que el hombre estuviera dispuesto a creerlo.

Sin embargo, había un toque de dulzura en la mirada de la mujer; una mirada que se había endurecido con el paso de los años y que quizá no había visto lo mismo que yo, pero sí lo suficiente como para imaginárselo. No dudó de lo que le decía ni de por qué me había llevado hasta su puerta.

En esa dulzura, casi ternura, se ocultaba la otra cara de su pregunta: ¿sabía en lo que me estaba metiendo?

–No –le dije–. No soy virgen.

Asintió y se levantó de la silla en la que estaba sentada detrás del escritorio.

–De acuerdo. Por suerte una de mis muchachas más solicitadas se acaba de ir, así que hay sitio para ti. Se ha casado. –La mujer sacudió la cabeza, como si no comprendiera por qué alguien aceptaría casarse por voluntad propia, y volvió a analizarme–. Pero tendremos que hacer algo con ese pelo. Y tendrás que cambiarte el nombre. Maria Angelina no servirá; ¡ni que fueras una monja!

Al fin y al cabo, una monja era lo último que quería ser. Así fue como nació Valentina Riccardi.

Capítulo 28

Cancelé la cita con mi cliente de esa noche, Alvise Gasparo. No podía soportar una noche de acompañarlo del brazo, de utilizar mis encantos con sus amigos y socios comerciales, de mantener conversaciones absurdas y dejar que me trataran como un ave exótica a la que le han enseñado a hablar. No podía soportarlo; no en ese momento, no cuando todo a mi alrededor y en mi interior se estaba derrumbando y no lograba salir de entre los escombros.

Ya había conseguido salir de entre las ruinas de una vida, me había recuperado y había empezado una nueva. ¿Cómo iba a hacer todo eso de nuevo?

Tras cancelar mi cita de esa noche, me di cuenta de que tampoco podía permanecer en el *palazzo*, no podía contemplar las mismas paredes que en otra época me habían transmitido seguridad, comodidad y protección. Ahora, parecía que el edificio se burlaba de mí, que se reía de mi creencia errónea al pensar que estaba a salvo y que podía dejar de huir.

De modo que le pedí a Luca que preparara la góndola y que me llevara a la otra punta de la ciudad, hasta la Basílica de Santa Maria Gloriosa dei Frari o, como solían llamarla los venecianos, los Frari.

Estaba anocheciendo y, mientras navegábamos por el Gran Canal, podía oír los gritos y las carcajadas que provenían de los otros barcos, la música y el tintineo de la cristalería que se colaba por las ventanas de los *palazzi* que lo bordeaban. El mundo en el que solía vivir y en un lugar en el cual, de hecho, debería haber estado esa noche. A pesar de ello, me resultaba extraño; un lugar al que no pertenecía, al que nunca había pertenecido y al que, quizá, nunca volvería a pertenecer.

Y lo cierto es que, si alguno de los nobles y de sus amigos intelectuales con los que me relacionaba en noches como esa supieran la verdad sobre mí, si supieran todas las cosas que había hecho sin inmutarme, me echarían horrorizados y espantados.

«Qué hipócritas», pensé mientras Luca conducía la góndola por un canal más estrecho que nos llevaría hasta la iglesia. Pues todo lo había hecho a instancias de hombres como ellos, para proteger aquello que apreciaban. Dinero. Poder. La seguridad del Estado de Venecia que les proporcionaba ambas cosas.

Nadie quería ensuciarse las manos y, a pesar de ello, los trabajos sucios debían llevarse a cabo para que toda Venecia –todo el mundo– pudiera mantenerse a flote.

Alguien debía proteger a Venecia de las atrocidades de la guerra. Y hacía tiempo que yo había decidido que haría todo lo que estuviera en mi mano para lograrlo.

Luca acercó la góndola y me ayudó a bajar.

–Gracias, Luca –dije–. Espérame aquí, por favor.

–Sí, *madonna*.

Me puse la caperuza de la capa que llevaba sobre un vestido sencillo y atravesé la *piazza* en la que se encontraba la iglesia; la cual, debido a su tamaño desorbitado, hacía que los edificios que había a su alrededor parecieran diminutos, muy pequeños. Por el rabillo del ojo, vi como una sombra doblaba la esquina de la iglesia y desaparecía. ¿Me estaba siguiendo alguno de los esbirros de Malatesta? ¿O era un efecto del miedo y la paranoia que sentía? Me apresuré a abrir la pesada puerta de madera de la basílica y dejé que se cerrara tras de mí. Afortunadamente, el santuario estaba a oscuras, en silencio y vacío.

Pisé con cuidado las baldosas blancas y rojas. Había columnas a lo largo de la nave principal y, sobre mí, las bóvedas y las vigas del techo se fundían con la oscuridad. Había varias velas encendidas en el interior, en las capillas que se encontraban a los lados y en los altos candelabros a lo largo del pasillo. La luz de los cirios servía para que los peregrinos de la noche se guiaran mejor allí dentro.

Por suerte, estaba sola.

Caminé por el pasillo central, pasé por delante del imponente cancel, que tenía un crucifijo en el centro y varias estatuas de santos a ambos lados. Al pasar por debajo –su altura y varias figuras se cernían sobre mí en el oscuro santuario–, no pude evitar sentir que tenía un aspecto más bien amenazador; algo que inspiraba miedo en vez de esperanza. O tal vez todo lo religioso debía despertar cierto miedo en una pecadora como yo.

Pasé por delante de las sillas del coro y me dirigí hacia el altar, donde había algunos bancos. Sobre el altar, apenas iluminado con cirios y velas más pequeñas, se encontraba el magnífico retablo de Tiziano Vecellio que representaba la asunción de la Virgen. Había ido a verlo una vez, una tarde tranquila, cuando la iglesia estaba tan vacía como ahora. Me encantaban las obras de arte, sobre todo las que, como esa, te hacían sentir que podías adentrarte en ellas y en un mundo de color, belleza y luz, un mundo mucho mejor que ese. Ese retablo me hacía sentir así, como si formara parte de la multitud que se encontraba a los pies de la Virgen mientras subía al cielo. Las iglesias de Venecia albergaban ese tipo de arte, aunque estaba dispuesta a admitir que los cuadros de Vecellio eran mejores que la mayoría. Pero me había acostumbrado a no frecuentar esos lugares sagrados.

A pesar de que había muchas personas en Venecia –y en el mundo– que pecaban tanto o más que yo, que lo hacían con el mismo entusiasmo o más que yo, y que seguían acudiendo a misa…, era un tipo de hipocresía que no me interesaba demasiado.

No había ido a misa desde que había empezado a ejercer el oficio de cortesana, cuando llegué a Venecia y empecé a trabajar en aquella casa en San Marcos. Me había quedado allí y había aprendido los aspectos esenciales de mi nueva profesión, hasta que tuve bastante dinero para montar mi propio negocio. Ahí fue donde conocí a Amalia Amante, otra recién llegada a Venecia, tan llena de vida y de ganas de disfrutarla como yo. Nos hicimos amigas enseguida, como si nos conociéramos de siempre, como si hubiésemos estado predestinadas a encontrarnos.

La mayoría de las personas se habrían compadecido de mí, obligada a prostituirme a causa de unas circunstancias tan terribles, obligada a vender mi cuerpo para sobrevivir. Pero yo había tomado esa decisión. La había tomado por voluntad propia, incluso con entusiasmo. La otra opción habría sido el convento, la monotonía y el final de una vida antes de poder vivirla. No era lo que quería, nunca lo había sido. Y, aunque la vida de una cortesana tenía sus peligros, problemas y disgustos, me gustaba. Me gustaba la vida que había elegido.

Había disfrutado de cada ocasión en la que había hecho el amor con Massimo, por lo que a mi yo de dieciocho años no le pareció una mala forma de ganarse la vida. Todo lo contrario; me agradaba complacer a los hombres y tener ese poder sobre ellos, a menudo el único poder que llegaba a tener una mujer en su vida. Me gustaba lucir vestidos elegantes, acudir a veladas maravillosas y conocer a eruditos, artistas, poetas y políticos; me agradaba que me aplaudieran por decir lo que pensaba, debatir y ser el centro de atención de un modo en el que las «buenas mujeres» no podían. Me gustaba no tener que depender de nadie más que de mí misma. Si hubiese podido volver a elegir, no habría cambiado nada.

Y, a pesar de ello, me daba cuenta de que ahora dependía de los Diez y de Malatesta. Había bajado la guardia después de tantos años dirigiendo mi vida, sin rendirle cuentas a nadie, y creí que podría dominar a Malatesta antes de que él me dominara a mí. Había sido una ingenua, arrogante e insensata. Me había equivocado.

Y todo eso, por algún motivo, me había traído hasta ahí.

Me arrodillé al final de uno de los bancos, me santigüé y después me senté. Alcé la vista hacia el rostro maravillado y en paz de la Virgen mientras subía al cielo y lo contemplé en silencio.

No habría elegido otro camino para mi vida, pero me había desviado en algún punto. Decir que debería haber rechazado la propuesta del Consejo de los Diez la primera vez que me pidieron información –pues así fue como empezó todo, con información y nada más– no era tan fácil como parecía. No había ningún veneciano –y desde luego ningún extranjero en Venecia– que no conociera la existencia del Consejo de los Diez, quiénes eran, qué hacían y el poder que ejercían sobre la ciudad y sus habitantes. Negarme a llevar a cabo lo que me pedían no habría sido una tarea fácil; de hecho, habría sido muy arriesgado. Aunque no significara que me quitaran de en medio, sí podría haber significado mi sustento. Se habrían preguntado por qué me había negado, cuáles eran los motivos. Se habrían preguntado si estaba escondiendo algo, si era de fiar. Era más seguro, muchísimo más seguro, consentir...

Y lo cierto es que ni siquiera lo había pensado de ese modo. Proporcionarles información, a la que podía acceder con facilidad gracias a mis numerosos amantes, me ayudaba a ganar un poco más de dinero y me hacía sentir importante y poderosa, como nunca me había sentido. En aquel momento, no tenía ningún motivo para negarme, pero sí muchos motivos para aceptar.

Incluso cuando empezaron a solicitarme que asesinara en vez de proporcionar información, no me mostré más reacia. Estaba segura de que merecía la pena hacer todo lo posible por proteger a los habitantes de la ciudad que tanto amaba de las atrocidades que había vivido. Haría lo que fuera para no volver revivir mi infierno. ¿Y por qué no hacer todo lo posible por garantizar mi propia seguridad, tanto financiera como de cualquier otro tipo?

Recurrí a las habilidades que Cortés me había enseñado para que pudiera protegerme, para proteger, esa vez, a una nación; o eso creía en ese momento. Nunca volvería a ser la persona a la que dejan en un establo y a la que le dicen que no salga de ahí; eso quedaba en el pasado.

La primera víctima había sido un hombre que le pasaba información al emperador del Sacro Imperio Romano Germánico, el monarca responsable de la muerte de mi familia y de la destrucción de mi hogar. A él lo había asesinado sin ningún reparo, no me tembló el pulso. Después de él, asesiné a muchos más: un delegado genovés, un trabajador traidor del Arsenal, un espía otomano, un marino mercante que era un agente doble para los franceses, otro espía otomano, un asesino romano que se hacía pasar por sacerdote, otro asesino a sueldo del sultán. El espía español durante el día de la Ascensión.

Y Dioniso Secco.

Después vino el hombre al que maté porque quise, el hombre que me había visto sola una noche, que me atacó e intentó forzarme. Ese hombre, para su desgracia, había elegido a la mujer equivocada. Su muerte no me preocupó lo más mínimo, todo sea dicho. Me gustaba pensar que esa, al menos, la habría celebrado el viejo Cortés.

Aunque, independientemente de los buenos motivos que hubiese tenido en aquel momento para mancharme las manos de sangre, de las personas a las que puede que hubiera salvado al hacer lo que hice, seguía ahí. Seguía sintiéndome sola, sin opciones y a merced de un hombre que acabaría conmigo. Aquello que había intentado evitar con todas mis fuerzas.

Dios –Fortuna, los santos o quien uno creyera que estaba a cargo de estas cuestiones– se debía estar riendo de mí. No pude evitar preguntarme, a solas como estaba, en la basílica oscura, mientras contemplaba el rostro de la Virgen y reflexionaba en silencio, si la Iglesia, los sacerdotes y los Evangelios tenían razón en todo. ¿Qué otro motivo podría haber para encontrarme en esa situación, salvo un castigo por mis pecados?

Quizá no hubiera obrado de otro modo. Quizá no hubiera podido; tal vez mi destino siempre había sido encontrarme en esa situación por ser como era. Me lo había justificado durante el camino, sin importar cuánto me había preocupado, pero cada asesinato me afectaba más que el anterior. Por primera vez, me pregunté: ¿de verdad había personas inocentes en una nación que requería tanta sangre para protegerla?

Tal vez el hecho de que me estuviera arrepintiendo ahora de todo lo que había hecho, cuando sentía que mis actos me habían conducido hasta ese callejón sin salida, hablaba por sí solo. Qué complicado era todo… A pesar de que no quería volver atrás, no del todo, sí que añoraba los días más sencillos en los que tan solo era Maria Angelina: una joven de una familia romana próspera y devota.

Junté las manos, agaché la cabeza y empecé a rezar; recé de verdad por primera vez en muchos años. Fue una oración breve. No tenía mucho que decir, ni creía que Dios fuera a tener la paciencia de escucharme. Después, me persigné, me puse en pie y salí de la iglesia en penumbras.

Capítulo 29

A la mañana siguiente, me acababa de despertar cuando Lauretta irrumpió en mi alcoba.

–Amalia Amante ha venido a veros, *madonna* –dijo.

Me puse tensa.

–¿Está aquí? ¿Ahora? ¿A esta hora? –pregunté sin sentido mientras trataba de ganar tiempo para decidir qué hacer.

–Sí, *madonna*. ¿Queréis que pida algo para que ambas podáis comer?

Dejé salir un suspiro casi imperceptible. Por primera vez, no quería ver a Amalia. Lo mejor sería que no volviésemos a hablar, al menos hasta que todo acabara. Y, tal vez, me di cuenta con un dolor punzante en el pecho, ni siquiera entonces.

Pero le debía una explicación aunque no fuera toda la verdad. Y, como mínimo, debía escuchar qué era lo que me quería contar.

–Sí –respondí por fin–. Sí. Acompáñala a la sala de estar. Voy enseguida.

Lauretta salió para acatar mis órdenes. Me puse la bata de terciopelo y me hice una trenza larga que descansaba sobre mi hombro para que no estuviera tan despeinada de dormir. Si Amalia se presentaba tan temprano, seguro que no le importaría que no la recibiera con la vestimenta adecuada.

Cuando terminé de prepararme, me dirigí al salón y vi que Amalia me estaba esperando sentada. Se puso de pie enseguida al verme entrar, como si estuviera a punto de venir hacia mí. Abrió la boca para hablar, pero cambió de opinión.

Cerré la puerta tras de mí y me apoyé en ella.

—Amalia —dije—. ¿Cómo estás?

—Bastante bien —respondió—. Lamento venir tan temprano, pero…

—No, soy yo la que debe pedirte disculpas —la interrumpí—. No me tendría que haber presentado ayer sin avisar. Lo siento si la situación te resultó… incómoda.

Sacudió la cabeza.

—Supongo que siempre supe que acabarías descubriendo lo de Ambrogio.

—Ojalá lo hubiera sabido antes —dije.

No expliqué mi comentario y ella tampoco me pidió que lo hiciera.

—Sin duda —expresó un tanto incómoda—. Valentina, yo…

—Siéntate, por favor —volví a interrumpirla, señalando el diván en el que estaba sentada cuando entré.

—Gracias —dijo.

Me adentré por completo en la habitación y tomé asiento en la silla que estaba junto al diván. Desde que la conocía, nunca me había sentido tan incómoda en presencia de Amalia. Lo odiaba. Antes me sentía capaz de enfrentarme a todo, a cualquier cosa, al saber que Amalia estaba de mi parte. Ahora no sabía en qué bando estaba.

Iba a descubrirlo muy pronto.

—Valentina —comenzó de nuevo—. Debes escucharme. Yo…

Por suerte, esta vez la interrumpió un golpe en la puerta de la sala de estar.

—Adelante —dije.

Lauretta entró portando una bandeja con el desayuno —un

poco de pan, queso, embutido y fruta– y la dejó en la mesa de centro que teníamos delante.

–¿Necesitáis algo más? –preguntó Lauretta, mirándome a mí, a Amalia y luego a mí otra vez.

–No, gracias, Lauretta –respondí–. Eso es todo.

Lauretta se fue y cerró la puerta tras ella.

Amalia suspiró y percibí una pizca de frustración.

–Valentina…

–Come algo, por favor –le corté y señalé la bandeja.

–¡No! –bramó–. No puedo comer nada hasta que no haya dicho lo que he venido a decirte.

Me tragué todas las réplicas que se me ocurrieron y no dije nada. Amalia tomó mi silencio como un consentimiento para seguir y empezó a hablar de nuevo.

–No te culpo por haber venido a verme ayer –dijo–. Siempre has sido bienvenida a mi hogar, al igual que sé que yo al tuyo. Lo decía en serio antes y lo digo ahora. Sin embargo, no puedo evitar desear que no hubieras venido ayer. Que no hubieras visto a… –Dejó la frase a medias, incómoda.

–Ambrogio Malatesta –añadí para completar lo que estuvo a punto de decir–. Es tu amante secreto.

–Sí –dijo Amalia–. Sí, lo es. Desde hace muchos años. Desde que empecé a ejercer como cortesana por mi cuenta.

Ay, si lo hubiese sabido… Si lo hubiese sabido desde el principio…

–Lo amas –comenté; otro hecho que no necesitaba que confirmara.

–Sí –volvió a decir–. Desde siempre.

–No merece tu amor –espeté.

Apartó la mirada y la dirigió hacia sus manos, que tenía entrelazadas en el regazo. ¿Noté que le temblaban un poco?

–Puede que tengas razón –admitió–, pero lo sigo queriendo. Yo era tan joven cuando nos conocimos y él siempre ha sido tan encantador, al menos conmigo. Y era tan elegante y atractivo…, todavía lo es, creo. Era un hombre con clase y sofisticado que me escuchaba de verdad, a quien le importaba mi opinión y lo que me interesaba; o por lo menos fingía que le importaba. Nunca antes me había sentido así. Incluso a medida que me hacía mayor y un poco más sabia, supongo que… que nunca dejé de amarlo. Yo –añadió con un suspiro– nunca estuve del todo segura de sus sentimientos, nunca supe si me amaba como yo lo amaba a él. Y eso… eso solo hacía que lo deseara más, con esa contrariedad con la que a veces funciona el corazón.

Sabía a lo que se refería, aunque odiaba que la hubieran hecho sentir así.

–Te mereces algo mucho mejor, Amalia.

–¿De verdad? A veces me lo pregunto.

Se hizo el silencio, ninguna de las dos nos mirábamos.

–Valentina –dijo Amalia tras unos segundos y al alzar la vista vi que me estaba mirando fijamente–. Sé lo que Ambrogio debe significar para ti.

Bajé la vista.

–No sé a qué te refieres –mascullé.

–¿Crees que soy estúpida? –preguntó–. Vi cómo os mirasteis; oí cómo os hablasteis y lo que os dijisteis. Está claro que…

–¿Acaso nunca has oído el rumor de que Malatesta y yo fuimos amantes? –pregunté con desesperación, el último intento en vano para evitar que llegara a la conclusión que ya sabía–. ¿No explicaría eso el rencor que percibiste entre nosotros? ¿Un romance que salió mal?

Me miró con sorna.

–Sé que eso no es cierto –dijo–. Se lo pregunté hace años.

Reconozco que estaba celosa y le mostré mis celos. Ambrogio me dijo que no era verdad y que había sido él quien hizo correr el rumor sobre vosotros para que nadie supiera lo nuestro.

–¿Y por qué estaba tan empeñado en ocultarte? –por fin pregunté lo que llevaba tanto tiempo queriendo saber–. ¿Por qué permitir que se dijera que visitaba a una cortesana y no a otra?

Tragué saliva antes de decir lo que hacía tiempo que me imaginaba, pero nunca había preguntado, no quería ofenderla con esa idea, aunque estaba segura de que Amalia se había hecho la misma pregunta más de una vez en nuestra querida Venecia.

–¿Es porque tienes sangre turca?

Negó con la cabeza.

–No. ¡No! Yo… Él… me dijo que no quería que nadie descubriera lo nuestro para que sus enemigos no pudieran utilizarme en su contra. –Veía cómo se le llenaban los ojos de lágrimas–. En aquel momento tenía sentido y lo sigue teniendo ahora, en cierto modo. Siempre supe que era un hombre ambicioso, un hombre peligroso que llevaba a cabo tareas arriesgadas, sobre todo desde que lo eligieron para formar parte de los Diez. Claro que tenía…, tiene enemigos. Hay algo que nunca me encajó del todo, pero… –Se interrumpió y me miró–. Y creo que todo eso es cierto, pero también…, sí. También creo que lo que dices es cierto, en parte. O al menos siempre me lo he preguntado.

–¿Y aun así lo amas? –pregunté horrorizada.

–¡No puedo evitarlo! –vociferó–. Ya sabes lo que pasa cuando estás enamorada. Cuando estás perdidamente enamorada de un hombre.

Lo sabía y aun así no podía creerme lo mucho que Amalia –¡Amalia, de entre todas las personas!– había relajado su mente perspicaz, sus instintos y su orgullo por Malatesta.

Malatesta, de todos los hombres.

–Sí –dije mientras seguía tratando de desenredar la red de mentiras y engaños de Malatesta–. Pero…

–No importa –me interrumpió Amalia–. Ya no importa. Sé que no es uno de tus clientes y que nunca lo ha sido. Fue una mentira necesaria, como ya me dijo hace muchos años, pero no por el motivo que me contó en su momento. Sé que es tu… ¿Cuál es la palabra que se utiliza en esos casos? ¿Contacto? Sé que fue él quien te dijo que…

Me puse de pie de inmediato.

–No –exclamé–. Amalia, no.

–¿Lo seguirías negando?

–No podemos hablar de ello –dije–. Yo… no. No. No lo digas, Amalia. No hables de ello. Dios mío, ojalá nunca te hubiera contado nada aquella noche. Ojalá ninguna de las dos supiéramos lo que sabemos.

–Pero lo sabemos –declaró Amalia y también se puso en pie– y no podemos volver atrás. No podemos ignorarlo.

–Debemos hacerlo –expresé–. Debemos intentarlo. Porque de lo contrario…

Le di la espalda y me tapé la cara con las manos.

–De lo contrario, acabaremos haciéndonos daño.

–Valentina –repuso al instante Amalia–, no puedo…

–Lo sé –dije–. Sé que no puedes. Sé que no puedes ayudarme sin traicionar al hombre al que amas. No… no hagas nada. No hagas nada, Amalia. Y olvídate de todo lo que te he contado.

–¿Cómo esperas que…?

–¡Debes intentarlo! –exclamé.

Me encaminé hacia la puerta del salón, la abrí y me volví

para mirar a Amalia por encima del hombro. Sus preciosos ojos estaban enrojecidos y se la veía desolada, pero al mismo tiempo enfadada y desafiante.

—Debo irme, Amalia. No puedo seguir hablando contigo sobre esto.

—Valentina, espera…

Pero salí de la habitación y cerré la puerta tras de mí sin dejar que terminara.

Me había quedado sin opciones. No tenía escapatoria. Dada mi desesperación, estaba dispuesta a acudir al senador Gritti o a alguno de los hombres que trataban de socavar a Malatesta. Ya no me importaba lo que me pudiese ocurrir si con ello salvaba a Ginevra y a Bastiano.

Había esperado demasiado. ¿Quién sabía cuánto tardarían en utilizar lo que les contara? De todos modos, sabían casi tanto como yo y todavía no habían hecho nada. Me estaba quedando sin tiempo. Ginevra se estaba quedando sin tiempo.

Solo me quedaba la decisión final. La decisión que no era tal. La decisión que había sido impensable y evidente desde el principio.

Nadie vendría a salvarnos a Bastiano ni a mí. O Tomasina había perdido las ganas de jugar —no podía culparla por ello— o no había podido encontrar nada útil. Pero ya no me quedaban más cartas.

Tal vez la joven Maria Angelina Sartori no debería de haber llegado jamás a Venecia, ni haberse enamorado jamás de esa ciudad hermosa y embustera. Quizá debería de haberse quedado en Florencia cuando llegó allí junto a Fernando Cortés. Sin duda, era la única manera en la que se podría haber evitado esa situación.

Pero era demasiado tarde para eso, demasiado. Además,

Maria Angelina había muerto hace tiempo. Ahora, solo quedaba Valentina.

Y Valentina había tomado la decisión que Maria Angelina jamás habría osado.

Escribir una carta y enviarla a Verona.

PARTE TRES

LA DAGA DEL AMOR

NOVIEMBRE-DICIEMBRE DE 1538

Capítulo 30

Bastiano apareció con la misma rapidez con la que se había marchado y de la misma forma: se presentó en mi *palazzo* una noche sin avisar.

Por suerte, me encontraba sola. Últimamente, había cancelado muchas de las citas con mis clientes. En cuanto fingía que todo estaba bien, me desmoronaba. Cuando todo terminara, tendría que tratar de arreglar las cosas de alguna manera. Pero, en ese momento, no soportaba las fiestas, las cenas y tener que hacer el amor. No cuando me acechaba tal horror.

–Valentina –dijo Bastiano al entrar en la sala de estar; Lauretta lo perseguía sin éxito mientras farfullaba que había entrado de golpe.

Casi me caigo de la silla al verlo, como si fuera un espectro.

–Déjanos solos, Lauretta –solicité enseguida.

Acató mi orden sin rechistar y cerró la puerta al salir.

Bastiano se quitó la capa, que estaba cubierta de polvo por el viaje, y la dejó caer en el suelo de mármol.

–¿Así es cómo me saludas después de tantas semanas sin vernos? –preguntó, con un ligero toque de humor en la voz–. ¿«Déjanos solos, Lauretta»?

–No… No me lo esperaba, eso es todo –respondí y fruncí el ceño.

Había enviado la carta hacía tan solo dos días y se aproximaba el plazo de Malatesta.

–¿Cómo has llegado tan rápido? No has podido recibir mi carta y haber llegado tan rápido.

–¿Qué carta? No he recibido nada. Estaba de camino a Venecia. –Empezó a preocuparse–. ¿Por qué me has enviado una carta? ¿Es Ginevra? ¿Qué ha pasado?

La carta, de hecho, decía que debía volver a Venecia de inmediato por motivos que no me sentía cómoda indicando por escrito. Había estado pensando en lo que le diría cuando llegara por fin. Me había preguntado si acaso importaría lo que le dijera.

En ese instante, solté lo primero que se me ocurrió.

–Ah… Sonia Abate me escribió para decirme que Ginevra estaba enferma –dije enseguida–. Sonia estaba muy preocupada, así que te escribí con la esperanza de encontrarme contigo allí. Pero me acaba de llegar otra carta en la que dice que le ha bajado la fiebre y que ya está mejor.

La expresión de Bastiano se relajó un poco.

–Qué alivio. –Volvió a fruncir el ceño–. Espero que nadie haya seguido a tu mensajero, pero…, bueno, ya no importa. Estoy aquí. –Se desplomó en una de las sillas–. Dime que tienes algo para comer.

–Iré a la cocina y pediré que preparen algo –dije.

El corazón me latía con fuerza mientras bajaba por las escaleras y volvía a subir. Bastiano estaba ahí, esta noche, antes de que estuviera preparada. Aunque no lo estaría nunca.

–¿Por qué has vuelto? –le pregunté al volver a la sala de estar–. ¿Ha pasado el peligro?

Negó con la cabeza.

–No, pero aun así debía volver –explicó sin añadir nada más.

–Bastiano, ¿por qué no me cuentas lo que…?

–No –volvió a decir–. No, Valentina, no puedo. No me lo preguntes.

No volví a sacar el tema.

Comimos lo que Girolama nos había preparado en un momento: arroz con guisantes y salchichas. Nuestra conversación resultaba forzada; Bastiano estaba agotado y yo, por primera vez, no sabía qué decir.

–Necesito quedarme aquí esta noche –comentó al terminar de comer–. Volveré a marcharme por la mañana.

Asentí.

–Claro. Lo que necesites.

–Ahora mismo lo que más necesito es un lecho blando – dijo y se puso en pie.

Lo acompañé hasta la alcoba y dejamos que las criadas recogieran la mesa.

Sin embargo, cuando nos quedamos a solas, su cansancio desapareció. Se acercó a mí y, que Dios me perdone, no pude resistirme. Se quitó sus vestimentas primero y después las mías. Estábamos desnudos y eso era lo único que importaba. Puede que estuviera condenada a ser una sirvienta del Dios de las Sombras, una portadora de la muerte, pero en ese instante volví a sentirme viva.

Quizá por última vez.

Atraje a Bastiano hacia mí, mis labios buscaban los suyos en la oscuridad, su barba corta me raspaba el rostro. Pero disfrutaba de esa sensación; una sensación íntima y agradable. Solté un ligero gemido cuando se introdujo en mi interior, despacio y en profundidad, y, mientras nos movíamos al unísono, me olvidé, durante un breve y maravilloso momento, de todas las sombras, la sangre y las conspiraciones que me asfixiaban. Tan solo existía ese hombre al que amaba y la pasión que había entre nosotros. Cuando me inundó el placer, me abandoné por completo, abrumada como no me había sentido en mucho tiempo. Sé que grité extasiada, pero no sabía lo que había dicho; si fue el nombre de Bastiano o tan solo un grito largo y primitivo. Cuando Bastiano me miró a los ojos mientras alcanzaba su punto álgido, al sentir cómo recorría su cuerpo y amenazaba con desgarrarle aunque estuviéramos unidos, al oír cómo gimió mi nombre, sabía que sentía lo mismo.

Puede que el placer fuera más intenso porque no sabía si habría una próxima vez.

Me dejé llevar, deseando que ese momento en el lecho juntos durara para siempre. Después, intenté que no me viera llorar.

Interludio

Venecia, diciembre de 1531

Suspiré con frustración. Había perdido a Amalia entre la multitud que se apelotonaba en la plaza de San Marcos. Era la primera noche del Carnaval y parecía que todos los habitantes de Venecia habían salido a la gran plaza: mendigos, cortesanas, nobles y demás. Estaba segura de que el propio dux se encontraba entre la muchedumbre, bien enmascarado para una noche de diversión.

Sería imposible encontrarla entre tal gentío, pero estaba lo bastante ebria para que no me importara. Me dejaría llevar por la noche. ¿Acaso no era esa la gracia de esa noche?

Nunca había visto nada parecido al Carnaval de Venecia. Por supuesto que también se celebraba en Roma, antes de la Cuaresma, pero no se asemejaba en absoluto a eso. Aunque nunca pude acudir a ninguno de los festejos; mis padres consideraban que ese tipo de celebraciones eran demasiado indecorosas para una joven educada. Otra ventaja de ser cortesana: cuando te conviertes en proveedora de escándalos, tienes a tu disposición todas las diversiones más indecorosas del mundo.

Sin embargo, en Venecia, el Carnaval comenzaba el día después de Navidad y duraba varios meses. No mantenía la intensidad del regocijo de la primera noche, pero, aun así, la ciudad se disfrazaba durante muchas semanas y el placer parecía convertirse en el objetivo principal de la mayoría de los asistentes. Durante mi primer Carnaval en la ciudad, apenas podía apartar la mirada: las máscaras y los disfraces elaborados, los artistas, los fuegos artificiales sobre la laguna, los puestos de comida, bebida y dulces. Marcellina, la cortesana que me había acompañado el primer año, se había reído de mi expresión de asombro y me daba codazos.

—Ten cuidado o se darán cuenta de que no eres de ciudad —me había dicho.

No me había importado. Tan solo quería absorberlo todo, disfrutar de la sensación de libertad que sentía aquella noche como no había sentido nunca antes.

Jamás habría experimentado ese sentimiento si me hubiera quedado en aquel convento.

«Ese sí que es un grupo de personas que no asiste al Carnaval —pensé mientras me abría paso entre la muchedumbre y seguía buscando a Amalia distraídamente—. El de las monjas».

—*Scusi*. Se os ha caído esto.

Apenas oí la voz masculina al principio, ya que la engullía el bullicio de la multitud. Pero enseguida la acompañó un golpecito en el hombro.

—*Scusi, madonna*.

Me di la vuelta y vi a un joven frente a mí, ataviado con una máscara plateada y azul que le cubría la parte superior del rostro. A pesar de ello, lo poco que podía ver de él me pareció muy bello.

—¿Sí? —pregunté y arqueé una ceja por encima de mi máscara con plumas, que también me cubría parte del rostro.

—Se os ha caído esto —volvió a decir y me mostró un pañuelo ribeteado con encaje.

Miré el pañuelo con curiosidad.

—No, no es mío.

–Estoy seguro de que sí. He visto cómo se os ha caído de la manga.

–No habéis visto tal cosa –espeté–. Ese no es mi pañuelo. No tengo ninguno así.

Bajó la mano. ¿Me lo estaba imaginando o se había ruborizado?

–Ah –dijo con un toque de vergüenza en la voz–. Disculpadme. Debe… debe de ser de otra dama.

–¿Por qué habéis mentido? –insistí y esbocé una media sonrisa.

Estaba acostumbrada a que todo tipo de hombres me prestaran atención: jóvenes, viejos, atractivos, feos, pudientes, menos pudientes. Pero había algo en ese joven, que parecía tener la misma edad que yo, que me resultaba encantador.

–¿Mentir? ¿Yo? ¿Un caballero? –se mofó–. Tan solo ha sido un error, mi señora.

Crucé los brazos y volví a arquear una ceja.

Rio avergonzado.

–De acuerdo –dijo–. Es mi pañuelo. Os vi, tan bella, y pensé que estaríais más dispuesta a hablar conmigo si creyerais que os estaba ayudando.

–¿Ah, sí? –expresé con una sonrisa–. ¿Y a cuántas señoritas habéis conocido así?

–¡A ninguna! –respondió con rapidez; con demasiada rapidez.

–Bueno –dije–. Alabo vuestro ingenio. Ahora, si me disculpáis, debo encontrar a mi acompañante…

–Esperad –añadió, cogiéndome del brazo con delicadeza para evitar que me fuera–. No os vayáis. Yo… –Se mordió el labio de manera infantil–. ¿Puedo acompañaros, al menos? ¿Evitar, así, que os empuje la multitud? ¿Puedo invitaros a un vino caliente?

–Apenas podéis verme el rostro con esta máscara. La *piaz-*

287

za está repleta de mujeres que no necesitan ninguna excusa para llamar su atención. ¿Por qué yo? –le pregunté sin rodeos.

Esperé a que volviera a decirme lo hermosa que era, a que dijera que era capaz de saber, aunque llevara una máscara, que era la mujer más bella de la *piazza* esa noche; no, de toda Venecia. Ya me habían dicho lo mismo demasiados hombres. De hecho, había perdido la cuenta hace tiempo.

Pero no dijo nada por el estilo. En lugar de ello, me miró a los ojos y añadió:

–Puede que esa máscara esconda vuestro rostro y la capa vuestra figura, pero ninguna de las dos ocultan vuestros ojos. Y tenéis fuego en la mirada, un fuego que me atrajo en cuanto os vi. Es un fuego junto al que debo calentarme, o moriré de frío.

Durante unos segundos, sentí que sus palabras me hipnotizaron; me olvidé, durante un instante, de la ingente muchedumbre que había a nuestro alrededor. Yo lo veía a él y él a mí, y no importaba nadie más.

Cuando recuperé el habla, le pregunté:

–¿Cómo os llamáis?

Su sonrisa brilló más que los fuegos artificiales sobre la laguna cuando tomó mi mano y la besó.

–Bastiano Bragadin.

Capítulo 31

Después de hacer el amor, Bastiano se quedó dormido, abrazado a mí. Estaba profunda y tranquilamente dormido. Lo envidiaba, pero a la vez lo agradecía. Si tan solo pudiera caer en un sueño tan profundo y despertarme dentro de unos años para ver el rumbo que había tomado el mundo sin mí. ¿No sería más sencillo?

Más sencillo, sí, pero también imposible.

Le observé el rostro mientras dormía y sentí que se me partía el corazón. Desde la noche del Carnaval en la que nos conocimos en la plaza de San Marcos, la única persona a la que había querido era a Amalia. Su fanfarronería tímida de aquella noche me cautivó. Pero, más allá de eso, se trataba de que él me había visto de veras. Incluso cuando, con el tiempo –tras semanas de encuentros furtivos–, admití que era una cortesana, temiendo que no quisiera volver a verme, tan solo se encogió de hombros.

–Tu oficio no cambia nada –dijo–. Te quiero a ti. Pero no seré tu cliente, Valentina. Quiero ser algo más.

Y siempre lo había sido.

Pero de nada servía esa nostalgia, ahora no. Tan solo complicaría las cosas. Cuanto antes actuase, antes acabaría todo y antes podría volver a recomponer los fragmentos de mi vida.

Me escabullí del brazo de Bastiano con sigilo, me incorporé y lo miré mientras dormía. No era la primera vez que un hombre con el que yacía se convertía en un enemigo; o tal vez, para ser exactos, que yo me convertía en la enemiga de un hombre con el que dormía. Pero con el Dios de las Sombras y todos los santos como testigos, esa sería la última vez.

Ojalá no hubiese tenido que llegar a esto.

Extendí la mano y abrí el cajón de una mesita que estaba junto al lecho. Mis dedos envolvieron, en silencio, el mango de la daga que estaba oculta en su interior y la saqué de la funda.

Me arrastré hacia Bastiano y me puse a horcajadas sobre él, con las rodillas clavadas en el colchón, y le acerqué el filo al cuello poco a poco.

Cerré los ojos durante unos segundos, preguntándome si podría hacerlo, si lograría asestar el golpe final sin mirar, sin tener que ver lo que estaba haciendo, sin tener que contemplar cómo la vida abandonaba su cuerpo.

¿Por qué no le había echado veneno en el vino mejor? Así ya estaría hecho. No había podido borrar de mi mente la imagen de los últimos momentos de vida de Dioniso Secco, cómo se retorcía, vomitaba y se moría en el suelo, al igual que otros hombres a los que había envenenado en el pasado. No habría soportado ver a Bastiano así.

Esto no sería más fácil –todo lo contrario–, pero sería más rápido. Y, si quería que fuera rápido, eficaz y lo menos doloroso posible, tenía que abrir los ojos y dirigir el filo con seguridad para reducir su sufrimiento.

Abrí los ojos y presioné la punta del filo contra la gran vena que tenía en el cuello. Me temblaba la mano e hice todo lo posible por estabilizarla. Se me saltaron las lágrimas; me estremecí al reprimir un sollozo.

Pensé en Massimo, el primer hombre al que había amado, que yacía muerto en el patio. Una vez más, el hombre al que amaba acabaría asesinado, solo que esa vez mi mano empuñaría el arma.

Aquello en lo que había intentado convertirme, aquello de lo que había intentado huir, no había servido de nada.

«Hazlo, Valentina. Hazlo de una vez. Hazlo y salva a tu hija».

Ojalá hubiera muerto con el resto de mis seres queridos aquel día en 1527.

Ojalá que, tal vez, otra mujer hubiera llamado la atención de Bastiano en la plaza de San Marcos la noche del Carnaval.

Una lágrima recorrió mi mejilla y cayó en la suya.

Se removió debajo de mí y aflojé el agarre de la daga por instinto, para que no se cortara al moverse. Incluso ahora seguía tratando de protegerlo.

«¿Qué estás haciendo? –gritó esa voz fría y firme en mi interior–. ¡Hazlo ahora! ¡Date prisa, antes de que se despierte y se dé cuenta de lo que está pasando! ¡Ahórrale todo el dolor que puedas!».

–¿Valentina? –susurró.

Ahogué un grito de desesperación mientras Bastiano abría los ojos poco a poco, atontado por el sueño que había tenido. Durante un instante, su mirada seguía empañada por el sueño al verme encima de él, pero se espabiló enseguida, en un abrir y cerrar de ojos, cuando se dio cuenta de lo que estaba pasando.

Cuando se dio cuenta de que tenía una daga al cuello.

Se le tensó el cuerpo, pero no se movió, por miedo a que se degollara a sí mismo.

–Espero que esta sea una nueva táctica que estás empleando para aumentar mi excitación. –Soltó una risa ahogada–. Porque, si es así, está funcionando.

Emití un sonido extraño, una mezcla entre una carcajada y un sollozo.

–Bastiano –susurré–. Ojalá fuera así.

–Ah –dijo, intercambiando la mirada entre mi rostro y la daga que tenía en la mano–. Ya veo.

–No… –Se me llenaron los ojos de lágrimas, por lo que se volvió borroso ante mí–. No tengo elección.

–Siempre tenemos elección –dijo con tranquilidad, como si estuviésemos manteniendo un debate civilizado durante una cena.

–Esta vez no.

–Malatesta, seguro.

–¿Quién si no?

–Ah –volvió a decir y a través de las lágrimas pude percibir en su mirada las conclusiones a las que llegaba–. Sí, eso explicaría muchas cosas. Esperaba que viniera a por mí, si te digo la verdad. Aunque debo admitir que jamás me habría imaginado que te enviaría a ti. Es un sádico bastar-do.

–Él… él me dijo que eres un traidor –comenté, como si una explicación sirviera de algo–. Que… que estás conspirando con los turcos para destruir a la República de Venecia.

–¿Y lo creíste?

–No, pero…

–Él es el traidor, Valentina. Estoy a punto de demostrarlo. Por eso te dijo que lo hicieras. Pero puedo vencerlo, sé que puedo.

Sacudí la cabeza.

–Ya no importa. Es… es demasiado tarde.

–No lo es, Valentina –dijo con un tono suplicante–. Podemos derrocarlo juntos.

Negué con la cabeza, me temblaba la mano mientras acercaba la daga aún más.

–No podemos –susurré.

–No lo hagas, Valentina.

–¡Debo hacerlo! –voceé–. ¡Debo hacerlo! ¡Si no lo hago, Malatesta ordenará que maten a Ginevra!

No creía que Bastiano pudiera quedarse aún más quieto, pero lo hizo.

–¿Que hará qué? –dijo en voz baja.

–¡Así es como me obliga a hacerlo! Tiene a alguien vigilándola. Sabe dónde está, sabe con quién vive…

–¿Y, si no me matas, Ginevra morirá? –preguntó Bastiano con una mezcla de rabia y desesperación en la voz.

–¡Sí! ¡Sí! ¿De verdad crees que hay algún otro motivo por el que quisiera…? –Me eché a llorar, pero traté de recuperar el control–. Lo he intentado todo para encontrar una solución. Todo.

–Ginevra –susurró Bastiano.

El silenció inundó la alcoba, solo se oían mis jadeos mientras luchaba por detener las lágrimas.

De pronto, para mi sorpresa, Bastiano inclinó la cabeza hacia atrás, exponiendo su cuello un poco más al filo de la daga.

–¿Qué…?

–Hazlo –dijo en voz baja–. Hazlo. Si es cierto que no hay otra solución para salvar a nuestra hija, y estoy seguro de que lo has probado todo, pues eres una mujer valiente, magnífica, decidida, feroz e ingeniosa, entonces hazlo.

En ese instante, me derrumbé.

Empecé a llorar, los sollozos sacudían mi cuerpo. Dejé que la daga cayera en el colchón entre nosotros. Me di cuenta de que Bastiano la cogió y la tiró; la oí caer al suelo en el otro lado de la alcoba. Me rodeó con sus brazos, con fuerza, y me meció mientras lloraba.

–No puedo –sollocé, sin poder pronunciar las palabras–. No puedo. Dios mío, perdóname.

–Shhh. –Bastiano trató de tranquilizarme–. Ya está, Valentina. Todo saldrá bien.

Me aparté un poco y miré su bello rostro.

–¿Cómo puedes decir eso? –susurré–. ¿Cómo puedes decirlo cuando acabo de intentar matarte en nuestro propio lecho y cuando la vida de nuestra hija está en juego si no lo hago?

–Necesito más tiempo –dijo–. Unos días más y tendré lo que necesito para acabar con Malatesta de una vez por todas. Por eso he vuelto a Venecia.

Sacudí la cabeza.

–No nos quedan más días, Bastiano. Si no estás muerto mañana por la noche, Ginevra morirá.

Maldijo en voz baja.

–Es muy poco tiempo, pero al menos es algo. –Salió del lecho–. Entonces supongo que deberíamos aprovechar el tiempo para ir a por Ginevra, para ponerla a salvo…

–No –dije–. No lo hagas. Tiene a alguien ahí, vigilándola, o eso es lo que me ha hecho creer. Sus esbirros también me están vigilando a mí; los he visto, he sentido que me seguían. Si me voy de la ciudad, lo sabrá.

–No le dará tiempo a avisar a su hombre antes de que yo llegue –comentó Bastiano.

–¿Estás dispuesto a arriesgarte? ¿Estás dispuesto a arriesgar la vida de nuestra hija? –pregunté–. ¿No crees que habría ido a buscarla antes si hubiese podido?

Volvió a maldecir, esta vez más alto.

–¿Qué podemos hacer?

–¡No lo sé! –grité–. Ya he pensado en todo, Bastiano. He hecho todo lo posible por encontrar otra salida.

–Sabes que esto es cosa de Malatesta, ¿verdad? –consultó–. No de los Diez. Quiere conseguir escaños para un mandato vitalicio en el Consejo de los Diez, para que pueda acumular más poder aún. Creo que su objetivo final es derrocar al dux y proclamarse rey. –Soltó una carcajada–. Veo que no ha aprendido nada de Marino Falier.

—Eso deduje —dije aunque no coincidía del todo con lo que me había contado Felicita; nunca mencionó un mandato vitalicio—. Metí una carta en la boca de león para denunciarlo…

—¿Que hiciste qué?

—No hay tiempo para eso ahora, pero, sí, escribí una carta con algunas de las cosas que sé que ha hecho y con más información que he averiguado. Por supuesto, no tengo pruebas concluyentes. Solo pensé que conseguiría llamar la atención de alguien y que lo detendrían. Pero Malatesta llegó a la carta primero, maldita sea, antes que nadie, y, cuando vino a mostrármela, tan solo confirmó lo que había escrito.

—Pero ¿por qué no solicitaste una audiencia con otro de los miembros de los Diez? ¿O incluso con el dux?

—¿Acaso crees que me escucharían? Porque maté a Dioniso Secco, algo que ahora sé que no ordenaron los Diez, así que yo también estoy involucrada en el complot. Y, aunque no lo hubiera matado, soy una cortesana y una mujer. ¿Por qué me escucharían?

—Un momento. ¿Cómo sabes que los Diez no ordenaron el asesinato de Secco?

—Yo… —Había llegado el momento de confesar algo de lo que todavía me avergonzaba, lo cual resultaba ridículo ahora teniendo en cuenta que había estado a punto de matarlo—. En-encontré unos documentos en tu faltriquera una noche, vi una nota que confirmaba que los Diez no habían ordenado el asesinato. Era algo que sospechaba, pero eso lo confirmó.

—Lo sabías. Sabías que estaba trabajando para derrocar a Malatesta.

—Lo supuse, pero decidí no entrometerme, como me pediste. Cuando huiste de Venecia, lo tuve claro y, cuando

Malatesta vino a coaccionarme para que te asesinara…, bueno, ya había tendido su trampa. Esta noche me… –Reprimí un sollozo–. Me he quedado sin tiempo. Ginevra…

–Lo entiendo. Lo entiendo, Valentina. ¡Maldito traidor! Ojalá pudiera matarlo yo mismo, pero tengo entendido que se esconde en el Palacio Ducal.

–Es cierto. Fui a su *palazzo* para hacer eso mismo y una de sus criadas me dijo dónde estaba. Sin duda sabía que iría a por él después de encargarme la misión. Y cuando vino aquí… –Fruncí el ceño al recordar cómo empujó a la pobre Marta por las escaleras mientras lo perseguía–. Te contaré lo que pasó en otro momento, pero logró escapar.

Bastiano se pasó los dedos por el cabello.

–De acuerdo. Hay un hombre con el que debo hablar y que tiene información. Pero solo hablará conmigo, y en persona. Por eso he vuelto a Venecia; no conseguía avanzar en Verona, así que pensé que debía aprovechar la oportunidad. Y, por lo que veo, he llegado justo a tiempo.

–¿Y si ese hombre no se presenta? ¿Y si, después de todo, no tiene la información que necesitas?

Me lanzó una mirada cargada de angustia y rabia.

–En ese caso, me ahogaré en un canal.

–No –susurré.

–Tú misma lo dijiste. ¿Qué otra opción hay?

–No, Bastiano. Por eso no te lo quise contar al principio. Sabía que harías una estupidez.

–¿Y qué más da si lo hago yo o lo haces tú? –preguntó–. Más allá de ahorrarte parte del dolor.

Cerré los ojos.

–La única oportunidad que nos queda es hablar con mi contacto, Valentina. Hay otro hombre con el que he estado trabajando aquí. Me reuniré con él primero para ver si ha podido encontrar algo y después lo haré con nuestro informador. Puede que al final no sirva de nada, pero debo intentarlo al menos.

Respiré hondo, volví a abrir los ojos y me sujeté a uno de los postes del lecho para tranquilizarme.

—Está bien. Sí. Debemos intentarlo. Voy a prepararme y te acompañaré.

—No —dijo enseguida—. Es…

—Como digas que es demasiado peligroso, Bastiano, ¡que Dios te proteja! —espeté—. Hay pocas personas en Venecia que sean más peligrosas que yo.

Me miró con sarcasmo.

—Lo sé, jamás me atrevería a decirte algo tan absurdo —comentó—. Lo que estaba a punto de decir, antes de que insistieras en interrumpirme aunque no tengamos tiempo, es que será mejor que vaya solo, pues el hombre con el que necesito hablar me conoce y confía en mí. No te conoce y no tenemos tiempo para tratar de convencerlo de que confíe en ti también.

—¿Acaso acompañarte no le haría creer que soy de fiar?

Bastiano suspiró, frustrado.

—Tal vez, pero, de nuevo, no podemos perder el tiempo tratando de convencerlo.

—No voy a permitir que me dejes atrás, Bastiano —dije mientras me dirigía a mi armario en busca de un vestido y la capa más pesada que tuviera, una con una gran caperuza—. Vamos a convencerlo.

Bastiano volvió a suspirar mientras se ponía su capa y sombrero, pues sabía que no podría discutir conmigo.

—Átamelo —dije al ponerme un sencillo vestido oscuro y darle la espalda para que me lo atara.

Después de ataviarme y ocultar una daga en el bolsillo del vestido, salimos por la escalera secreta de mi alcoba «pública». No era necesario avisar al servicio de lo que íbamos a hacer.

–Espera –expresé cuando estábamos a punto de pasar por delante del *palazzo* de Amalia–. Un segundo. Hay algo que debo hacer primero.

–¡Valentina, no tenemos tiempo!

–Para esto sí –declaré; me apresuré hasta la puerta trasera del *palazzo* de Amalia y la aporreé–. Espera fuera. Será mejor que no te vea.

Bastiano me obedeció y se ocultó entre las sombras, de modo que ni siquiera yo supe dónde se había metido.

Pasaron unos segundos –demasiados en mi mente–, pero por fin una de las criadas de Amalia abrió la puerta.

–¿*Madonna* Riccardi? –preguntó, parpadeando deprisa–. Lo... lo siento, pero *madonna* Amante está arriba con un cliente y...

–Ve a buscarla –dije y la aparté para dirigirme hasta la cocina.

–*Madonna*, no creo que...

–Es importante y no tardaré.

La criada se dio por vencida y acató mi orden.

Caminé de un lado a otro de la cocina bajo la luz de una vela mientras esperaba.

Unos minutos después, apareció Amalia. Se notaba que había estado durmiendo y estaba un poco desconcertada.

–¿Valentina? –dijo–. Uno de mis clientes está arriba. Esto es...

–Lo sé y lo siento, *amica mia* –me apresuré a decir–. Me iré enseguida. Tan solo necesito que me prometas una cosa.

–Lo que me pidas –respondió de inmediato.

Por eso sabía que todavía podía confiar en Amalia, pasara lo que pasara. Incluso ahora.

–Si me ocurre algo a partir de hoy, si no regreso dentro

de dos días, necesito que me prometas que cuidarás de Ginevra.

—Valentina —dijo, acercándose a mí—. ¿De qué estás hablando? ¿Qué está pasando? ¿Qué…?

—Prométemelo.

—Valentina, por favor, no te arriesgues sin necesidad.

Me reí con amargura.

—Me temo que es necesario. Tan solo… —Bajé la voz—. Prométemelo, Amalia. Prométeme que te asegurarás de que la cuiden bien, de que nunca le falta nada, de que… —Me aclaré la garganta en un intento de apartar la emoción que se había apoderado de ella—. De que pueda tomar sus propias decisiones cuando sea mayor. Y de que sepa quién soy. Por favor. Prométemelo.

—Te lo prometo —susurró Amalia—. Por supuesto. Pero, Valentina, por favor…, ten cuidado.

Extendí los brazos y la rodeé con ellos, abrazándola con todas mis fuerzas.

—Lo intentaré —le dije al oído y me aparté—. Gracias, Amalia.

Tenía una expresión desolada mientras me miraba bajo la luz tenue.

—Regresa a mí —murmuró—. Regresa a Ginevra.

—Haré todo lo que esté en mis manos. Te quiero, Amalia.

—Y yo a ti, Valentina.

Después, me fui.

—¿A qué ha venido eso? —susurró Bastiano cuando me reuní con él en el exterior y nos dirigimos hacia la laguna.

Le conté de manera resumida lo que le había pedido a Amalia y no dijo nada. Tan solo asintió.

Tras ello, volvimos a centrarnos en el asunto que nos ocupaba.

—Si esta noche no conseguimos la información que necesitamos –comenté mientras recorríamos las calles oscuras–, ¿qué pasará?

Me miró a los ojos con calma e intensidad.

–Ya lo he dicho, ¿no?

–No –dije–. No puedes…

Apartó la mirada.

–Es nuestra última oportunidad, Valentina –expresó en voz baja y con urgencia–. Si sale mal, te tendré que hacer lo que sea necesario para proteger a nuestra hija. Y a ti.

–No puedes –susurré.

Se echó a reír con incredulidad y sacudió la cabeza.

–Hace menos de media hora me has puesto una daga en el cuello –comentó–. Ya sabes que puede que no haya otra solución.

No pude seguir discutiendo, porque nos encontramos a un hombre durmiendo en su góndola en la base de un puente. Bastiano lo despertó y le dijo a dónde íbamos tras entregarle una moneda. A continuación, nos subimos a la góndola y partimos.

Permanecimos en silencio mientras el gondolero nos adentraba en el canal, en dirección a la isla de la Giudecca. Alcé las cejas de manera inquisitiva hacia Bastiano.

–No suelo reunirme con este hombre aquí –admitió–. Siempre nos hemos visto en la ciudad. Pero se aloja en una casa en Giudecca cuando está en Venecia. Me aseguré de averiguar todo lo que pudiera sobre él.

–¿Quién es? –pregunté en voz baja.

–Un español. Creo que un viejo mercenario. Ha… em… recopilado bastante información para los Diez durante años, o eso tengo entendido. Así fue cómo se enteró del complot de Malatesta. Me topé con él cuando empecé a investigar a Malatesta para mi padre. –Bastiano soltó una carcajada sombría y sacudió la cabeza–. Mi padre me pidió que investigara a su antiguo rival político para llegar al fondo de la ley que había propuesto, para que averiguara si lo de la supuesta conspiración otomana era cierto. Dudo mucho que supiera hasta dónde me llevaría.

–O que mandaría a una asesina a tu lecho –susurré.

–Exacto. Mi padre tan solo quería conseguir cierta influencia política y ahora hemos descubierto una auténtica conspiración contra Venecia, pero desde dentro.

Nos quedamos callados y me abrigué más con la capa, tiritando por el frío viento de noviembre que soplaba en la laguna.

El gondolero nos acercó a un muelle en la zona de la isla que Bastiano le había indicado y desembarcamos con rapidez.

–No nos esperes –le dijo Bastiano al gondolero por encima del hombro.

Por el rabillo del ojo, vi cómo el hombre se alejaba del muelle y dirigía su embarcación por el canal de nuevo.

Seguí a Bastiano desde el canal hasta una morada humilde y bien conservada, aunque corriente. Permanecí a su lado mientras llamaba a la puerta, lo bastante fuerte como para hacerse oír, pero con suerte no lo suficiente como para despertar a los vecinos.

–Vamos. ¡Abre la puerta! –masculló.

Dejó de aporrearla y pegó una oreja a la puerta. No sucedió nada durante unos instantes, pero entonces me pareció oír unos pasos al otro lado.

Unos segundos después, la puerta de madera se abrió con un chirrido.

–Gracias a Dios –le dijo Bastiano al hombre que la abrió–. Necesito hablar contigo ahora mismo. La situación ha alcanzado un punto crítico. Te presento a…

Sin embargo, cuando vi el rostro del hombre bajo la luz

parpadeante de la vela que portaba, ahogué un grito y di un paso atrás.

Después de la vida que había vivido, después de todo lo que había hecho, pensaba que nada podría volver a sorprenderme jamás. Pero eso lo hizo.

El hombre me miró con los ojos entrecerrados en la penumbra. De pronto, una expresión de asombro le iluminó el rostro.

–Maria Angelina –expresó perplejo.

Bastiano se quedó paralizado al reconocer el nombre con el que había nacido. Tan solo les había contado toda la historia de mi pasado a él y a Amalia. Y al hombre que teníamos delante.

–Fernando –murmuré–. Fernando Cortés.

Capítulo 32

Me temblaba la mano al acercarme la copa de vino barato a los labios mientras nos arrimábamos a un fuego que había encendido Cortés en la chimenea de la cocina. Me di cuenta de que no podía apartar la mirada del viejo soldado entrecano mientras se paseaba por la cocina en busca de sillas y añadía más leña al fuego. Cuando completó todas sus tareas, se sentó frente a nosotros. Sus ojos se clavaron en mí, en mi vestido sencillo pero elaborado y en el tupido terciopelo de mi capa.

Esbozó una media sonrisa y dijo:

—Veo que no te quedaste en el convento.

Reí.

—No, no lo hice.

—¿Cuánto duraste?

—Me fui la noche en la que me dejaste allí.

Cortés empezó a reír y se dio una palmada en la rodilla.

—Debí haberme imaginado que ni siquiera los altos muros de aquel convento podrían detenerte.

—En mi opinión, las monjas están mejor así —dije y arqueé una ceja al darle otro sorbo al vino—. Yo, sin duda, lo estoy.

Quería preguntarle por su vida, dónde había estado y qué había hecho durante todos esos años desde que nos vimos por última vez. ¿Se había ido de Venecia en algún momento o siempre había estado ahí?

Pero Bastiano empezó a hablar antes de que pudiera preguntárselo.

—Por muy conmovedor que sea este reencuentro, el tiempo es un lujo que no nos podemos permitir en estos momentos. Fernando, tal vez podríamos explicarte por qué hemos venido...

—Ya sé por qué habéis venido –lo interrumpió Cortés–. Las cartas.

—Sí. Las necesito. Ahora.

—Tengo malas noticias al respecto –dijo Cortés–. Zanetto ha muerto.

Bastiano se puso en pie de un salto.

—¿Muerto?

Cortés asintió.

—Esta noche he ido a la habitación que alquila para ver si podía convencerlo de que hablara conmigo en caso de que tú no volvieras. Lo encontré degollado de oreja a oreja y se han llevado todo lo que tenía de valor. Créeme, estuve buscando.

—Por las tetas de la Virgen –maldijo Bastiano y se dejó caer en la silla de nuevo–. Estamos perdidos, entonces. –Después se dirigió a mí–: Zanetto es el hombre con el que vine a reunirme en Venecia. El que solo se veía conmigo.

—Puede que no –comentó Cortés–. Hay otro hombre con el que me puedo reunir para ver si tiene algo. Es una especie de empleado que ha trabajado para Malatesta.

Bastiano maldijo.

—No tenemos tiempo, Cortés.

—¿Qué cartas? –interrumpí.

—Las cartas de Malatesta –dijo Bastiano–. Firmadas por él. En las que prometía sobornar a ciertos senadores y miembros del Gran Consejo a cambio de que apoyaran su ley. La ley de la duración de los mandatos del Consejo de los Diez.

—Y este tal Zanetto –añadió Cortés– también afirmaba tener una carta de Malatesta para un oficial de la Corte española en la que le prometía todo tipo de favores si los españoles le entregaban el oro para pagar los sobornos. Una copia de ella, claro. Afirma que Malatesta le pagó para que llevara el mensaje; es un marinero, así que es probable que se la llevara a España o que estuviera a punto de hacerlo.

Palidecí.

—Dios Santo —dije en voz baja—. Si los españoles consiguen hacerse con una parte de Venecia, nunca nos libraremos de ellos.

Los españoles y el emperador del Sacro Imperio Romano Germánico eran mis viejos y peores enemigos.

Bastiano asintió.

—Sí. Parece ser que Malatesta está dispuesto a convertirse en un dux marioneta para los españoles antes que no serlo jamás.

—Qué imbécil —gruñí—. Algún día podría haber llegado a ser dux por su propia cuenta.

—Los hombres como él no pueden esperar ni hacer las cosas como es debido —dijo Bastiano—. En cuanto prueban el poder, tienen sed de más, cueste lo que cueste.

Sacudí la cabeza.

—Por ese motivo se creó el Gobierno de Venecia, para evitar que se dieran este tipo de casos —comenté.

—Exacto, pero aun así ha decidido intentarlo.

—¿Por qué nos hemos quedado sin tiempo, Bragadin? —preguntó Cortés, volviendo al tema que nos ocupaba.

—Malatesta sabe que estoy investigándolo, que lo investigo desde hace tiempo, por lo que le ha dado a mi bella amante —me señaló con la cabeza— hasta mañana para matarme.

Cortés abrió los ojos de par en par, sorprendido, al oírlo.

—Te ha pedido a ti que lo…

—Amenazó a nuestra hija. Pero no tenemos tiempo para esa historia ahora mismo.

Cortés negó con la cabeza.

—Aunque, como ya os he dicho —añadió—. no tengo las cartas, hay otro hombre que podría tener algo. Iré a verlo de inmediato.

—Pero ¿estamos seguros de que las cartas existen? —pregunté—. Malatesta es demasiado precavido como para poner información incriminatoria por escrito, o al menos eso he pensado siempre.

—Hay varias personas que afirman que las han visto y estoy seguro de que habrá tenido que enviarle alguna carta firmada a la Corona española para que consideraran su complot —comentó Bastiano—. O ya no las tiene nadie o tienen demasiado miedo para enfrentarse a Malatesta. No los culpo, después de lo de Secco.

—No… no me habrías dejado matar a Secco cuando sabías que no debía hacerlo, ¿verdad? —susurré.

Bastiano tomó mis manos entre las suyas.

—No —dijo, sus ojos buscaron los míos y sostuvieron mi mirada bajo la luz tenue—. En ese momento no lo sabía. Nunca te habría dejado hacerlo si lo hubiese sabido.

Por el rabillo del ojo, vi a Cortés mirándonos a Bastiano y a mí mientras nos escuchaba y trataba de averiguar cuál era mi papel en todo esto.

—Me lo imaginaba —prosiguió Bastiano—. Me imaginaba que Malatesta quería acabar con Secco por no colaborar, por prometer que frustraría sus planes. Pero no estaba seguro. No estuve seguro hasta que Secco estuvo muerto.

—Hasta que lo maté —susurré—. Eliminé a uno de sus rivales y a la vez me involucré en su traición. Para entonces ya me había atrapado. —Sacudí la cabeza y me tapé el rostro con las manos—. Si tan solo me hubiera dado cuenta de cómo me estaba utilizando antes de que fuera demasiado tarde, podría haber…

Bastiano me apartó las manos de la cara con delicadeza y las apretó.

–Hiciste lo que debías para sobrevivir –dijo sin apartar la mirada de la mía–. Malatesta te habría matado si te hubieras enfrentado a él. Ha… ha perdido la cabeza. Prefiero que Secco muera mil veces a que mueras tú.

Se puso en pie y se giró hacia mí.

–Deberíamos volver a casa –añadió–. Creo que deberías irte con Ginevra. Tenemos que arriesgarnos y llegar a ella antes de que Malatesta pueda actuar. Yo me quedaré aquí y veré si podemos encontrar las pruebas que necesitamos para presentar cargos contra él ante el resto de los miembros de los Diez. Hablaré con mi padre para averiguar si ha conseguido algo más. Cortés, avísame cuando hayas hablado con el empleado.

¡Cómo había deseado que ese viaje nos hubiera dado todo lo que necesitábamos, que hubiéramos vuelto de Giudecca con lo que equivaldría a una sentencia de muerte para Ambrogio Malatesta! Pero no había sido el caso.

Ojalá Tomasina hubiese hallado algo; si las cartas que mencionaban esos hombres existían, entonces estarían guardadas bajo llave en alguna parte de la residencia de Malatesta. Pero, si hubiese encontrado algo, Bettina me lo habría dicho.

Respiré hondo y me levanté. No podíamos perder la esperanza todavía. Quedaba trabajo por hacer. Aún tenía que salvar a mi hija. Podría hablar con Bettina al volver a casa y ver si tal vez Tomasina podría ayudarme a entrar en el hogar de Malatesta para que la registrara yo misma si no había otra opción.

–*Andiamo* –dijo Bastiano, quien interrumpió mis pensamientos mientras se dirigía hacia la puerta principal.

–Espera –exclamó Cortés, alzando una mano para detenerme cuando me disponía a seguir a Bastiano–. ¿Podemos hablar?

Le lancé una mirada interrogante a Bastiano. Este resopló con impaciencia, pero dijo:

–Iré a buscar una góndola.

Y se marchó.

Me volví hacia mi viejo protector en la penumbra.

Se dedicó a observarme en silencio durante unos segundos, con los brazos cruzados.

–Te vi una vez, ¿sabes? –expresó al fin.

–Tú… ¿Qué?

–Te vi una vez, en Venecia –añadió y señaló con la cabeza hacia la ciudad–. Te vi desembarcar de una góndola frente a un lujoso *palazzo*, vestida como una reina y del brazo de un atractivo noble.

–Ah –respondí.

No supe cómo responder.

–No me sorprendió que huyeras del convento –dijo–. Pero… –Sacudió la cabeza–. Esta no era la vida que quería para ti, Maria Angelina. No quería que tuvieras que prostituirte. Por eso te llevé al convento.

–No podía quedarme allí –expliqué–. No podía condenarme a esa muerte en vida, no después de todo lo que había luchado por llegar hasta aquí. Por seguir viva.

Cortés permaneció en silencio.

–No me compadezcas –añadí, un poco enfadada ahora–. Ni me juzgues. Yo elegí esta vida, Fernando. Me convertí en una cortesana porque quise. Porque quería vivir mi propia vida según mis normas. Esta es la única vida que he visto que permite a una mujer hacerlo. –Me tragué el nudo de emociones que se formó en mi garganta–. Sobreviví porque tú me enseñaste a hacerlo. Pero sobrevivir y vivir son dos cosas muy distintas.

Durante un instante, lo único que se oía era el crepitar del fuego. Después, Cortés descruzó los brazos y asintió.

–Supongo que tienes razón… Tenías todo el derecho de elegir por ti misma.

–Así hice –dije en voz baja.

Volvió a asentir y esbozó esa sonrisa tan inusual.

–Y deduzco que no has olvidado los trucos que te enseñé con la daga.

Le devolví la sonrisa.

–No. He… he intentado aplicar lo que me enseñaste para hacer el bien.

–No me cabe ninguna duda de que has hecho lo que considerabas adecuado.

Su orgullo y aprobación despertaron una sensación cálida en mi vientre que superaba al calor de las ascuas de la chimenea.

–Ojalá pudieras utilizar tus habilidades con Malatesta –declaró y su expresión se tornó seria de nuevo.

–Estoy deseando que se presente esa oportunidad.

Cortés volvió a sonreír.

–Si le das caza, no tardará en encontrarse con su Creador.

–O más bien con Lucifer.

Cortés se rio con brusquedad.

–Sin duda. Bueno, será mejor que te vayas. Cuando todo haya terminado, si puedes, hazme saber que os encontráis todos a salvo.

–Por el Dios de las Sombras, espero que sí.

–¿El Dios de las Sombras?

Me quedé callada.

–Si-siempre he pensado que servía a un… un dios más siniestro, al hacer lo que hago. Que un dios que se esconde en las sombras es el único que puede otorgar favores a alguien como yo.

–Tal vez sea así –dijo–. Aunque es demasiado filosófico para un viejo soldado como yo. –Extendió la mano y me dio unas palmaditas en el hombro–. Sirve como es debido a tu Dios de las Sombras, Maria Angelina... O, mejor, Valentina. Y, si le puedes entregar la cabeza de Ambrogio Malatesta, hazlo.

Tenía tanto que contarle a Cortés, tantas cosas que quería que supiera, tantas cosas que habría necesitado decirle. En lugar de ello, me arrojé a sus brazos sin pensarlo. Él me devolvió el abrazo con torpeza, como ya había hecho en otra ocasión.

Capítulo 33

Cuando Bastiano y yo entramos en mi *palazzo* bajo la luz creciente del amanecer, comentando con rapidez mi plan para recoger a Ginevra y el suyo para tratar de encontrar más pruebas, no vi a Lauretta hasta que casi nos chocamos con ella en lo alto de las escaleras.

—*Mi scusi, madonna* —dijo e hizo una breve reverencia, más bien dirigida a Bastiano que a mí, sin duda—. Os estaba buscando. No me había dado cuenta de que os habíais marchado.

—Sí, sí —respondí con impaciencia mientras Bastiano y yo subíamos hasta la tercera planta del *palazzo*; Lauretta se apresuraba detrás de nosotros—. ¿Qué ocurre?

—Tengo una carta para vos, *madonna* —añadió y me la entregó al llegar al rellano de la tercera planta—. La acaba de traer la criada de Amalia Amante.

Me paré en seco.

—¿Amalia? —pregunté, atemorizada por lo que podría contener ese trozo de papel que tenía entre las manos.

—Sí, *madonna*.

—Gracias, Lauretta. Puedes retirarte.

—¿Os traigo al *signor* Bragadin y a vos algo para…?

—Ahora no, gracias. Puedes retirarte.

Aunque mi brusquedad la asustó, Lauretta se volvió enseguida, bajó las escaleras y desapareció de nuestra vista. Me sentí un tanto culpable por haber sido tan brusca con ella, pero no podía perder el tiempo con explicaciones. Le pediría disculpas más tarde, cuando todo acabase. E independientemente de cómo acabase.

Bastiano retomó la conversación, pero apenas le oía mientras entrábamos en mi alcoba. Me empezaron a temblar las manos al darle la vuelta al papel. ¿Qué querría decirme Amalia después de lo que había pasado hacía tan solo unas horas? ¿Y por qué habría decidido hacerlo a través de una carta? Nunca nos escribíamos, salvo alguna nota breve de vez en cuando para invitar a la otra a dar un paseo o para una visita. Resultaba más sencillo pasar a vernos que perder el tiempo escribiendo y buscando a una criada para que llevara el mensaje.

Por lo que ¿qué había escrito en esa carta que no podía –o no quería– decirme en persona?

Ignorando a Bastiano, pasé el dedo por debajo del fino sello de lacre y lo rompí. Solo había una manera de averiguarlo.

La carta contenía cinco sencillas frases, cada una de las cuales era más extraordinaria que la anterior. No incluía ni un saludo ni una firma, tan solo una dirección al final.

Al volver a mis aposentos, la puerta que daba al pasillo se cerró, Bastiano se giró hacia mí y se golpeó en la pierna con el sombrero en señal de frustración.

–Confiaba en que Cortés tuviera las cartas –expresó–. Qué fácil habría sido todo. Estaba seguro de que Zanetto seguiría con vida cuando volviera a Venecia para reunirme con él.

–Podrías haberme dicho que estabas trabajando con él –dije, desviando mi atención durante un instante del contenido de la carta de Amalia–. Con Cortés. Que estaba en Venecia. Que estaba bien. Por todos los santos, creía que había muerto hace tiempo.

–No sabía que era el hombre que te rescató hace tantos

años –comentó Bastiano–. Nunca me dijiste cómo se llamaba.

–¿No lo hice? Supongo… Supongo que no.

–No. Me habría acordado. –Se pasó los dedos por el pelo–. ¿Por qué estamos hablando de esto ahora? Por las tetas de la Virgen, Valentina. Nos encontramos en una situación muy complicada. Esas cartas… –Se interrumpió–. Son nuestra última esperanza.

–Lo hemos intentado –expresé–. Mereció la pena.

Bastiano me miró con desconfianza al oír mi tono de indiferencia.

–No veo que te preocupe demasiado este giro inesperado de los acontecimientos –espetó–. Estas cartas son nuestra última oportunidad y ambos lo sabemos. Si Cortés no las consigue, debo… Para salvar a Ginevra tendré que…

Se le quebró la voz.

–No. No deberás ni tendrás que hacerlo.

Me miró con una expresión de incredulidad y esperanza.

–¿Se te… se te ha ocurrido algo?

–En cierto modo –dije y dejé la carta en el lecho–. Digamos que se me ha presentado una oportunidad.

Se puso en pie de un salto.

–¿Una oportunidad? ¿A qué te refieres? ¿Qué ha pasado? –preguntó.

–Sígueme y te lo explicaré –respondí, guiándolo desde la alcoba hasta el tocador.

Me acerqué a un armario, lo abrí y saqué una capa, un cinturón y otras prendas y lo amontoné todo en mis brazos.

–La carta que he recibido –añadí– era un soplo; supongo que podemos llamarlo así. Sé dónde va a estar Malatesta esta noche. Y estará solo.

–¿Un soplo de quién? ¿De Amalia? –inquirió.

–Sí.

De espaldas a él, cogí la llave del tocador que estaba en la coqueta y me la guardé en el bolsillo.

–¿Y estás segura de que este soplo es… fiable? ¿Estás lo bastante segura como para arriesgar tu vida, la mía y… la de Ginevra?

Lo miré a los ojos con frialdad.

–Sí. Espera aquí un momento, te mostraré la carta.

Volví a la alcoba y cerré la puerta del tocador detrás de mí. Antes de que Bastiano se pudiera dar cuenta de lo que estaba pasando, eché la llave desde fuera.

Se produjo un momento de silencio, en el que con toda seguridad oyó el sonido del cerrojo al encajar. A continuación, en un suspiro, se acercó a la puerta y empezó a aporrearla desde el otro lado.

–Valentina, ¿qué estás haciendo? ¡Déjame salir!

–Lo siento, Bastiano –le grité–. De verdad. Pero debo hacerlo sola.

–¿De qué estás hablando? ¿Vas a reunirte con Malatesta? ¡No! ¡Tengo que ir contigo! ¡No seas insensata!

–Debo hacerlo sola –volví a decir– y necesito que esperes aquí mientras lo hago. Necesito asegurarme de que no harás nada heroico ni ninguna estupidez mientras tanto.

–¡Valentina! –gritó, su rabia se oía incluso desde el otro lado de la pesada puerta de madera–. ¡No lo dirás en serio! ¡Esto es una auténtica locura!

–No lo es –dije con tranquilidad, con la misma calma mortal que se había apoderado de mí desde que había leído la carta de Amalia.

Hubo una pausa y oí a Bastiano alejarse de la puerta, tal vez mientras buscaba, en vano, otra salida. Pero no la había; el tocador no tenía ventanas y solo se podía acceder a él a través de mis aposentos.

–Espera aquí, Bastiano –le grité mientras me ponía las

prendas que había sacado del armario–. Cuando vuelva, todo habrá terminado. Estaremos a salvo. Te lo prometo.

–¡Valentina! *Tu sei pazza*! ¡Debes dejar que te acompañe!

No respondí. Me puse los pantalones que reservaba para ese tipo de ocasiones, cuando no quería que las faldas me estorbaran. También me coloqué una camisa y un chaleco de hombre y me recogí el pelo en una trenza larga y tirante. Al ocultarla bajo la capa, nadie se giraría para mirar a un joven delgado que recorría Venecia.

Ignoré los gritos constantes de Bastiano y me ajusté el cinturón a la cadera. Tenía una daga enfundada a cada lado, así como otras dos dagas ocultas en las botas que me estaba poniendo.

Lo cubrí todo con la capa y me tapé la cara con la caperuza. Cogí la carta que había dejado en el lecho y se la pasé a Bastiano por debajo de la puerta.

–Esta es la carta que me ha enviado Amalia –dije y se quedó callado al agacharse para cogerla–. Debo irme. Cuando vuelva, todo habrá terminado.

El silencio lo invadió todo mientras Bastiano leía las mismas cinco frases que, impactada, había tenido que leer varias veces para asegurarme de que decían lo que creía que decían. Lo que necesitaba que dijeran:

He escrito a Ambrogio Malatesta para pedirle que se reúna conmigo en una casa abandonada en Dorsoduro hoy a las cinco de la tarde. Nos hemos visto allí en otras ocasiones, así que acudirá. Le he contado que tengo información relevante sobre ti. La puerta estará abierta. Haz lo que consideres necesario.

A continuación, figuraba la dirección de la casa en cuestión, todo escrito del puño y letra de Amalia.

Bastiano me perdonaría algún día por haberle hecho lo mismo que Massimo me había hecho a mí hacía tantos años: encerrarme para mantenerme a salvo.

Al salir, les indiqué a mis criadas, con términos muy claros, que no debían dejar salir a Bastiano de mi tocador, independientemente de lo que dijera o de sus amenazas. Tras ello, bajé las escaleras y salí por la puerta. Me dirigí al Puente de Rialto, donde cruzaría el Gran Canal y desde donde me dirigiría a Dorsoduro. Llegaría con mucha antelación, por supuesto, pero no me importaba. No quería arriesgarme a no llegar a tiempo. Prepararía una trampa y lo esperaría. Esta vez, no se escaparía.

Le haría una última ofrenda al Dios de las Sombras.

Capítulo 34

La casa en Dorsoduro no era grande ni estaba demasiado amueblada. Desde fuera, era poco memorable, pero supongo que de eso se trataba. No sabía a quién pertenecía; tal vez al propio Malatesta, que la utilizaría como escondite secreto, como un lugar en el que intercambiar información o bienes, o para guardar secretos. No importaba. Lo único que importaba era que yo estaba ahí y que, dentro de poco, también lo estaría Malatesta. Y, entonces, todo habría terminado.

Si se me hubiera presentado la oportunidad de matar a Malatesta de otra forma, habría sentido, aunque parezca mentira, cierto remordimiento al hacerlo. No porque creyera que ese hombre merecía vivir y menos aún porque tuviera algún reparo en hacer lo que debía para defender a mi amado y a mi hija. Para ser sincera, había matado por mucho menos. No, me sentiría culpable por Amalia. A pesar de ello, Amalia me había absuelto de esa culpa al ponerlo por escrito, al escribirme aquella carta. Al organizar ese encuentro, había sido mi salvación. No me imaginaba cuánto le habría costado tomar esa decisión, y sabía que nunca podría recompensarla como es debido. Sin embargo, estaba dispuesta a pasarme el resto de la vida intentándolo.

No solo nos estaba salvando a Bastiano, a Ginevra y a mí. También estaba salvando a Venecia, la ciudad que amaba, de las garras de un futuro tirano. Uno que traicionaría a esa ciudad y que se la vendería a los españoles o a quienquiera que pujara, solo para que pudiera obrar a su voluntad. En otra época, había estado a merced de hombres que querían imponer sus deseos al mundo y que disponían del poder para hacerlo. Por ellos había perdido mi hogar y todas las personas a las que quería habían muerto. No iba a permitir que eso volviera a pasar jamás. Ni a mí ni a los habitantes de Venecia, solo porque Malatesta no se saciaba con el poder que ya tenía.

Le demostraría que no solo era una herramienta que pudiera utilizar, que tanto yo como el resto de las cortesanas y las mujeres de esa ciudad no éramos meros objetos para complacer o beneficiar a un hombre. Las mujeres de Venecia serían las que acabarían con Malatesta, defenderían su hogar y a sí mismas cuando fuera necesario. No solo yo, sino también Amalia, Felicita, Margarita e incluso Tomasina y Bettina, quienes buscaban vengarse de un hombre que se había aprovechado de ellas.

Los hombres como Malatesta creían que podían deshacerse con facilidad de las mujeres. Pero nada más lejos de la realidad. Éramos resilientes e implacables y, si nos confinaban a la penumbra, pues desde ella atacaríamos.

Tal y como me había prometido Amalia en su carta, la puerta principal de la casa estaba abierta. Recorrí todo el lugar en tres ocasiones hasta que memoricé lo suficiente la distribución principal y supe a dónde dirigía cada pasillo, dónde estaban las habitaciones y lo grande que era cada una. Había una puerta principal, por la que había entrado y que daba a la calle, pero también una trasera, en la cocina, y que daba a un pequeño callejón. Esas eran las únicas dos entradas.

Supuse que Malatesta accedería por la principal, pero no podía estar segura de ello y no me beneficiaría que me pillara desprevenida, por lo que elegí un pequeño salón en el que establecerme. Estaba más próximo de la puerta principal que de la trasera, pero era mejor que el diminuto comedor que tenía dos puertas. El salón tan solo tenía una, así que, una vez que Malatesta entrara en él, cerraría la puerta y me aseguraría de que no pudiera escapar. Me deshice de todas las armas afiladas que había en la casa, desde los cuchillos de la cocina hasta un abrecartas, y las tiré al canal. Lo más probable era que Malatesta llevara una daga encima, pero no le daría más opciones.

Tras recorrer toda la casa una vez más, me dispuse a esperar.

Caminé por la habitación mientras agitaba los brazos con la intención de que la sangre siguiera fluyendo por mis extremidades y encontrarme ágil y preparada llegado el momento. Las horas pasaban con lentitud y el paso del tiempo solo se distinguía a través de la luz que se colaba por las ventanas estrechas del salón, del anochecer anticipado de esa época del año. Utilicé un pedernal que encontré en la cocina para encender las velas de un candelabro en el salón. La oscuridad sin duda me ayudaría, pero también necesitaba ver lo que estaba haciendo, aunque fuera un poco. Solo tendría una oportunidad.

De pronto, alrededor de las cinco de la tarde, oí cómo se abría la puerta principal.

—¿Amalia? —llamó la voz familiar de Malatesta; oí la puerta cerrarse detrás de él—. ¿Estás aquí?

—Aquí —grité, en una imitación bastante exacta de la voz de Amalia.

Me moví con rapidez y sigilo hacia la puerta y apoyé la espalda en la pared junto a ella.

Unos segundos después, Malatesta entró por la puerta y echó un vistazo al cuarto poco iluminado.

—¿Amalia? ¿Dónde…?

Cerré la puerta de golpe y me situé delante de ella.

Pude ver, incluso en la penumbra, cómo se le tensó la espalda al escuchar ese sonido, incluso antes de que se diera la vuelta. Lo sabía. Sabía que estaba atrapado.

Se volvió hacia mí. Durante un instante, unos segundos antes de que volviera a escudarse tras una máscara de arrogancia y aplomo, percibí el miedo en la oscuridad de sus ojos. Esa imagen resultó más dulce y embriagadora que el mejor vino que jamás había probado; y había probado vinos excelentes en mi vida.

—Valentina —dijo, su tono tranquilo y aristocrático no lograba disimular del todo el miedo en su voz—. Debo admitir que me sorprende verte aquí. No debería, pero así es. —Maldijo en voz baja—. Amalia, maldita zorra mentirosa. ¡Maldita sea!

Como si todo lo demás no fuera suficiente, ese último insulto a mi amiga, a la persona más cercana a una hermana que había tenido o tendría jamás, resquebrajó la pizca de control que aún poseía. Me abalancé sobre él en un instante y, como no esperaba que me moviera con tal rapidez ni que mi delgado cuerpo tuviera tanta fuerza, lo pilló desprevenido. Lo empujé contra la pared que teníamos delante, entre las ventanas con cortinas con vistas al canal, y le puse una daga al cuello.

—¿Cómo te atreves a insultarla con algunas de tus últimas palabras? —gruñí con los dientes apretados como una leona que está cazando—. Vale más que cien hombres como tú. Y a pesar de ello, por algún motivo, te amaba; a ti, un desalmado que no merece su atención ni su amor. Ni siquiera sabes lo que significa esa palabra.

Logró soltar una risa sofocada, añadiéndole un toque de burla.

—La amaba lo suficiente como para confiar en ella —expresó—. Ese fue mi error. Mi fatídico error, tal vez.

Presioné el filo de la daga aún más contra su cuello, del cual brotó un hilillo de sangre.

–Has cometido demasiados errores como para enumerarlos –susurré–. Pero, sin duda alguna, el peor ha sido amenazar a mi hija y obligarme a matar al hombre al que amo.

Otra gota de sangre le recorrió el cuello pálido.

–¿Y tratar de derrocar al Estado de Venecia? O quizá no derrocarlo, pero al menos someterlo a mi voluntad. ¿Acaso ese no ha sido uno de mis peores errores?

Parpadeé, atónita por el hecho de que fuera capaz de admitirlo sin más, y él aprovechó la ocasión para empujarme. Me tambaleé y se apresuró hasta la puerta tras tirarme la daga que tenía en la mano. Salté hacia delante, maldiciéndome por haber sido tan estúpida, y lo cogí del brazo; se lo doblé hacia atrás hasta desencajárselo. Gritó de dolor y se volvió hacia mí. Recordé el consejo que me había dado Fernando Cortés hacía tantos años –«Utiliza la fuerza de tu agresor en su contra»– y me acerqué a Malatesta cuando él esperaba que me apartara. Se golpeó con mi pierna, que había levantado a la altura de su entrepierna. Emitió otro alarido de dolor y, mientras estaba desorientado, volví a empujarlo contra una de las paredes, desenfundé la otra daga que tenía guardada en el cinturón y se la puse en el cuello de nuevo.

–Buen intento –dije, alargando las palabras; aún tenía una expresión de sufrimiento en el rostro–. Casi funciona.

No respondió, seguía sin aliento por el dolor.

–Tu complot para derrocar al Estado de Venecia habría sido tu perdición tarde o temprano –proseguí–. Alguien se habría enterado; de hecho, alguien se enteró. Varias personas, más bien: Bastiano Bragadin, su padre, un gran hombre llamado Fernando Cortés y Dioniso Secco. Por eso necesitabas que matara a algunos de esos hombres. Tarde o temprano lo habrían podido demostrar y tus compañeros del Consejo de los Diez te habrían cortado la cabeza. –Chasqueé la lengua con desaprobación–. ¿Acaso no has aprendido nada de Marino Falier?

–Yo habría conseguido lo que Falier no pudo –gruñó–. Nadie sospechaba de mí. Nadie relevante. ¡Muchos incluso estaban de acuerdo conmigo!

–Tal vez –dije, situando la punta de la daga justo debajo de su ojo de forma que, si estornudaba, se lo sacaría.

Se quedó paralizado, hasta parecía que había dejado de respirar.

–Pero no voy a matarte por eso, Malatesta, aunque me produce cierto orgullo patriótico hacerlo.

–¿Ah, no? –preguntó en voz baja, consciente de dónde estaba la punta de la daga–. ¿También fue el orgullo patriótico el que te llevó a matar sin contemplaciones a todos los hombres que te pedí que asesinaras?

–Voy a matarte –continué– porque eres un monstruo que ha tratado de acabar con todas las personas a las que quiero.

Volví a ponerle la daga al cuello.

–¿No te parece un poco hipócrita llamarme monstruo justo ahora, Valentina? –Se le quebró ligeramente la voz por el miedo; ya no podía ocultarlo.

–Soy el monstruo que tú has creado –dije.

Varias cosas ocurrieron a la vez.

Mientras sujetaba la daga con fuerza, preparada para asestar el golpe final, oí abrirse la puerta del salón que estaba detrás de mí. Los ojos de Malatesta, que se movían con esperanza, se centraron en la persona que acababa de irrumpir.

–¡Socorro! ¡Ayúdame! –gritó.

Empezó a forcejear conmigo para tratar de llegar a quienquiera que fuera esa persona.

No podía detenerme, no podía perder el tiempo en darme la vuelta y ver quién había entrado, si era un amigo o un enemigo, si era una amenaza para mí o no. Sin más dilación, empujé a Malatesta con fuerza contra la pared y le clavé la daga en profundidad, rajándole el cuello.

Emitió ese espantoso gorjeo que hacen los hombres cuando se ahogan con su propia sangre. Mis manos se tiñeron de rojo y dejé que Malatesta se desplomara al suelo mientras se cubría el corte. En ese instante, me di la vuelta para ver quién había entrado en la habitación. Me estremecí de sorpresa y horror al ver a Amalia Amante, ataviada con una capa y un vestido oscuros, observando sin inmutarse a su amado mientras se desangraba.

Malatesta la miró, intentó hablar, pero obviamente no pudo. Después, clavó sus ojos en mí y, con un último sonido aterrador, se quedó inmóvil; su cabeza cayó hacia atrás, contra el suelo, y dejó a la vista el enorme tajo que tenía en el cuello.

Deseaba acercarme a Amalia, abrazarla y evitar que siguiera viendo esa imagen; el acto que había sido posible gracias a ella. Pero, como tenía las manos cubiertas de la sangre de su amado, no traté de tocarla.

—Amalia —pregunté con una mezcla de cansancio y confusión en la voz—, ¿por qué has venido? No deberías haberlo visto.

Caminó hasta mí y observó el cuerpo de Malatesta.

—No —dijo en voz baja—. Debía venir. Quería ver lo que yo misma había provocado. Creo que se lo debía.

—No le debías nada —expresé con rabia—. ¿Cuántas veces debo decirte que no te merecía?

—Y tienes razón —reconoció—. Siempre supe que era cierto, ¿sabes? Cuando quería mantenerme en secreto, cuando no admitía que me visitaba. Pero… —Respiró de manera entrecortada–. Lo amaba. Permití que eso no me dejara ver todo lo demás o, al menos, que no me importara. Tendría que haberme dado cuenta.

–A todas nos ha cegado el amor en algún momento –expresé.

Limpié la daga en la capa de Malatesta y la guardé en la funda que llevaba en el cinturón.

Amalia esbozó una sonrisa triste.

–Tal vez. Aunque tú elegiste mucho mejor que yo. Bastiano es un buen hombre. Él te ama de verdad, incondicionalmente, sin importar lo que hagas por él. Y quiere a tu hija. –Su expresión se tornó seria al dirigir de nuevo la mirada hacia Malatesta, que estaba tendido en el charco de sangre–. Por eso tenía qué salvarlo. Por eso tenía que salvaros a todos.

–No tenías que hacerlo –dije en voz baja.

Amalia me miró; le brillaban los ojos por las lágrimas bajo la tenue luz de las velas.

–Claro que debía –añadió, con la voz llena de angustia–. Debía hacerlo. No podía dejar que Ambrogio te hiciera daño. Hasta que viniste a mi *palazzo* esta mañana… Tendrías que haberte visto, Valentina. Estabas tan pálida como un espectro, pero a la vez tan decidida. Eras consciente de que podías morir; se percibía. Incluso antes de que me pidieras que cuidara de Ginevra. Y que confiaras tanto en mí, incluso cuando tu peor enemigo era mi amante… –Sacudió la cabeza–. No podía dejar que lo hiciera, no podía permitir que te hiciera algo malo.

–Pero lo amabas –susurré.

Asintió y las lágrimas empezaron a brotar de sus ojos.

–Sí, sí. Cuando me preguntaste por él hace unas semanas, no entendí por qué. Incluso la noche en la que me dijiste que un miembro de los Diez te había ordenado que mataras a Bastiano, me… me da vergüenza admitirlo, pero me negué a creer que fuera Ambrogio. Me dije a mí misma que él no era capaz de hacer algo así. Jamás. No podía ser tan cruel, tan manipulador. Pero sabía que podía serlo. Se esforzaba en no mostrar ese lado cuando estaba conmigo, pero de vez en cuando lo vislumbraba. Aun así, seguía diciéndome que no podía ser él, que había otros miembros de los Diez que te podrían haber dado esa orden. ¿Qué probabilidades había? Pero, entonces, el día que viniste a mi *palazzo*, cuando os visteis…

Se interrumpió y se enjugó las lágrimas; vi cómo su expresión se volvió seria hasta reflejar la determinación que la había llevado a escribirme aquella carta y a enviar a Ambrogio Malatesta a la boca de la leona.

–No podía seguir mintiéndome. Debido a lo mucho que me hirió durante todos estos años, a lo que te estaba haciendo a ti y a lo que amenazaba con hacerle a Ginevra, no podía permitir que lo hiciera. Por Dios, sabía que era capaz de ordenar que se asesinara a un niño; sabía que su alma era lo bastante oscura para ello. No podía permitir que lo hiciera, no cuando podía impedirlo. No te podría haber mirado a la cara nunca más si no lo hubiese impedido. Esta mañana me di cuenta de que lo impensable era perderte a ti. –Me miró–. Al final, te quiero más a ti que a él. Creo que siempre ha sido así de sencillo.

Si no hubiese estado cubierta de sangre, la habría abrazado en ese mismo instante.

Capítulo 35

Me desplomé en una de las sillas de mi salón privado, aliviada por lo que ponía en la carta que sujetaba.

—La tiene —le dije a Amalia, que había venido a visitarme cuando recibí la carta—. Bastiano ha encontrado a Ginevra sana y salva y está con ella. Ahora se dirigen de vuelta a Venecia.

Amalia cerró los ojos y movió los labios en lo que parecía una oración de gratitud.

—Bendita sea —expresó—. ¿Qué vais a hacer ahora?

—Lo decidiremos cuando llegue —respondí y le pasé la carta para que pudiera comprobar con sus propios ojos lo que había escrito Bastiano, para que pudiera ver el final feliz que habían provocado sus acciones y su sacrificio.

Cuando Amalia se fuera, le escribiría una carta a Fernando Cortés para comunicarle que mi hija estaba a salvo. Una carta mucho más alegre después de la que le había enviado nada más matar a Malatesta, que tan solo rezaba que todo había terminado y estábamos a salvo.

—Bastiano traerá a Ginevra a Venecia de momento. Podrá quedarse aquí durante un tiempo. Puedo aplazar las citas con mis clientes unos días. No quiero que vengan mientras ella esté aquí. —Suspiré—. No puede volver con Vito y Sonia Abate, eso está claro. Puede que Malatesta nunca compartiera su ubicación con el resto de los miembros de los Diez, pero no puedo arriesgarme. No quiero volver a poner en peligro a la familia Abate. —Volví a suspirar con tristeza—.

Me duele apartar a Ginevra del único hogar que ha conocido, pero no tengo elección.

–No, creo que no la tienes –reconoció Amalia–. ¿Entonces? ¿A dónde la mandarás para que esté a salvo?

–No lo sé –admití–. Bastiano y yo tendremos que hablarlo y pensarlo. Aunque no quiero preocuparme por ello todavía. Lo único que quiero en estos momentos es ver a mi hija y abrazarla. –Se me llenaron los ojos de lágrimas al mirar a Amalia–. Y puedo hacerlo gracias a ti.

Me cogió la mano y la apretó, con lágrimas en los ojos.

Dos noches antes, cuando maté a Ambrogio Malatesta, Amalia y yo esperamos hasta altas horas de la madrugada. Después, sacamos el cuerpo de la casa y lo tiramos al Canal de la Giudecca. Todavía no lo habían encontrado, pero todo el mundo hablaría de ello cuando lo hicieran.

Tras ello, volví a casa para liberar a Bastiano de su encierro. Traté de convencer a Amalia de que viniera conmigo para que no estuviera sola esa noche, pero se negó rotundamente y dijo que lo que más necesitaba en ese momento era estar sola. Me conformé, aunque a regañadientes, y luego me di cuenta de que quizá fue lo mejor, teniendo en cuenta lo mucho que discutimos y gritamos de alegría Bastiano y yo.

Había caído de rodillas, aliviado, cuando le dije que Malatesta estaba muerto, que lo había matado y que Ginevra y él estaban a salvo. Después empezó a contarme, en voz alta y con muchas palabras malsonantes, lo que pensaba acerca de que lo hubiese encerrado y me hubiese encargado de Malatesta yo sola. Escuché sus duras palabras en silencio la mayor parte del tiempo, consciente de que me habría puesto furiosa si me lo hubiera hecho a mí.

Cuando terminó de expresar su enfado, tan solo me encogí de hombros y dije:

—No podía arriesgarme a que salieras corriendo e hicieras algo trágico y heroico antes de que pudiera zanjar el asunto.

—Vaya, ¿es así como me ves? —preguntó—. ¿Como una especie de héroe inconsciente, arrogante y dramático?

—Sí.

—Por Dios, Valentina…

—Si has acabado —lo interrumpí—, tenemos que ir a buscar a Ginevra de inmediato. Debemos asegurarnos de que está a salvo y de que no hay nadie al acecho preparado para hacerle daño.

—¿Me has dejado despotricar todo este tiempo antes de recordármelo? —Empezó a buscar su capa y sombrero—. Debo irme ahora mismo.

—Sí, pero no irás solo —dije—. Dame un momento para que me lave y me ponga algo que no esté cubierto de sangre y…

—No —exclamó con fuerza—. Me parece que no. Tú te quedarás aquí.

—Si así es cómo piensas castigarme, de una forma tan infantil… —bramé, con los nervios al límite, ya que no estaba dispuesta a aguantar sus tonterías.

Me fulminó con la mirada.

—Piénsalo, Valentina —dijo—. Malatesta, que se sepa, ha desaparecido. ¿Qué pensarán si nos ven a los dos abandonar Venecia la misma noche?

—¿Acaso alguien sabe que estás en Venecia? Y nadie lo echará de menos todavía.

—No, aún no, pero dentro de un día alguien lo hará y empezarán a investigar cuándo fue visto por última vez y por quién. La gente, probablemente el resto de los miembros del Consejo de los Diez, empezarán a hacer preguntas. Y, aunque hay quienes no se han dado cuenta de que me he ido, es posible que lo descubran ahora. Y si los dos nos vamos de Venecia la misma noche en la que se ha visto con vida por última vez a Ambrogio Malatesta, ¿qué pasará entonces?

—Maldita sea —me quejé—. Sí, supongo que tienes razón…

—La tengo. Así que iré yo solo y traeré a Ginevra. Ya decidiremos qué hacer después.

—De acuerdo —asentí, aunque de mala gana—. Pero vete enseguida. Vete y no te detengas hasta que esté a salvo contigo.

Pasé dos días sumida en una incertidumbre angustiosa hasta que recibí su carta. Al final, resultó de gran utilidad que me quedara…

Poco después de que Bastiano se fuera, mientras caminaba por mi alcoba, agotada, pero a la vez demasiado nerviosa como para conciliar el sueño, Bettina se presentó en mi puerta. A su lado estaba una joven de unos veinte años a la que nunca había visto. A pesar de ello, el parecido entre ambas era evidente.

—Bettina —dije y me detuve—. Esta debe ser Tomasina.

Bettina asintió con la cabeza.

—Así es, *madonna*. —Le dio un ligero empujón a su hija—. Tiene algo para vos.

Tomasina se acercó a mí, con la cabeza alta, y me entregó unos papeles.

—Esto estaba en el despacho de Malatesta —comentó.

Hojeé las páginas y se me abrieron los ojos de par en par al comprender lo que tenía entre las manos.

—¿Dejó esto… a la vista? —pregunté.

—Bueno, no del todo —respondió Tomasina—. Estaba rebuscando en su escritorio, siempre podría excusarme por haber estado limpiando, y encontré un doble fondo en uno de los cajones. Eso es lo que contenía.

Empecé a reír.

–¡Tomasina! –exclamé–. Eres un ser maravilloso. ¡Maravilloso!

Tomasina sonrió y la sonrisa iluminó su bello rostro.

–Pensé que sería importante –dijo–. Pensé que lo perjudicaría si alguien lo supiera. Y quiero que lo perjudique.

Una vez más, Malatesta había subestimado a las mujeres que lo rodeaban, aquellas que creía que tan solo existían para acatar sus órdenes. Creía que la manera en la que nos trataba no importaba. Eso mismo pensaban muchos nobles. Sin embargo, juntas teníamos el poder para derrocarlos.

Si tan solo lo supieran muchos más. Aunque… tal vez era mejor que no fueran conscientes de ello. Tal vez, por ahora, sería mejor que las mujeres siguiéramos ejerciendo nuestro poder desde las sombras y cuando menos se lo esperaran.

–Ya está bastante perjudicado –le informé y vi cómo se le ensombreció el semblante; alcé las hojas–. Pero esto arruinará su reputación. El Consejo de los Diez querrá verlo para asegurarse de que no vuelva a ocurrir nada parecido.

–Bien –dijo–, porque quiero arruinar su reputación. –Carraspeó y miró a Bettina–. Valentina, mi madre me dijo que… que podríais tener un puesto para mí.

Sonreí.

–Así es. Dime, Tomasina, ¿te gustan los niños?

–¡Oh, sí, muchísimo! –exclamó.

Y así fue cómo conseguí una nueva aya para Ginevra, a la que ya la estaba esperando en mi *palazzo*.

En uno de mis cajones secretos guardé una respuesta por escrito del rey español en la que prometía oro y tropas si fuesen necesarias para respaldar el plan de Malatesta de obtener el poder absoluto en Venecia. Quería que Bastiano se la llevase a su padre, quien podría hacerla pública como considerara oportuno. Todo el mundo sabría lo que Malatesta había hecho y, si salía a la luz que yo lo había matado tras descubrir su objetivo, me convertiría en una heroína. Aunque esperaba que ese detalle nunca se desvelara, pues afectaría a mi lista de clientes.

Ahora observaba a Amalia con atención mientras dejaba a un lado la carta de Bastiano.

—¿Estás bien, Amalia? —le pregunté en voz baja—. ¿De verdad?

Esbozó una sonrisa, y aunque esta era débil y tímida, pude vislumbrar su sonrisa habitual debajo de esa, lo cual me animó.

—Todo lo bien que puede esperarse —respondió—. Estoy afligida. Tal vez siempre lo esté, en cierto modo.

—¿Te arrepientes de ello? —Le hice la pregunta que llevaba tiempo queriendo hacerle, pero cuya respuesta me aterraba—. ¿Te arrepientes de haber renunciado a él?

—No —dijo—. En absoluto. Y, aunque me arrepintiera, solo me culparía a mí, Valentina, no a ti. Nunca a ti.

—¿De verdad no te arrepientes? —insistí—. ¿De verdad?

—De verdad, no me arrepiento —confirmó con un tono tranquilo pero firme—. No lloro por la pérdida de Ambrogio tanto como por la del hombre que, durante tanto tiempo, creí que era. El hombre que deseaba que fuera. El hombre que podría haber sido si no hubiera dejado que el poder y las ansias de poder lo corrompieran y lo convirtieran en un ser malvado, mentiroso y retorcido.

—Creo que lo entiendo —dije con amabilidad.

Sonrió con tristeza.

—Claro que lloro por el amor que sentí, esa sensación embriagadora y vertiginosa con la que el mundo parece un lugar más bonito. Lloro por no haberle entregado ese amor a alguien que lo mereciera.

—No podemos elegir a quién amamos —comenté.

Pensé en Massimo y en mí, y después en Bastiano, en todos los hombres que me habían declarado su amor, independientemente del significado que le dieran a esa palabra. Niccolo Contarini. Francesco Valier. También pensé en cuánto debía quererme Amalia para traicionar a su amado por mí y el mío.

—Y volverás a enamorarte, Amalia. Volverás a sentirte así, lo sé. Venecia, el mundo… están llenos de hombres dispuestos a amarte. De hombres que merecen tu amor.

Amalia esbozó una sonrisa.

—Espero que tengas razón, Valentina. De verdad. Espero que todavía me lo merezca después de lo que he hecho.

—Te lo mereces —dije con vehemencia—. Nunca pienses lo contrario. Si Dios es justo, entonces verá que hiciste lo correcto. Que a la hora de valorar tus actos, has hecho más bien que mal. Y creo que el Dios de las Sombras te aplaude.

Frunció el ceño.

—¿El Dios de las Sombras? —preguntó, al igual que Fernando Cortés en su momento—. Te he oído utilizar esa expresión en más de una ocasión, pero nunca te he preguntado por su significado—. Soltó una risita—. Creo que no quería preguntártelo.

Me reí.

—Así es como llamaba al dios al que servía, si es que puede considerarse un dios —expliqué—. Pero ya no le sirvo.

Amalia, gracias a Dios, parecía comprenderlo.

—¿Y qué haréis ahora, tú y Bastiano?

—Ya no quiero saber nada del Consejo de los Diez, eso lo tengo claro —dije y me estremecí—. Y sé que Bastiano tampoco. Solo esperamos que los Diez tampoco quieran saber nada de nosotros.

Capítulo 36

El Consejo de los Diez, por desgracia, no nos había olvidado del todo.

Bastiano llevaba dos días en Venecia con Ginevra cuando apareció el cadáver de Ambrogio Malatesta en la red de un pescador. Se habían oído rumores antes de ello, ya que hacía tiempo que nadie lo veía, por lo que sus sirvientes y socios empezaron a indagar. Pero esos susurros se convirtieron en un torbellino cuando se descubrió su cuerpo degollado. Estaba en proceso de descomposición tras llevar tanto tiempo en el agua, pero todavía lo podían identificar.

Los rumores corrían como la pólvora y, aunque oí las habladurías lascivas de siempre –un marido celoso, deudas por el juego, incluso algún tipo de vínculo con las artes oscuras–, enseguida se generalizó la creencia de que su trabajo con el misterioso y despiadado Consejo de los Diez había tenido algo que ver con su muerte. Tal vez un prisionero al que se le había acusado injustamente o un asesinato cometido por otra nación como represalia por ejecutar a uno de sus espías.

Bastiano le entregó la carta de la Corona española a su padre, que la llevó frente a los Diez. Tras ello, las habladurías sobre Malatesta empezaron a cambiar. Había estado conspirando contra su propio país. Los Diez asesinaron al traidor que había entre ellos. Un rumor sin fundamento, por supuesto. Aun así, en poco tiempo, su reputación estaría arruinada, tal y como le había prometido a Tomasina.

También recibí una carta que decía lo siguiente:

Pensé que querrías saber que el senador Gritti
le debe un favor a quienquiera que haya librado
a la República de Ambrogio Malatesta,
o eso le han oído decir.

F.

Desconocía cuánto sabía Felicita acerca de mi participación en la muerte de Malatesta y, aunque lo supusiera, nunca podría demostrarlo. Pero, por algún motivo, confiaba en que nunca hablaría de ello con nadie, bajo ningún concepto, de un modo que no era propio de mí.

Y, sin embargo, lo hacía.

Una noche, más o menos dos semanas después de que sacaran el cuerpo de la laguna, estaba en casa con Bastiano, disfrutando de una cena, cuando Lauretta irrumpió, sin aliento, en el comedor.

–*Mi scusi, madonna* –dijo, mirando a Bastiano con fascinación.

«Hay cosas que nunca cambian», pensé.

–Un hombre ha venido a veros. Un noble. Dice que es un miembro del Gobierno.

–¿Quién? –pregunté–. No espero a nadie esta noche.

No cuando estaban ahí mi amante y mi hija. Ginevra estaba durmiendo en la alcoba de invitados en la última planta del *palazzo*, con su nueva aya cerca. No nos habíamos podido separar de ella, por lo que Bastiano se la había llevado a su hogar, el *palazzo* de los Bragadin, junto con Tomasina. Los padres de Bastiano no se habían alegrado demasiado de que metiera a su hija ilegítima en su hogar, pero la soportaban, que era lo único que podíamos pedir por ahora. De hecho, era lo mínimo que podía hacer el padre de Bastiano, después de que sus intrigas políticas casi acabaran con la vida de su hijo y después de que consiguiéramos la carta que había destruido la reputación de Malatesta para siempre y mejorado la del senador Bragadin al mismo tiempo.

–Un tal *signor* Loredan, *madonna* –respondió Lauretta.

Me quedé paralizada en la silla y miré a Bastiano, cuya expresión de sorpresa y terror debía ser un reflejo de la mía. Bartolomeo Loredan pertenecía a una antigua e influyente familia veneciana y se decía que era el fiel consejero del dux. También formaba parte del Consejo de los Diez y, a principios de mes, lo habían elegido como uno de los Tre Capi, o eso decían los rumores.

Los Tre Capi tenían prohibido abandonar el Palacio Ducal durante el mes que dirigían el Consejo de los Diez. Su visita era algo insólito y estaba segura de que no se trataría de un asunto agradable.

–Dijo que no lo esperabais –prosiguió Lauretta–, pero insiste en veros, *madonna*. Y al *signor* Bragadin también.

–Y… –Me aclaré la garganta–. ¿Sabe… sabe que el *signor* Bragadin está aquí?

–Sí, *madonna* –respondió Lauretta con inquietud.

Dirigí la mirada hacia Bastiano, que se había quedado tan quieto como una estatua de mármol.

–Supongo que deberíamos ver qué quiere –dije.

Bastiano parpadeó y se puso en pie.

–Supongo que sí –confirmó.

–Acompáñalo hasta el salón, Lauretta –ordené.

Lauretta asintió y se marchó para acatar mis órdenes.

–Virgen Santa –maldijo Bastiano cuando se fue–. ¿Qué querrá?

Retorcí con nerviosismo la servilleta que tenía en el regazo.

–Seguro que nada bueno.

Empecé a pensar en dónde tenía escondidas todas las armas en el salón de las visitas, pero aparté esos pensamientos enseguida. No podía matar al patriarca de una de las familias más ilustres de Venecia. Sería un suicidio hasta para mí.

–Si nos quisiera detener –señaló Bastiano– o torturar para obtener información, o algo por el estilo, no habría venido a tu *palazzo*. Habría ordenado que nos encerraran a ambos en los calabozos del dux. Además, somos los héroes de esta historia.

–Eso es cierto –dije, sintiéndome un poco más optimista tras sus palabras–. Aun así, no me gusta.

–Ni a mí.

Nos pusimos en pie y nos dirigimos al salón en el que estaba esperando Bartolomeo Loredan.

–*Signore* –dije; atravesé la habitación y le ofrecí mi mano, la cual besó de manera cortés–. Bienvenido a mi hogar. Imagino que ya conocéis a Bastiano Bragadin.

–Así es –respondió Loredan y saludó con la cabeza a Bastiano, que le devolvió el gesto.

–Sentaos, por favor –lo invité y todos tomamos asiento–. Ojalá nos hubierais avisado de vuestra visita, *signore*. Os habríamos recibido como es debido y os habríamos ofrecido algo de beber.

–No os preocupéis –dijo Loredan–. No es una visita de cortesía y no me quedaré demasiado.

–¿Ah, no? En ese caso –comenté y mi tono se volvió más firme–, no os importará indicarnos el motivo de vuestra presencia.

–Sin duda –dijo–. Tengo entendido que ambos conocíais a mi antiguo compañero, el difunto Ambrogio Malatesta.

Me quedé sin aliento, aunque me imaginaba que llegaría ese momento.

–Sí –confirmé–. Tenía una… relación profesional con él.

–Al igual que yo, de vez en cuando –añadió Bastiano.

–Estoy al tanto de ello –dijo–, al igual que también conozco los detalles concretos de las... tareas que Ambrogio os asignaba, *signora* Riccardi.

–Como me había imaginado –dije con amabilidad–, dado que esas tareas las encomendaba el Consejo de los Diez, ¿no es así?

–Así es –respondió, mirándonos a Bastiano y a mí–, en la mayoría de los casos.

No me esperaba que lo reconociera.

–Hace poco se me ha informado de que en ciertas ocasiones, el *signor* Malatesta os ha asignado, Valentina Riccardi, ciertas misiones que no se habían confirmado ni comentando con el resto de los miembros del Consejo de los Diez. –Dirigió su mirada hacia Bastiano–. Y que vos, *signor* Bragadin, descubristeis, digamos, las actividades... extraoficiales del senador.

–Así es –admitió Bastiano, incómodo.

–¿Y por qué, si me permitís la pregunta, no informasteis a los Diez de estas actividades? –preguntó Loredan.

–No quería que Malatesta supiera lo que había descubierto –respondió Bastiano al instante–. Aunque parece ser que se enteró de todos modos. Temía que lo descubriera si avisaba a los Diez y quería esperar hasta tener pruebas concluyentes.

–Es un buen argumento –dijo Loredan–. Sin embargo, os puedo asegurar que ciertos miembros de los Diez sospechaban de Ambrogio Malatesta y que vuestra información, por muy incompleta que estuviera, habría sido bien recibida. –Agitó una mano pálida y señorial–. Pero eso ya no importa a estas alturas.

Hice todo lo posible por controlar mi respiración. ¿A dónde pretendía llegar?

–Estamos todos, Su Serenidad, el dux, también, seguros de que Ambrogio Malatesta era un traidor de la República de Venecia –prosiguió Loredan–, gracias a la carta de la Corona española que obtuvo vuestro padre, *signor* Bragadin. –Dirigió su mirada hacia mí–. Fuera como fuera como la consiguiera, agradecemos que se haya hecho pública.

Sabía que ese era todo el agradecimiento que recibiríamos.

–Al igual que yo –dije con precaución–, pero, *signore*, ¿por qué nos estáis contando todo esto?

–Ah –respondió y se inclinó ligeramente hacia delante en la silla–. Es una pregunta justa. Normalmente, se interrogaría y después ejecutaría a un traidor como Ambrogio Malatesta. Pero, como ya está muerto, no será posible. Por lo tanto, Su Serenidad, el dux, y el Consejo de los Diez desean que la verdad acerca del *signor* Malatesta permanezca en secreto para el resto de la población. –Sacudió la cabeza; una leve expresión de indignación le provocó una mueca de desprecio–. Todo lo secreto que pueda permanecer un asunto lascivo en esta ciudad, claro.

–Es comprensible –dije–, pero no responde a la pregunta de por qué habéis venido hasta aquí.

–No estoy de acuerdo con los asesinatos –continuó Loredan, como si él y el resto de los miembros de los Diez no consintieran que se asesinara de forma habitual–. Pero admitiré que quienquiera que haya librado a Venecia de Ambrogio Malatesta le ha hecho un gran favor a la República.

Se me relajó el cuerpo al oír esas palabras, aunque intenté que Loredan no se diera cuenta.

–Ah. –Fue lo único que dije.

–En efecto. ¿No creéis que sería una lástima que los ciudadanos de Venecia descubrieran que un antiguo miembro de su ilustrísimo Senado, así como del organismo encargado de velar por su seguridad, había intentado traicionar ese honorable cargo y la confianza sagrada que lo acompaña?

—Sin duda —respondí—. Sería una desgracia.

Bastiano también murmuró que estaba de acuerdo.

Loredan esbozó una sonrisa fría.

—Me alegra que estemos de acuerdo. Por lo que ¿puedo confiar en que esta conversación, y todo lo que la ha precedido, quedará entre nosotros?

—Por supuesto —dije.

—Por supuesto —repitió Bastiano.

—Me alegra oírlo. Agradezco el tiempo que me habéis dedicado esta noche y vuestra hospitalidad. —Se levantó y se puso el sombrero—. Ah —añadió de pronto—, os aconsejaría a ambos que os mantuvieseis alejados de los asuntos de Estado a partir de ahora. ¿Ha quedado claro?

Se me heló la sangre ante el aviso apenas disimulado en su voz, pero alcé la cabeza con altanería.

—Nada me gustaría más, *signore* —dije—. Mi pregunta para vos es si los asuntos de Estado se mantendrán alejados de mí. De nosotros.

Bartolomeo Loredan me lanzó una mirada severa y penetrante, como si al entrar en la estancia hubiera tratado de averiguar quién era y ahora se veía obligado a volver a hacerlo. Después, soltó una carcajada.

—Sois una mujer interesante, Valentina Riccardi. La mayoría de las cosas que se dicen sobre vos no os hacen justicia.

Mantuve la mirada fija en él, sin desviarla.

—Seré tan sincero con vos como lo habéis sido conmigo. El Consejo de los Diez ya no necesitará de vuestros servicios, de ninguno de los dos, bajo ningún concepto —declaró Loredan—. Podéis estar tranquilos al saber que habéis hecho una gran labor por la República. —Esbozó una sonrisa sarcástica–. Aunque, en mi opinión, ambos causáis demasiados problemas.

Tras ello, nos saludó con la cabeza y se fue.

Cuando desapareció de nuestra vista, me recosté en la silla, aliviada. Bastiano sacudió la cabeza, desconcertado, y se pasó los dedos por el cabello.

–«Causáis demasiados problemas» –mascullé–. Que le den al Consejo de los Diez.

Bastiano soltó una sonora carcajada y empezó a reírse con tanta fuerza que le temblaban los hombros y las lágrimas le caían por las mejillas.

–¿Qué te hace tanta gracia? –pregunté.

Tal vez no era más que el vertiginoso alivio de saber que estábamos a salvo, que por fin éramos libres, pero yo también me empecé a reír. Permanecimos sentados, riéndonos sin parar, durante no sé cuánto tiempo, hasta que apenas podíamos respirar por el placer embriagador que sentíamos.

Nota de la autora

Ahora te estarás preguntando, como suele ocurrirle a la mayoría de los lectores cuando llega al final de una obra de ficción histórica: ¿Qué partes de la historia eran reales y cuáles mera ficción? La respuesta más sencilla es que *La asesina de Venecia* es una de mis obras de ficción histórica más ficticia, pero también contiene una gran cantidad de hechos históricos reales que la respaldan.

Todos los personajes de la novela son fruto de mi imaginación, aunque para proporcionar cierta autenticidad he cogido prestados los apellidos de varias familias nobiliarias reales de la República de Venecia, como Bragadin, Contarini, Gritti y Loredan, entre otros. La única excepción es Pietro Aretino, que fue un personaje histórico real, muy perverso, que solía ridiculizar, entre muchos otros, a las cortesanas y a su oficio.

El Consejo de los Diez existió y fue tal y como lo he descrito: una parte del Senado de Venecia que se ocupaba del espionaje, los servicios de inteligencia y la protección general del Estado. Y, sí, de vez en cuando, autorizaban algún asesinato. Me resultó muy útil el libro de la doctora Ioanna Iordanou *Venice's Secret Service: Organizing Intelligence in the Renaissance*, el cual me proporcionó una gran cantidad de información acerca de este organismo tan misterioso del Estado de Venecia.

La República de Venecia –que, en realidad, era más bien una aristocracia– se había creado para evitar la corrupción y los cultos a la personalidad en la política, como decía Valentina. La idea de que un solo hombre tuviera demasiado poder era algo que los venecianos detestaron mientras se mantuvo la República, que sigue siendo uno de los gobiernos más duraderos de la historia. ¡Y era cierto que les encantaban los mandatos! A partir de finales del siglo XIII, se estableció una clase patricia que estaba compuesta por los miembros masculinos de cada familia nobiliaria que tuvieran más de veinticinco años y que reunieran los requisitos para servir en el Gran Consejo, votar durante las asambleas semanales y hacer o autorizar nombramientos políticos en toda la República. El Gran Consejo también elegía al dux mediante un proceso muy complicado y bizantino –literalmente– que se había diseñado para impedir que se amañara la elección. Aunque el dux era, en apariencia, el jefe de Gobierno, en realidad era más una figura decorativa que otra cosa, ya que sus poderes reales estaban bastante limitados.

Los miembros del Senado provenían del Gran Consejo y el Senado era el lugar en el que se trataban la mayoría de los asuntos legislativos importantes del Gobierno; era mucho más sencillo lograr algo en un Senado compuesto por trescientos miembros que en el Gran Consejo, que contaba con más de mil.

La estructura del Gobierno de Venecia es mucho más compleja; lo anterior es una versión resumida. Para obtener más información, además de una maravillosa historia general de la Serenísima, recomiendo la obra muy accesible de Thomas F. Madden *Venice: A New History*.

Venecia era conocida, sin duda, por sus cortesanas, que eran como las he descrito: cultas, bellas, ingeniosas y muy educadas. Como he mencionado en la novela, las mujeres patricias de Venecia no eran, por desgracia, demasiado cultas, ya que los intereses culturales no se consideraban adecuados para las «buenas mujeres». Por ello, sus maridos, que eran muy eruditos, tenían que buscar compañía intelectual en otras partes. Aquí entraban en juego las *cortigiane oneste*, o cortesanas honestas, quienes ofrecían conversación y diversión, además de sexo. También eran, principalmente, una atracción turística, ya que quienes visitaban Venecia solían solicitar sus servicios. Para descubrir más acerca de la vida y el universo de las cortesanas venecianas, recomiendo la obra de Margaret F. Rosenthal *The Honest Courtesan: Veronica Franco, Citizen and Writer in Sixteenth-Century Venice*, sobre la reina de las cortesanas venecianas.

Pero ¿eran también asesinas?

No he podido encontrar pruebas de que así fuera, pero, aun así, si algunas cortesanas hubieran llevado a cabo ese tipo de actividades clandestinas, no lo sabríamos, ¿verdad? A lo largo de la historia, las trabajadoras del sexo se han dedicado al espionaje y a recopilar información, pues se encontraban en una buena posición para obtenerla de sus clientes con total discreción. He ido un paso más allá y me he preguntado: ¿y si se le pidiera a una cortesana, en el panorama político, a menudo paranoico, de la época del Renacimiento en Venecia, que asesinara a hombres que se consideraban un peligro para el Estado? Podría ser perfecta para ello. Por lo tanto, esta novela es una especie de experimento por mi parte, basada en la historia real de las cortesanas venecianas y los servicios de inteligencia de la República de Venecia.

Porque, de nuevo, esta novela es ficción. Y si algo nos encanta a quienes escribimos ficción, es preguntarnos «¿Y si...?».

Agradecimientos

Los libros se escriben en un estado de aislamiento y este se escribió en el peor de todos: al principio de la pandemia de la COVID-19. Estos personajes, sus problemas, intrigas y aventuras me mantuvieron cuerda durante esa época horrible e incierta y estoy muy agradecida por haber tenido la oportunidad de sacar a esta historia de ese momento y trabajar con personas maravillosas para compartirla con el mundo.

En primer lugar, quiero darle las gracias de todo corazón a mi increíble representante, Sam Farkas. Me fichó por otro libro y ni se inmutó cuando le dije: «También tengo un libro sobre una cortesana asesina, ¿qué te parece?». ¡Le encantó! Creyó en la historia incluso cuando yo estaba a punto de rendirme. Por ello, Sam, Valentina y yo te estaremos eternamente agradecidas.

También le quiero dar las gracias por su apoyo al gran equipo de Jill Grinberg Literary Management.

Le estoy muy agradecida a Toni Kirkpatrick por darle una oportunidad a este libro tan extraño, siniestro y sensual, y por creer que era especial. ¡Ha sido un placer trabajar contigo!

Y también con el equipo de Crooked Lane Books. Muchísimas gracias a Rebecca Nelson y a Thai Fantauzzi Pérez por sus comunicaciones útiles y oportunas y por mantenernos a este libro y a mí en el buen camino. Mil gracias también a Westchester Publishing Services por su trabajo minucioso y fantástico. Y muchas gracias a Lynn Andreozzi y al equipo de diseño por una portada tan increíble, que plasma la esencia de Valentina a la perfección.

Gracias a Brianne Johnson por sus comentarios sobre el manuscrito.

Gracias a mi amiga y compañera de crítica Diana Giovinazzo por leer algunas de las primeras páginas de este libro y por apoyar a Valentina desde el principio.

Gracias a Wonder Writers por sus conversaciones y compasión acerca de la industria editorial, y por todo su apoyo.

Gracias a la maravillosa comunidad de escritores de ficción histórica tan comprensivos y con tanto talento que celebran los logros de los demás y siempre brindan su apoyo a los demás. He tenido el privilegio de charlar con muchos autores increíbles, conocerlos y presentar en congresos con ellos, pero son demasiados para mencionarlos aquí –podría olvidarme de alguien y me sentiría fatal–, así que quiero que sepáis que soy una afortunada por tener como compañeros de profesión a tantos de vosotros.

Quiero agradecer a los encantadores libreros de Talking Leaves Books en Búfalo por apoyar mi trabajo y a la comunidad local de escritores y lectores.

La sección de agradecimientos en un libro de Alyssa Palombo no estaría completa sin dar las gracias a todos los artistas tan increíbles, cuyo trabajo me inspiró mientras escribía esta novela: Within Temptation, Nightwish, Evanescence, Charlotte Wessels, Lacuna Coil, Kamelot, Delain, Halestorm, In This Moment y Katatonia, entre otros. La música es el combustible y el fuego que me ayuda a seguir adelante.

Estoy eternamente agradecida a Lindsay Fowler, una de mis mejores amigas y también –le guste o no– mi psicóloga, como autora. Gracias por estar siempre ahí y por estar siempre dispuesta a hablar de ello.

Muchísimas gracias a todos mis queridos amigos: Jen Hark-Hameister, Amanda Beck, Andrea Bieniek, Alex Dockstader Schwob, Katie Schrader, Jen Pecoraro y Jenessa Irvine. Soy una afortunada por tener unos amigos que me animan siempre. Nunca lo doy por hecho.

Gracias a mi gran familia, que siempre ha creído en mí y en mi trayectoria como escritora. Quiero agradecer sobre todo a mis padres, Debbie y Tony Palombo, por todo lo que han hecho y siguen haciendo por mí, por estar siempre tan orgullosos y por compartir mi pasión por la historia, la cultura y la comida –¡la comida, cómo no!– italiana.

Quiero darle las gracias a mi hermano, Matt Palombo, el mejor hermano y compañero de viaje que se puede tener. Matt, mantengo lo que dije en la dedicatoria, pero no será vinculante desde un punto de vista jurídico, ya que a partir de ahora me reservo el derecho a sentarme, tomarme una copa de vino y relajarme cuando volvamos a viajar juntos.

También quiero darle las gracias al mejor asistente del mundo, Fenway, el *silky terrier* que es aún más feroz que Valentina.

¡Y un millón de gracias a ti por leerme! Si tienes este libro entre tus manos –o lo estás leyendo en *ebook*, ¡o lo que sea!–, quiero que sepas que has contribuido a cumplir el sueño de una autora.

Por último, aunque no menos importante: *grazie mille alla bellissima città di Venezia, per tutta l'ispirazione. Ti vedrò presto.*

Índice